Jaap Moolenbeek

DOODSWENS

JAMES PATTERSON BIJ UITGEVERIJ CARGO

**Alex Cross**
Slaap kindje, slaap
Tweestrijd
Cross Country
Ik, Alex Cross
Cross Fire
Kill Alex Cross
Ren, Alex Cross
Erewoord, Alex Cross

**The Women's Murder Club**
Zevende hemel
Achtste bekentenis
Het negende oordeel
Het tiende jaar
Het elfde uur
De twaalfde van nooit
Het dertiende ongeluk

**Private**
Private
Private Games
De hoofdverdachte

**Heks & Tovenaar**
Heksenjacht
De gave
Het vuur

**Overige titels**
De affaire
Je bent gewaarschuwd
Bikini
Partnerruil
Ooggetuige
Moordweekend
Hitte
Honeymoon
Minnares
Bekentenis van een moordgedachte

James Patterson

*Doodswens*

Vertaald door Waldemar Noë

2015
AMSTERDAM

Cargo is een imprint van Uitgeverij De Bezige Bij,
Amsterdam | Antwerpen

Copyright © 2014 James Patterson
Published by arrangement with Linda Michaels Limited,
International Literary Agents
Copyright Nederlandse vertaling © 2015 Waldemar Noë
Oorspronkelijke titel *Hope To Die*
Oorspronkelijke uitgever Little, Brown and Company, New York
Omslagontwerp Studio Jan de Boer
Omslagillustratie Trigger Images/Maren Kathleen
Foto auteur Deborah Feingold
Vormgeving binnenwerk Peter Verwey, Heemstede
Druk Koninklijke Wöhrmann, Zutphen
ISBN 978 90 234 9134 7
NUR 305

www.uitgeverijcargo.nl

Voor de dappere mannen en vrouwen
van het Palm Beach Police Department

## DEEL EEN

# HOOFDSTUK 1

Toen Marcus Sunday die avond rond zevenen in Whodunit Books in Philadelphia arriveerde, zei de eigenaar hem dat hij niet veel publiek hoefde te verwachten. Het was de dinsdag na Pasen, veel mensen waren nog op vakantie en het regende.

Sunday en de eigenaar waren aangenaam verrast toen er vijfentwintig mensen kwamen opdagen om hem te horen vertellen over zijn controversiële true-crimeboek *De volmaakte crimineel*.

De eigenaar stelde hem voor en zei: 'Marcus Sunday, doctor in de filosofie op Harvard, is met dit boek op de nationale bestsellerlijsten gekomen. Het is een fascinerend verslag van twee onopgeloste seriemoorden door een originele denker die tot diep in de criminele ziel doordringt.'

Het publiek applaudisseerde en Sunday, een lange, stevige man die achter in de dertig leek te zijn, liep in zijn zwarte leren jack, spijkerbroek en fris witte overhemd naar de katheder toe.

'Ik waardeer het zeer dat u op deze regenachtige avond hiernaartoe bent gekomen,' zei hij. 'En het is me een genoegen om hier in Whodunit Books te zijn.'

Toen weidde hij uit over de seriemoorden.

Zeven jaar geleden – het was twee dagen voor kerst – werden de vijf leden van het gezin Daley in hun huis in een buitenwijk van Omaha afgeslacht. Op de vrouw na werden ze allemaal in bed gevonden. Hun kelen waren doorgesneden met een scalpel of een scheermes. De vrouw was op dezelfde manier aan haar eind gekomen, maar ze lag in de badkamer en ze was naakt. Óf de deuren hadden niet op slot gezeten, óf de moordenaar had een sleutel. Er had die nacht een sneeuwstorm gewoed, eventuele sporen waren bedekt.

Veertien maanden later, vlak na een zware onweersbui, werd in een buitenwijk van Fort Worth het gezin Monahan in dezelfde toestand aangetroffen. Een vader en vier kinderen die jonger dan dertien waren werden met doorgesneden kelen in bed gevonden; de vrouw – ook met doorgesneden keel – lag naakt op de badkamervloer. Wederom hadden óf de deuren niet op slot gezeten, óf de moordenaar moest in het bezit van een sleutel zijn geweest. Door de onweersbui en de nauwkeurige werkwijze van de moordenaar had de politie opnieuw geen bruikbaar bewijsmateriaal kunnen vinden.

'Wat me opviel was dat enig bewijsmateriaal ontbrak, die lacune,' deelde Sunday zijn aandachtige publiek mee.

Sunday vertelde dat het gebrek aan bewijsmateriaal hem aanvankelijk in verwarring had gebracht. Hij had gesprekken gevoerd met alle rechercheurs die aan de zaak werkten, en zij waren net zo verbijsterd als hij. Vervolgens liet zijn academische achtergrond zich gelden: hij begon te theoretiseren over het filosofische wereldbeeld van zó'n perfecte moordenaar.

'Ik kwam tot de conclusie dat hij een verknipt soort existentialist moest zijn,' vertelde hij. 'Iemand die vindt dat het leven zinloos, absurd en zonder normen en waarden is. Iemand die niet in God of gebod gelooft, of in welke andere morele of ethische norm dan ook.'

Sunday sprak nog enige tijd in deze trant verder, hij las voor uit zijn boek en legde uit hoe alle feiten van de moordpartijen zijn eigenzinnige theorieën bevestigden en hem op nieuwe brachten. Dat de moordenaar bijvoorbeeld concepten als 'goed' en 'kwaad' verwierp, waardoor hij zich onmogelijk schuldig kon voelen, en waardoor hij zulke gruwelijke daden met koude precisie kon uitvoeren.

Een man stak zijn hand op. 'Het klinkt alsof u de moordenaar bewondert, meneer.'

Sunday schudde zijn hoofd. 'Ik heb geprobeerd zijn wereldbeeld accuraat te beschrijven. De lezer mag zijn eigen conclusies trekken.'

Een vrouw met donkerblond haar, eerder aantrekkelijk dan knap, stak haar hand omhoog, waardoor er een tatoeage van een panter in kleurige junglesetting op haar onderarm zichtbaar werd.

'Ik heb uw boek gelezen,' zei ze met een zuidelijk accent. 'Ik heb ervan genoten.'

'Gelukkig maar,' zei Sunday.

Verschillende mensen in het publiek grinnikten.

De vrouw glimlachte en zei: 'Kunt u iets vertellen over uw theorie van de tegenhanger van de volmaakte crimineel, oftewel de volmaakte rechercheur?'

Sunday aarzelde een moment en zei toen: 'Ik zinspeelde erop dat er één manier was waarop de volmaakte crimineel gepakt zou kunnen worden, en dat zou door een rechercheur zijn die zijn directe tegendeel zou belichamen… Iemand die absoluut in God geloofde, iemand die voor een moreel, ethisch universum en een zinvol leven stond. Het probleem is echter dat de perfecte rechercheur niet bestaat, en niet kán bestaan.'

'En waarom niet?' vroeg ze.

'Omdat een rechercheur menselijk is. Hij is geen monster, zoals de volmaakte crimineel,' zei Sunday, die merkte dat er enige verwarring in het publiek ontstond.

Hij glimlachte en zei: 'Laat ik het anders zeggen. Kunt u zich voorstellen dat een koelbloedige, berekenende seriemoordenaar opeens een goed mens wordt, iemand die het juiste doet en nobele daden verricht?'

De meeste mensen in het publiek schudden hun hoofd.

'Precies,' vervolgde hij. 'De volmaakte crimineel is wie hij is. Een beest dat niet zal veranderen.'

Sunday zweeg een moment voor het effect.

'Maar kunt u zich voorstellen dat een goedwillende rechercheur gedeprimeerd raakt door de verschrikkingen van zijn werk? Dat hij zijn geloof in God verliest? Kunt u zich voorstellen dat de gebeurtenissen hem zo aangrijpen dat hij het leven zinloos vindt, zonder enige waarde of hoop, en dat hij zélf een existentieel monster en een perfecte moordenaar wordt? Dat kunt u zich best wel voorstellen, toch?'

## HOOFDSTUK 2

Nadat hij vijfentwintig boeken had gesigneerd sloeg Sunday het etentje dat de eigenaar hem aanbood beleefd af door te zeggen dat hij al met een oude vriend had afgesproken. Tegen de tijd dat hij de winkel verliet en er de pas inzette was het opgehouden met regenen.

Hij stak Twentieth Street over en liep langs een Dunkin Donuts toen de vrouw met de pantertatoeage hem inhaalde en zei: 'Dat ging goed.'

'Vooral omdat de mysterieuze Acadia Le Duc zich in het publiek bevond.'

Acadia lachte, stak haar arm door de zijne en vroeg: 'Zullen we nog iets eten voordat we naar DC terugrijden?'

'Ik wil hem eerst zien vertrekken,' antwoordde hij.

'Het is allemaal in orde,' zei ze geruststellend. 'Ik heb zelf gezien dat je hem verzegeld hebt. We hebben nu zestig, nee, zeg maar achtenvijftig uur. Bijna zeventig uur als we het rekken.'

'Ik weet het,' zei hij. 'Het is een obsessie van me.'

'Goed dan.' Acadia zuchtte. 'Maar daarna gaan we Thais eten.'

'Dat beloof ik je,' zei Sunday.

Ze liepen naar een recent model Dodge Durango dat twee

straten verderop stond geparkeerd, en Sunday reed de stad door tot ze het verlaten Eagles-stadion aan Darien Street passeerden. Hij sloeg links af naar de grote parkeerplaats van Monti Wholesale Foods en reed door tot hij helemaal achterin bij het metalen hek was. Van daaruit konden ze, onder de Delaware Expressway door, de sporen van de South Philadelphialijn zien.

Sunday pakte zijn verrekijker en vond op zo'n honderd meter afstand wat hij zocht. Een goederentrein, en het ging hem om één wagon in het bijzonder: een roestrode container, waarvan de bovenkant volledig met zonnepanelen was bedekt en waar aan de voorkant een koelinstallatie uitstak. Hij liet de verrekijker zakken, keek op zijn horloge en zei: 'Hij zou over een kwartier moeten vertrekken.'

Acadia hing verveeld in de passagiersstoel en zei: 'Wanneer gaat Mulch contact opnemen met Cross?'

'Meneer Cross zal op vrijdagochtend bericht krijgen, helder en duidelijk,' zei hij. 'Het zal een week duren. Hij zal er klaar voor zijn.'

'We moeten vrijdag op z'n laatst om vijf uur 's middags in St. Louis zijn,' zei ze.

Sunday voelde irritatie opkomen. Acadia was de slimste en grilligste vrouw die hij ooit had ontmoet. Maar ze had de vervelende gewoonte om hem voortdurend aan dingen te herinneren die hij zelf ook wel wist.

Net voordat hij er iets van wilde zeggen, ving hij een vluchtige beweging bij het spooremplacement op. Hij zette de verrekijker weer voor zijn ogen en zag een jonge zwarte man in donkere kleren langs de goederenwagons sluipen. Hij droeg handschoenen en had een kleine rugzak en een koevoet bij zich. Hij bleef staan en keek naar de zonnepanelen.

'Shit,' zei Sunday.

'Wat?'

'Dat ziet er niet goed uit.'

'Wat?' zei Acadia weer.

'Ik zie bij onze wagon een klootzak die op het dievenpad is,' zei hij.

'Onmogelijk,' zei ze, terwijl ze rechtop ging zitten en naar het donkere spooremplacement tuurde. 'Hoe zou hij kunnen…'

'Dat kan hij ook niet,' zei Sunday. 'Het is puur toeval, of het is vanwege de zonnepanelen.'

'Wat zullen we doen?'

'Het enige wat we kunnen doen,' antwoordde hij.

Een minuut later waren Sunday en Acadia over het hek geklommen. Onder het viaduct splitsten ze zich op en liepen snel in tegenovergestelde richtingen, ze waren beschut door een aarden wal die naast de dichtstbijzijnde treinrails was opgeworpen. Sunday had een wielsleutel meegenomen en was zo'n zeventig meter voorbij de roestrode container voordat hij stilstond. Het spooremplacement was hier verlicht, niet zo goed als verderop bij Acadia, maar hij zou zichtbaar zijn tot hij zich in de schaduw van de goederentrein bevond.

Hij had geen keus. Sunday klom over de aarden wal en liep in een diagonale lijn over het spooremplacement. Hij danste over de treinrails en wist dat Acadia vanaf de andere kant van de container hetzelfde deed. Hij probeerde het zo geluidloos mogelijk te doen, tot hij de schaduw bij de goederentrein bereikte waar hij de zwarte man had zien sluipen. De container met de zonnepanelen bevond zich zes wagons van hem vandaan. Hij bleef stilstaan tot hij zijn mobiel voelde trillen, hij had een bericht ontvangen.

Sunday liep snel verder, hij probeerde zo licht mogelijk te lopen tot hij de roestrode wagon had bereikt. Hij hoorde metaal over metaal schrapen – het geluid van de koevoet die het slot bewerkte – hij sloop verder en stopte bij de hoek.

Hij wachtte tot hij zijn mobiel weer voelde trillen, en greep de wielsleutel als een hamer vast.

'Wat zijn we aan het doen, meneer?' zei Acadia.

'*Fuck, bitch*,' was het enige wat de dief uit kon brengen voordat Sunday naar voren sprong. De man stond op het koppelstuk en bedreigde Acadia met de koevoet.

Sunday sloeg de man met de wielsleutel tegen zijn knieën. Hij gromde van pijn en viel er aan Acadia's kant af. Sunday wierp zich op hem voordat hij zich kon verdedigen.

Een volgende uithaal – hij richtte deze keer op het hoofd van de kerel, die direct buiten westen was. De derde klap was weloverwogen en doorkliefde zijn schedel.

Sunday ademde zwaar en keek naar Acadia; haar ogen schitterden en haar neusvleugels waren opengesperd, het was de seksuele opwinding die ze altijd na een moord vertoonde.

'Marcus,' zei ze. 'Ik heb opeens…'

'Straks,' zei hij resoluut en wees op de rij goederenwagons die zich zo'n drie meter naast hun trein bevond. 'Help me even om hem onder die trein te krijgen. Als we geluk hebben vinden ze hem pas morgenochtend. Misschien later.'

Ze pakten de dode man onder zijn oksels, sleepten hem naar de goederenwagons en duwden hem tussen de rails, zodat hij met zijn gezicht naar beneden onder de trein lag.

Ze schrokken van een hard piepend geluid.

De goederentrein, met hun container erop, zette zich in beweging.

## HOOFDSTUK 3

'Carter Billings was geweldig!' riep Ali uit. 'Zijn eerste slagbeurt!'

Mijn zevenjarige zoon rende in de avondschemering voor ons uit het trapje naar de veranda op. Hij nam een grappige, overdreven slagpose aan terwijl hij de kleine honkbalknuppel vasthield die ik eerder op de dag als souvenir voor hem had gekocht. Wat volgde was een wilde slag in de lucht.

Hij maakte een knallend geluid en gaf een keurige imitatie ten beste van Billings' hilarische en gepassioneerde ronde langs de honken nadat de debutant bij zijn allereerste slagbeurt de beslissende grand-slam homerun had geslagen die de Nationals de overwinning bezorgde.

Via een oude vriend had ik kaartjes voor de wedstrijd bemachtigd, en samen met Ali hadden we allemaal het glorieuze moment meegemaakt: mijn vrouw Bree, mijn oudere zoon Damon, mijn dochter Jannie en mijn oma Nana Mama, die ergens in de negentig is. Toen Ali aan zijn zegetocht begon, stonden we samengedromd in de deuropening van ons huis in Fifth in Zuidoost-Washington, DC, te applaudisseren.

Het was de laatste paar weken verbouwingstijd in huize Cross; de keuken werd vernieuwd, terwijl er een nieuwe woonkamer en boven een nieuwe ouderlijke slaapkamer aan toegevoegd werden. Toen we voor de wedstrijd vertrokken lag het project er nog precies zo bij als de bouwploeg het op Goede Vrijdag had achtergelaten: de buitenmuren stonden er al, met ramen erin, en het nieuwe dak zat erop, maar verder was het een lege, stoffige ruimte die met plastic van de rest van het huis was afgescheiden.

Maar toen Nana Mama door de hal naar binnen liep en dieper in het huis kon kijken, bleef ze opeens stilstaan en gilde: 'Alex!'

Ik verwachtte een huiselijke ramp en haastte me naar haar toe, maar mijn oma straalde van plezier. Ze zei: 'Hoe heb je dit voor elkaar gekregen?'

Ik keek over haar schouder en zag dat de extra kamer en de nieuwe keuken klaar waren, zoals in 'klaar voor gebruik'. De vloer van Italiaanse tegels was gelegd. De keukenkasten waren geplaatst. En dat gold ook voor de robuuste signaalrode zespitter en de bijpassende koelkast en afwasmachine. Ik kon zien dat er nieuw meubilair in de woonkamer achter de keuken stond, het geheel zag eruit als een sfeervolle foto uit de Pottery Barn-catalogus.

'Hoe is dit mogelijk, Alex?' vroeg Bree.

Ik was net zo geschokt als de rest van het gezin. Het was alsof de geest in de lamp ons om honderd wensen had gevraagd die allemaal waren uitgekomen. De kinderen renden langs de keuken naar de woonkamer om de banken en de comfortabele stoelen uit te proberen, terwijl Nana Mama en Bree het zwartgranieten aanrecht, de roestvrij stalen spoelbakken en de dofmetalen verlichtingsarmaturen bewonderden.

Mijn aandacht werd echter getrokken door een A4'tje dat met magneten op de koelkastdeur was bevestigd. Ik dacht eerst dat het een brief van de aannemer was waarin stond dat ze hoopten dat we tevreden waren met de geleverde diensten.

Maar toen zag ik dat op het papier vijf gekopieerde foto's stonden die op een rij waren gezet. De beelden vielen moeilijk te onderscheiden, tot ik ervoor stond en ze in één ontstellende oogopslag in me opnam.

Op elke foto lag een lid van mijn gezin op een betonvloer, een krans van bloed om het hoofd en een wezenloze gezichtsuitdrukking, met ogen die mat in de lens staarden. Boven ieders linkeroor, iets naar achteren, zat een gruwelijke kogelwond, van het soort dat alleen maar veroorzaakt kon zijn door een kogel die van dichtbij was afgevuurd.

Ergens in de verte begon een sirene te loeien.

'Nee!' schreeuwde ik.

Maar toen ik me omdraaide om me ervan te vergewissen dat de foto's niet echt waren, bleken mijn kinderen, mijn vrouw en mijn oma verdwenen te zijn. Ze waren in rook opgegaan. Het enige wat er nog van hen restte waren de misselijkmakende foto's op de koelkast.

Ik ben alleen, dacht ik.

Alleen.

Mijn hoofd leek uit elkaar te barsten. Ik was doodsbang dat ik een beroerte of een hartaanval zou krijgen, ik zakte door mijn knieën, boog mijn hoofd en hief mijn handen ten hemel.

'Waarom, Mulch?' schreeuwde ik. 'Waarom?'

## HOOFDSTUK 4

Vlak voordat de dag aanbrak schrok ik wakker, en ik voelde het doffe gebonk in mijn hoofd weer. Eerst had ik geen idee waar ik was, maar geleidelijk aan herkende ik mijn slaapkamer in de duisternis. Ik lag badend in het zweet met mijn kleren aan in bed. Instinctief strekte mijn arm zich uit naar de vormen van mijn slapende vrouw.

Bree was er niet, en in een hartverscheurend moment besefte ik dat ik wederom in een werkelijkheid was ontwaakt die erger was dan een nachtmerrie.

Mijn vrouw was weg. Ze waren allemaal weg.

Ze waren in handen van een psychopaat die Thierry Mulch heette.

Vastbesloten om niet te zwichten voor zijn krankzinnigheid rolde ik me naar de andere kant van het bed, drukte mijn gezicht in Brees kussen en probeerde haar geur op te snuiven. Zo kon ik sterk blijven, mijn hoop en vertrouwen hernieuwen. Ik rook een zweem van haar, maar dat was niet genoeg. Ik stond op, en het klinkt misschien vreemd, maar ik begroef mijn gezicht in haar kleren.

Mijn geest werd enkele minuten volledig bedwelmd door Brees perfecte geur; mijn hoofdpijn verdween en ik was samen met deze lachende, knappe, intelligente vrouw die voor de uitgestrekte vingers van mijn geheugen uit danste. Maar het gevoel dat we weer samen waren ebde veel te snel weg en de geuren in haar kast veranderden; sommige dreigden muf te worden, andere zuur.

Het verlamde me.

Zou het in de andere slaapkamers hetzelfde zijn? Waren hun geuren ook aan het verdwijnen?

Vol walging en angstig voor wat ik zou aantreffen moest ik me ertoe dwingen Ali's deur open te doen. Ik hield mijn adem in, liep snel naar binnen en sloot de deur achter me. Omdat ik niet wilde dat het ene zintuig het andere in de weg zat knipte ik het licht niet aan.

Toen ik uiteindelijk de lucht opsnoof bleek de jongetjesgeur van Alex junior overal in de kamer te zijn. Ik kon opeens zijn stem horen, voelen hoe fijn het was om mijn zoon vast te houden, en ik herinnerde me hoe dol hij erop was om zich in mijn armen te nestelen als hij moe was.

Vervolgens liep ik naar Jannies kamer. De lucht die daar hing bracht me in verwarring. Ik denk dat ik naar binnen was gelopen om geuren van jaren geleden op te vangen. Maar Jannie zat aan het einde van haar eerste jaar op de middelbare school, waar ze uitblonk in atletiek. Lange tijd bleef ik in haar pikdonkere slaapkamer staan, overweldigd door het besef dat mijn kleine meisje ondertussen een jonge vrouw was geworden. En nu was ze met de rest van mijn gezin verdwenen.

Ik stond voor de deur van Nana Mama's slaapkamer, mijn hand trilde toen ik de klink omlaagdrukte. Toen ik naar binnen stapte en de deur achter me sloot, rook ik haar leliegeur. Ik werd door tientallen levendige herinneringen besprongen, het maakte me claustrofobisch en ik moest hier snel weg.

Ik liep de kamer uit en sloot de deur achter me, in mijn zolderkantoor zou ik makkelijker kunnen ademen en beter kunnen nadenken. Maar toen ik de trap op liep, besefte ik dat één bekende geur al niet meer in dit huis aanwezig was.

De zeventienjarige Damon, mijn eerstgeborene, was de laatste twee maanden in Massachusetts geweest. Ter voorbereiding van de universiteit zat hij er op een *prep school*. Het besef dat ik Damons geur nooit meer zou kunnen opsnuiven verpulverde het laatste restje kracht dat ik nog in me had.

Toen ik me de foto's uit mijn droom voor de geest haalde en me afvroeg of dit de beelden waren die me te wachten stonden, werd mijn hoofdpijn ondraaglijk. Woedend stormde ik de resterende traptreden naar mijn kantoor op en hield mijn hoofd voor de camera die tussen twee boeken over moordonderzoek was geplaatst.

'Waarom, Mulch?' riep ik uit. 'Waar heb ik dit aan verdiend? Wat wil je verdomme van me? Zeg het me! Wat wil je verdomme van me?'

Maar er kwam geen antwoord; er was alleen maar die kleine lens die me aanstaarde. Ik pakte hem, trok hem los uit de transmitter en verbrijzelde hem onder mijn hiel.

*Fuck* Mulch, of Elliot, of hoe hij zich ook noemde. Het kon me niet schelen dat ik hem net had laten merken dat ik van de verborgen camera's wist. *Fuck him.*

Ik hijgde nog na, veegde het zweet van mijn voorhoofd en besloot alle verborgen camera's in huis te vernietigen voordat ze mij zouden vernietigen.

Toen sloeg er aan de overkant van de straat een hond aan, en klopte er iemand op de voordeur.

# HOOFDSTUK 5

Toen ik de deur opende, stond er een kleine, sportieve en aantrekkelijke brunette van ergens in de dertig voor me. Ze toonde me haar penning en keek erbij alsof ze overal behalve hier had willen zijn.

'Meneer Cross?' zei ze. 'Ik ben Tess Aaliyah van afdeling Moordzaken.'

'O ja?' zei ik. Ik had haar namelijk nog nooit eerder gezien.

'Ik ben er verleden week bij gekomen, meneer. Daarvoor zat ik bij Moordzaken Baltimore,' antwoordde rechercheur Aaliyah. 'Toen u de zaken van de massagesalonmoorden en de ontvoerde baby's aan het oplossen was.'

Ik keek haar een moment verbaasd aan en wist niet waar ze het over had, maar toen, als een raam dat op een kiertje wordt gezet, kwam het weer terug. Ik knikte, hoewel het leek alsof ik jaren geleden, en niet verleden week, aan deze zaken had gewerkt. 'Geen partner, rechercheur... eh?'

'Aaliyah,' zei ze. Ze hield haar hoofd scheef en keek me onderzoekend aan. 'Chris Daniels is mijn partner, maar hij heeft vanochtend bij het powerliften zijn enkel verstuikt.'

'Daniels is een goeie jongen,' zei ik.

'Dat lijkt mij ook,' beaamde ze. Ze slikte en keek naar de verandavloer.

'Waar kan ik u mee helpen, rechercheur?'

Aaliyah zuchtte kort voordat ze haar ogen naar me opsloeg. 'Er is een paar straten verderop een lichaam gevonden, meneer, bij een bouwput. Een Afro-Amerikaanse vrouw. Ze is ernstig verminkt en het spijt me, rechercheur Cross, maar de penning en identiteitskaart van uw vrouw zijn op het lichaam aangetroffen. Is uw vrouw thuis?'

Ik zakte bijna ter plekke in elkaar, maar ik greep de deurpost vast en zei met verstikte stem: 'Ze wordt vermist.'

'Vermist?' zei de rechercheur. 'Sinds...'

'Breng me erheen,' onderbrak ik haar. 'Ik wil het met mijn eigen ogen zien.'

Het was een ritje van twee minuten, en het scheelde niet veel of de stoppen waren bij me doorgeslagen. Aaliyah stelde onophoudelijk vragen, en ik bleef maar 'Ik moet haar zien' zeggen.

Er stonden patrouillewagens en er hing geel politielint; vertrouwde zaken voor me, maar het stelde me allesbehalve gerust. Ik heb in mijn leven talloze plaatsen delict bezocht, maar ik was nog nooit zo bang geweest als voor wat ik die ochtend zou zien. Aaliyah en ik passeerden een agent en liepen langs een opengeschoven hek van harmonicagaas dat de bouwput afschermde.

'Ze ligt daarbeneden, meneer,' zei Aaliyah.

Ik liep naar de rand en keek in een gat dat voor de fundering was gegraven.

De bodem van de uitgraving was bedekt met kiezelstenen en gevlochten betonijzer, het beton kon er zo ingestort worden. Een vrouw met dezelfde lengte en bouw en hetzelfde kapsel als Bree lag met haar rug naar me toe op haar rechterzij. Stromen opgedroogd bloed bedekten haar rug, die bezaaid was met uitgesneden ovaalvormige wonden. Ze droeg dezelfde bh en slip die Bree op Goede Vrijdag had gedragen. En ik herkende haar horloge.

Wankelend deed ik een stap dichter naar de rand toe. De stoppen sloegen nu echt door en ik dacht dat ik in het gat zou vallen. Maar rechercheur Aaliyah greep me bij mijn elleboog.

'Is ze het, meneer Cross?' vroeg ze. 'Bree Stone?'

Ik keek haar met een lege blik aan en zei toen: 'Ik moet naar beneden.'

We vonden een ladder, en ik zal nooit weten hoe ik naar beneden ben gekomen. Bij elke volgende tree brak mijn hart. Elk houvast kon mijn laatste zijn.

Ik liep door de wirwar van betonijzer tot ik haar van voren kon zien. Het ontging me niet dat de oorringen precies dezelfde waren als de set die ik Bree op onze huwelijksdag had gegeven.

Er steeg een onaards gekreun uit mijn keel op.

Ik zag dat haar gezicht volledig tot moes was geslagen, er viel nauwelijks meer iemand in te herkennen. Het patroon van de wonden liep door op de voorkant van haar lichaam, alsof iemand met een snoeischaar om de zoveel centimeter een ovaal stukje huid eruit had geknipt; de wonden liepen door tot aan de verlovingsring die ik haar had gegeven, en tot aan haar trouwring, zelfs tot aan de bloederige stompjes waar eens haar vingertoppen hadden gezeten. Haar mond hing open, en ik zag dat haar tanden ontbraken.

'O lieve Jezus,' fluisterde ik in shock, en ik zakte door mijn knieën. 'Wat heeft die zieke klootzak Mulch met je gedaan?'

## HOOFDSTUK 6

'Is het uw vrouw, rechercheur Cross?' vroeg rechercheur Aaliyah.

Ik keek naar het verminkte lichaam dat voor me lag. Ik nam het haar, de lengte, de bouw, de huidskleur en de sieraden in me op en zei: 'Ik weet het niet. Het zou kunnen, maar ik weet het niet zeker. In deze toestand... is ze onherkenbaar.'

'Waar was u gisteravond?' vroeg ze.

Terwijl ik nog steeds het lichaam afspeurde naar iets wat definitief bewees dat het Bree was zei ik: 'Ik zat thuis naar herhalingen van *The Walking Dead* te kijken, rechercheur.'

'Pardon?'

'Die tv-serie over de zombie-apocalyps,' zei ik. 'Mijn zoon Ali is er gek op.'

'En was hij er ook?'

Ik schudde mijn hoofd. Tranen welden in mijn ogen op en ik zei: 'Hij wordt ook vermist. Ze zijn allemaal weg. Mijn complete gezin. Hebben ze u niets verteld? John Sampson? Inspecteur Quintus? De FBI?'

'De FBI?' zei ze. 'Nee, ik kreeg hier melding van toen ik op weg was naar mijn werk. Maar laten we hier vertrekken, dan kunnen de forensisch rechercheurs aan de slag en dan kunt u me vertellen wat ik moet weten.'

Ik bleef nog een moment geknield zitten, ik staarde naar het lichaam en zag beelden van mijn leven met Bree voor me. Het was onwerkelijk en het raakte me tot in het diepst van mijn ziel.

'Meneer Cross?'

Ik knikte en richtte me wankelend op, het lukte me om zonder ongelukken de ladder op te klimmen. We liepen naar haar recherchewagen en stapten in.

'Ik wil het allemaal horen,' zei ze op een kalme en professionele manier.

In het halfuur daarop vertelde ik haar van de waanzin van de laatste weken, waarbij ik mijn best deed geen enkel belangrijk detail over het hoofd te zien.

'Ik hoorde voor het eerst van Thierry Mulch toen hij me vreemde, pesterige brieven over de massagesalonmoorden begon te sturen. Hij noemde me een idioot en kwam met theorieën over de moorden, die – dat moet ik toegeven – van grote waarde bleken om de dader uiteindelijk te pakken. Vervolgens verscheen er een man die zich Thierry Mulch noemde op de school van mijn zoon Ali; hij was internetondernemer en hield er een praatje voor de kinderen.

Toen heb ik de naam gegoogled. Het bleek dat er slechts zeven personen met die naam op internet te vinden waren. En een van hen was daadwerkelijk internetondernemer. Omdat ik druk bezig was met de seriemoord in de massagesalon had ik geen aandacht meer aan deze overeenkomst besteed.

Maar het bleek dat Mulch ondertussen wél aandacht aan mij en mijn gezin had besteed,' vertelde ik de rechercheur. 'Hij had ons huis volgestopt met verborgen camera's en afluisterapparatuur. Waarschijnlijk om onze gewoontes en routines in kaart te brengen, want afgelopen vrijdag, Goede Vrijdag, is het hem gelukt om binnen een paar uur mijn hele gezin te ontvoeren. Inclusief mijn oudste zoon Damon, die in Massachusetts op school zit.'

'Hoe kan het dat ik hier niets over heb gehoord?' vroeg ze. 'En hoe wist u dat ze door Mulch waren ontvoerd?'

'Laat het me je uitleggen.'

Aaliyah knikte, en ik vertelde haar hoe Mulch op de avond van Goede Vrijdag de mobiel van mijn dochter had gebruikt om me foto's van mijn gezin te sturen; ze waren vastgebonden en hun monden waren met duct-tape afgeplakt. Hij stuurde ook sms-berichten waarin hij dreigde hen te doden als ik de politie of de FBI erbij haalde. De volgende dag stond John Sampson, mijn beste vriend en partner bij Moordzaken, aan het einde van de middag voor mijn deur. Hij was bezorgd omdat ik niets van me had laten horen, en te vragen waarom ik niet minstens had gebeld om te zeggen dat ik niet op het werk zou verschijnen.

Ik liet John vertrekken en heb hem niets gezegd, maar dat kon Mulch niets schelen,' zei ik terwijl ik mijn mobiel uit mijn zak haalde. 'Om het uur ontving ik dit soort foto's.'

Ik reikte haar de telefoon aan en zei dat ze naar 'Afbeeldingen' moest gaan. Dat deed ze, en ik zag de ontzetting op haar gezicht toen ze op het kleine scherm de foto's zag waarop ieder gezinslid dood te zien was met een kogelwond in het hoofd.

'Zijn ze echt?' vroeg ze.

'Nee,' zei ik. 'Maar dat wist ik toen nog niet.'

Ik vertelde Aaliyah dat ik er na het zien van de foto's helemaal doorheen zat, dat ik door de straten van Washington dwaalde en hoopte dat iemand me door mijn hoofd zou schieten. Uiteindelijk ging ik met een zak vol geld naar een crackhuis, en ik zei tegen de junkies dat ik dood wilde en dat ik ze ervoor zou betalen. Iemand heeft dat ook daadwerkelijk geprobeerd door me met een metalen pijp op mijn hoofd te slaan.

Een meisje dat ooit bij ons inwoonde, Ava, een ex-verslaafde die aan het afkicken is, vond me daar en heeft me naar huis gebracht. Voordat ik vanwege een hersenschudding zo'n hoofdpijn had dat ik wilde slapen, vertelde ik Ava van de foto's.

'Nu is Ava zeer slim, en handig met computers,' zei ik. 'Terwijl ik sliep zette Ava de foto's over op een laptop. Ze blies ze op en zag dat ermee geknoeid was.'

Ava stapte met deze informatie naar Sampson en naar Ned Mahoney, mijn vroegere partner op de afdeling Gedragswetenschappen van de FBI. Ava overtuigde hen ervan dat mijn gezin nog in leven moest zijn.

Ondanks de camera's van Mulch wisten Sampson en Mahoney ongezien mijn huis in te sluipen. Het bleek dat er in Alexandria, Virginia, een vrouw was verkracht door een man die zich Thierry Mulch noemde. De DNA-sporen die werden aangetroffen bleken te matchen met het DNA van een briljante maar labiele computerstudent van George Mason University die twee weken geleden spoorloos was verdwenen.

'Zijn naam is Preston Elliot, en gezien het raffinement van de elektronica die Mulch in mijn huis heeft geïnstalleerd denken we dat Mulch en Elliot een en dezelfde persoon zijn. We hebben expres alle spionageapparatuur in huis laten zitten, en besloten dat ik net zou doen alsof ik dacht dat mijn complete gezin dood was om Mulch-Elliot het idee te geven dat ik helemaal kapot was, dat ik een slachtoffer was en geen bedreiging meer voor hem vormde.'

'We besloten ook om de zoektocht naar mijn gezin stil te houden,' vervolgde ik. 'Er zijn dagen voorbijgegaan, het is nu een week geleden. En we hebben niets van hem vernomen. Tot nu dan.'

Rechercheur Aaliyah hoorde het verhaal onbewogen aan, en leek na te denken over alles wat ik haar de laatste minuten had verteld. Uiteindelijk zei ze: 'Denkt u dat Mulch, eh... Elliot, achter de dood van uw... deze onbekende vrouw zit?'

'Hij zit erachter,' zei ik. 'Daar is geen twijfel over mogelijk.'

Aaliyah dacht een moment na en vroeg toen: 'Wat is de reden dat hij u en uw gezin dit aandoet?'

'Dat heb ik me al duizend keer afgevraagd,' antwoordde ik. 'Maar wat voor ziekelijke, obsessieve reden hij ook heeft om mij te pakken, voor mij voelt het als een marteling, alsof hij me telkens weer naar de rand van de afgrond probeert te drijven en hoopt dat ik vroeg of laat zal springen.'

Ze hield haar hoofd scheef en vroeg: 'Zult u dat doen?'

'Als het Bree is die daar ligt, dan zou ik het eerlijk gezegd niet weten.'

# HOOFDSTUK 7

Over het geheel genomen was Marcus Sunday tevreden over de laatste ontwikkelingen. Er waren momenten geweest dat hij van het originele plan had moeten afwijken, maar hij voer nog steeds op koers.

Sunday zat in de passagiersstoel van de Durango, zijn aandacht werd volledig in beslag genomen door het beeldscherm van zijn laptop, die in verbinding stond met een minuscule camera die weken geleden hoog in een boom bij de bouwput was geplaatst.

Hij had het allemaal gezien: hoe Cross bij het lichaam op zijn knieën was gevallen en er zo lang was blijven zitten, helemaal kapot.

'Het einde komt in zicht,' zei hij tegen Acadia, die op de achterbank zat. 'Zag je hoe hij in zijn kantoor recht in de camera smeekte voordat die agente op zijn deur klopte? Smeken is een klassiek signaal, toch, Mitch?'

De bestuurder, een beer van een vent in spijkerbroek, werkschoenen en een Boston Red Sox-shirt, knikte en zei: 'Dat klopt, Marcus.'

Acadia zei achterdochtig: 'Wat weet jij daarvan?'

Mitch Cochran had geen noemenswaardige nek. Zijn massieve hoofd leek rechtstreeks uit zijn schouders voort te komen. Hij wierp een blik achterom en zei: 'Voordat ik *fuck it all* tegen de wereld heb gezegd zat ik in Irak. In ons kloteleger, dus. Ik moest de Abu Ghraib-gevangenis bewaken en heb daar ondervragingen meegemaakt. Het is zoals Marcus zegt: ze smeken voor ze breken. Allemaal.'

Acadia was niet overtuigd. 'Maar hoe lang moeten we daar op wachten?'

'Het zal nu niet lang meer duren,' stelde Sunday haar gerust. 'Mulch heeft Cross' vrouw vermoord, en de rest van het gezin wordt met de dood bedreigd.'

'Hoe lang?' drong ze aan.

Sunday raakte geïrriteerd en zei wrevelig: 'Een omvangrijk project als dit kun je niet in een tijdschema vangen, Acadia. Hoe vaak heb ik je niet gezegd dat de constructie van een monster begint met de destructie van een mens?'

'Je hebt wel meer dingen gezegd,' kaatste Acadia terug. 'Dat Cross bijvoorbeeld zou instorten op de avond dat we die foto's stuurden.'

'Cross was er kapot van,' snauwde hij. 'Dat is hij nog steeds, en het zal alleen maar erger worden. Dat heb je toch met je eigen ogen kunnen zien? Hij gaat eraan onderdoor.'

Acadia zweeg een lang moment voordat ze zei: 'Hoe langer ik erover nadenk, het was een blunder om die foto's te sturen.'

'Een blunder?' antwoordde Sunday, nu duidelijk geïrriteerd.

Acadia zei: 'Het was een schokeffect op korte termijn, toen Cross zag dat zijn complete gezin door het hoofd was geschoten heb je wisselgeld weggegeven. Hetzelfde geldt voor de vrouw in de bouwput. Met een dode kun je niets, Marcus. Een dode kan niet meer gered worden. Het zal zijn motivatie om de volmaakte moordenaar te worden die jij wilt dat hij wordt geen goed doen.'

'Af en toe twijfel ik wel eens aan je kennis van de dierlijke reflexen, Acadia,' bitste Sunday. 'Het is allemaal een kwestie van timing.'

'Wat wil je daarmee zeggen?' zei ze en sloeg haar armen over elkaar.

'Heb je ooit een hondentrainer aan het werk gezien?' vroeg hij. 'Ik bedoel een echte, iemand die jacht- of vechthonden africht?'

'Die klootzak van een vader van me hield *coonhounds*.'

'Dan weet je wat de jager-prooirespons is?'

'Dat kan ik wel raden,' zei ze. 'Er loopt een beest door het bos en de hond gaat erachteraan. Hij probeert het beest te doden. Dat is zijn natuur.'

'Precies,' zei Sunday, terwijl hij met zijn vingers in haar richting knipte. 'En trainers scherpen die respons aan door iets weg te nemen van de hond, iets waar hij dol op is, zoals een bot of een speeltje. Ze laten Bello dagenlang in de waan dat zijn favoriete bot of speeltje voorgoed weg is. Dan laten ze het weer zien, maar aan een touwtje. Als de hond eropaf gaat trekken ze het buiten zijn bereik, telkens opnieuw, en de hond kan er niet bij komen. Zo doen ze dat toch, Mitch?'

Cochran schakelde terug, de auto minderde vaart en hij zei: 'De hond wordt helemaal gek, hij doet alles wat hij kan om dat speeltje terug te krijgen. Op dat moment laat de trainer zich gelden; hij geeft de hond commando's en gebruikt het speeltje als beloning.'

Hij wierp een zijdelingse blik op Acadia. 'En hoe weet ik dat nu weer, hè? We hadden van die klotehonden in Abu Ghraib. Een heleboel.'

Cochran sloeg rechts af. Ze reden over een modderige weg door het platteland van Noordwest-Maryland, een paar kilometer ten zuiden van Frostburg. Ze passeerden een bouwvallige boerderij, en Sunday hoorde de echo van gillende varkens in zijn hoofd. De weg liep door een stuk eikenbos met jonge, limoenkleurige bladeren.

Nadat ze meer dan een kilometer door het bos hadden gereden, begon Sunday aandachtig naar de bomen te kijken, tot hij zei: 'Hier is het. Parkeer bij die berken aan de rechterkant.'

# HOOFDSTUK 8

Cochran parkeerde de Durango bijna in de greppel bij de drie berken, die zo dicht bij elkaar stonden dat het wel uitschieters van dezelfde boom leken.

'We zijn tien minuten te vroeg,' zei Sunday, die zijn aandacht weer op de laptop richtte. Maar Cross scheen niet meer bij de bouwput te zijn.

'Kun je nu niet gaan?' vroeg Acadia op geërgerde toon. 'Ik heb je gezegd dat we het tot zeventig uur kunnen oprekken, zoveel tijd hebben we nu ook niet meer over.'

Sunday keek op zijn horloge. 'We zitten nu op zevenenzestig uur. Dat gaan we halen.'

'Ik moet even een grote boodschap doen,' zei Cochran.

'Jezus, man, zit je nog op de kleuterschool of zo?' snauwde Acadia.

'Misschien is dát wel mijn probleem: ik ben gewoon te kinderachtig.' Cochran lachte, stapte de auto uit en liep weg.

Sunday staarde zwijgend door de voorruit naar buiten en zei toen: 'Die boerderij die we passeerden maakte herinneringen bij me los. Mulch groeide op in zo'n hellepoel.'

'Je legendarische afkomst?' vroeg Acadia.

'Waar Mulch vandaan komt. En waar hij is overleden.'

'Ben je ooit terug geweest?'

'Niet eens in de buurt,' zei Sunday, die nog eens op zijn horloge keek. 'Ik denk dat het tijd is om te gaan.'

'Weet je zeker dat er niet iemand mee moet?' vroeg Acadia.

Sunday schudde zijn hoofd en zei: 'Het heeft me veel tijd gekost om deze kerel te vinden en zijn vertrouwen te winnen. Ik wil hem op wat voor manier dan ook niet afschrikken, zeker niet nu hij zo nuttig is gebleken.'

'Vergeet de pegels niet,' zei Acadia, en ze reikte hem een dunne sporttas aan waar een Nike-logo op stond.

'Als ik niet binnen een kwartier terug ben nemen Cochran en jij poolshoogte, maar doe het voorzichtig, goed?'

'Gewapend?'

'Zeker weten.'

Sunday stapte uit en rook de doordringende lentelucht. Het begon te motregenen. Hij bedacht dat hij blij mocht zijn met de druilerige regen. De druppels kwamen op de nieuwe bladeren terecht, ze smoorden alle andere geluiden en gaven hem de kans de omgeving te checken voordat hij eropaf zou gaan.

Sunday gleed van de ophoging af en vond toen het overwoekerde houthakkerspad. Hij volgde het en zorgde ervoor dat hij de sporttas hoog hield, zodat de doornen van de braamstruiken hem niet zouden openscheuren. Al snel rook hij de geur van een houtkachel en hij sloop langzaam verder. Hij bereikte een richel en keek uit op een open plek in het bos met een gezwollen beek erachter.

Rechts onder hem, vlak bij de beekoever, stond een keet van triplex en teerpapier. Uit een kachelpijp die uit het dak stak kringelde rook. Tussen de keet en een soort van schuurtje stond een oude blauwe Chevy-pick-up met een overkapping.

Sunday zag dat het gordijn achter het raam dat op hem uitkeek even bewoog, en hij wist dat hij was opgemerkt. Hij hield de sporttas omhoog, stapte over de richel en liep de open plek op. De deur ging piepend open en er kwam een grote rottweiler op hem af gestormd.

Sunday hield zijn pas in en bleef doodstil staan, zijn blik op de donkere ruimte achter de deur gericht terwijl de hond laag grommend om hem heen cirkelde en zijn geur opsnoof. Toen de hond begon te blaffen, ging de deur wijder open. Sunday vervolgde zijn weg naar de keet. Hij stapte de veranda op, zag een kettingzaag en een jerrycan staan en liep naar binnen.

'Moet dat nu elke keer?' vroeg Sunday aan de gespierde kaalgeschoren man terwijl ze door een schemerige tussenruimte liepen die op een simpele keuken uitkwam. Zijn naam was Claude Harrow.

'Elke keer,' antwoordde Harrow. 'Het stelt me gerust, vooral nu we samen een duistere grens hebben overschreden.'

De hond kwam achter hen aan naar binnen. Sunday deed de tussendeur achter zich dicht en bleef staan tot zijn ogen zich hadden aangepast en hij een formicatafel, tuinstoelen, een versleten bank, en, in de hoek, een houtkachel kon onderscheiden. De wanden waren kaal, op een grote Confederationvlag en een ingelijste foto van een saluerende Adolf Hitler na. De hond liep naar de kachel en ging daar met zijn kop naar Sunday opgeheven liggen.

'Zo te zien is het allemaal volgens plan verlopen,' zei Sunday, die bleekmiddel rook en een wastobbe naast zich op de vloer zag staan. Twee slagersmessen en een blikschaar lagen in een laagje chloor met water te weken.

'Wat had je anders verwacht? Amateurgedoe?' antwoordde Harrow. Hij keek Sunday aan, waardoor er een gemeen dun litteken op zijn rechterwang en een tatoeage van een vlammend zwaard in zijn nek zichtbaar werden.

Sunday merkte een spiegel op de tafel op en zag dat de restjes van witte lijnen er nog op lagen. Hij fronste. 'Ik dacht dat we hadden afgesproken dat er niet gesnoven zou worden tijdens de klus.'

'Tijdens ja, maar niet erna,' antwoordde Harrow. 'Maak je niet druk, het is alleen maar een opkikkertje. Ik ben de hele nacht op geweest, en toen ik hier terug was begon ik onrustig te worden.'

Sunday overwoog er iets van te zeggen, besloot dat toen maar niet te doen en hield de sporttas op. 'Het geld voor de eerste zit erin, en een vooruitbetaling voor nummer twee.'

Harrow gebaarde hem de tas op tafel te leggen en vroeg: 'Wanneer?'

'Vanavond. De oudste jongen.'

Sunday kon zien dat het Harrow niet beviel.

'Zo'n verandering van de plannen, en op zo'n korte termijn, dat kost wel wat extra,' zei hij.

'Hoeveel?'

'Om alles netjes af te leveren? Honderdduizend erbij als we klaar zijn.'

Sunday hield er niet van opnieuw te moeten onderhandelen. 'Dat is een aardige loonsverhoging.'

'Ik ben degene die hier het risico loopt. Er is politie bij betrokken, toch?'

'Ik denk dat je het zelfs zou doen als ik je niet een klein fortuin betaalde,' zei Sunday terwijl hij de tas op tafel zette.

'Zou kunnen,' beaamde Harrow, die voor de eerste keer glimlachte. 'Op het politiegedoe na vind ik het altijd prettig om mijn gereedschap weer eens te kunnen gebruiken.'

'Laat je me weten wanneer je er klaar mee bent?'

'Natuurlijk, ik wil mijn geld toch? Kop koffie?'

'Sorry, maar ik moet een vliegtuig pakken. Om vijf uur moet ik in St. Louis zijn, daar kom ik absoluut niet onderuit,' zei Sunday terwijl hij naar de deur liep.

'En als je het niet haalt?'

'Dan breekt de hel los.'

## HOOFDSTUK 9

John Sampson arriveerde terwijl ik toekeek hoe een lijkzak uit het gat naar boven werd gebracht.

Hoewel hij de bouw van een NBA-speler had, zag hij er zo teer uit als een jong poesje toen hij met tranen in zijn ogen naar me toe liep. Sinds ons tiende jaar zijn John en ik als broers voor elkaar geweest, op de genen na dan. Toen John zijn armen om me heen sloeg moest ik mijn best doen om niet ter plekke in elkaar te storten.

'Jezus christus, Alex,' zei hij met hese stem. 'Zodra ik het hoorde ben ik hierheen gekomen. Is het waar? Is het…?'

'Ik denk het, maar ik weet het niet zeker, dat zullen we op z'n vroegst pas morgen weten… en dat zal het zwaarste gedeelte zijn,' sprak ik mat terwijl ze de lijkzak op een brancard legden en die naar de bus van de Medical Examiners duwden.

Ik bleef maar denken dat het niet het lichaam van Bree kon zijn dat daar in die lijkzak lag. Maar Mulch, hij…'

'Zal ik je naar huis brengen?' vroeg Sampson.

'Nee,' zei ik. 'Het is beter als ik niet thuis ben. Mulch houdt me daar in de gaten, hij geniet van mijn ellende en dat plezier gun ik hem niet meer. Laat me een wandeling maken, zodat ik alles op een rijtje kan zetten.'

'Zal ik je gezelschap houden?' vroeg hij.

'Ik zie je straks op het werk.'

'Jongen, je kunt niet gaan werken als je zoiets als dit…'

'John, ik moet juist wél werken als er zoiets als dit is gebeurd,' zei ik resoluut. 'Het is de enige manier om dit te overleven.'

Sampson leek me iets te willen zeggen, maar rechercheur Aaliyah kwam eraan gelopen en zei: 'Dr. Cross, ik heb…'

'John, dit is Tess Aaliyah,' zei ik. 'Ze is nieuw, uit Baltimore. Ze is op deze zaak gezet en moet snel worden bijgepraat over wat de geheime opsporingseenheid tot nu toe over Mulch heeft gevonden.'

'Geheime opsporingseenheid?' zei Aaliyah.

'Inderdaad,' zei ik. Ik liep weg en probeerde me ervan te overtuigen dat het niet het lichaam van mijn vrouw was dat achter in de bus van de Medical Examiners lag.

Maar rouw en verdriet kunnen de sterkste overtuigingen aan het wankelen brengen.

Binnen vijf minuten kon ik alleen nog maar aan Bree denken. Ik werd overmand door herinneringen aan mijn eerste dagen met Bree, hoe ze met haar onwrikbare liefde een einde wist te maken aan een lange periode van eenzaamheid, terwijl ik dacht dat ik daar nooit meer uit zou komen. Maar toen raakte de grote kans dat ze er nooit meer zou zijn me als een mokerslag, en terwijl ik met een dichtgeknepen keel door de straten liep begon ik te snikken.

De vrouwen van wie ik hield stierven of raakten zo getraumatiseerd door het geweld waarmee mijn leven verweven was dat ze er niet meer tegen konden. Mijn eerste vrouw, Maria, werd vanuit een auto doodgeschoten toen Damon nog een peuter en Jannie een baby was. Ali's moeder werd door een psychopaat gegijzeld, en hoewel we haar wisten te bevrijden had het onze relatie voorgoed beschadigd. En nu was Bree, de liefde van mijn leven, waarschijnlijk verzwolgen door de duistere schaduw die me achtervolgde sinds het moment dat ik rechercheur was geworden.

Maar mijn kinderen? En mijn grootmoeder? Waren ze gedoemd om mijn geliefde te volgen in de duisternis? En ik?

Zat ik er al in, vroeg ik me af, terwijl ik verder liep en de tranen uit mijn ogen veegde. Was ik er ooit uit geweest? Zou ik er ooit uit kunnen komen?

Mijn voeten kenden de weg, ik nam een route die ik duizend keer met mijn kinderen had gelopen. Ik bracht ze elke ochtend, of in ieder geval zo vaak mogelijk, naar hun lagere school, Sojourner Truth. Dat was jaren zo gegaan, en terwijl ik deze bekende route liep werd ik ondergedompeld in herinneringen aan Damon, Jannie en Ali en hun eerste dag op school.

Damon had er zin in gehad, hij was gretig. Zijn vriendjes en hij hadden het over niets anders. Maar Jannie en Alex jr. waren zenuwachtig.

'En als ik nu een nare juf krijg?' vroeg Jannie.

Ali had hetzelfde gevraagd, en voor mijn gevoel waren Jannie en Ali er opeens, samen. Ze waren zes jaar oud en keken me aan, in afwachting van mijn antwoord. Ik knielde voor hen neer, trok ze naar me toe en genoot van hun geur en hun onschuld.

'Er is niets op de wereld wat ik niet voor jullie zou doen,' zei ik. 'En ik hou van jullie. Meer hoef je niet te weten.'

'Ik hou nog meer van jou,' zei Jannie.

'En ik hou nóg meer van jou,' zei Ali.

'En ik hou nóg meer van jullie,' fluisterde ik. 'Ik hou...'

'Meneer Cross?' klonk een vrouwenstem.

# HOOFDSTUK 10

Ik schrok op uit het heldere visioen van mijn leven vóór Thierry Mulch, en zag tot mijn verbijstering dat ik bij het hek van de speelplaats van Sojourner Truth stond. Hij lag er verlaten bij. Ik dacht dat ik de pauzebel hoorde. Maar waar was het gelach van mijn kinderen?

'Meneer Cross?'

Ik knipperde met mijn ogen en draaide me om. Er stond een lange, knappe Afro-Amerikaanse in een blauw broekpak voor me, en van haar gezicht was bezorgdheid af te lezen.

'Ja,' zei ik. Ze kwam me bekend voor. Ik voelde enige irritatie, al wist ik niet precies waarom.

Ze keek me aandachtig aan en zei: 'U ziet er belabberd uit.'

'Ik ben alleen maar... Waar zijn de kinderen? De bel klonk net, de pauze is begonnen.'

'Het is paasvakantie,' zei ze.

Ik keek haar aan alsof ze een vreemde in een droom was.

'Meneer Cross,' zei ze. 'Weet u wie ik ben?'

Opeens wist ik het, en ik voelde een enorme woede opkomen. 'U bent mevrouw Dawson. Het schoolhoofd. U bent degene die Mulch binnen heeft gelaten. Waar was u? We hebben u gezocht.'

Mijn gezichtsuitdrukking en toon moesten haar hebben beangstigd, want ze deed een stap achteruit. 'Het spijt me. Ik was op vakantie. Ik…'

'Thierry Mulch,' schreeuwde ik. 'U hebt die zieke klootzak op Ali's school laten komen. U hebt hem bij al die kinderen gelaten!'

'Wat?' zei ze en sloeg haar hand voor haar mond. 'Wat heeft hij gedaan?'

'Hij heeft mijn gezin ontvoerd,' zei ik. 'Hij heeft mogelijk mijn vrouw vermoord. En misschien is Ali wel de volgende.'

Het schoolhoofd was ontzet. 'Mijn god, het is niet waar!'

Haar heftige reactie schudde me wakker uit de schemertoestand waarin ik had rondgelopen.

'We hebben al een week lang berichten voor u op school achtergelaten,' zei ik. 'De politie, de FBI…'

'Het spijt me verschrikkelijk,' zei Dawson met trillende stem. 'Ik was bij familie op Jamaica, en ik ben net terug. Ik was op weg naar mijn kantoor om de komende week voor te bereiden toen ik u hier zag staan. Hoe kan ik u helpen. Zeg het alstublieft.'

'Vertel me alles wat u over Thierry Mulch weet.'

Dawson vertelde dat Mulch haar vanuit het niets had benaderd, eerst per e-mail, daarna had hij gebeld. Hij zei dat hij een internetondernemer was die enkele succesvolle projecten had gelanceerd, maar dat hij nu op zoek was naar een ander demografisch en breder publiek. Hij had het idee om een social-mediaplatform voor zes- tot twaalfjarigen te creëren waar alleen maar gescreende leden op konden inloggen.

'Om perverselingen te weren?'

'Precies.'

'Geen slecht concept.'

'Dat dacht ik ook. Dus toen hij vroeg of hij op school de kinderen erover mocht vertellen, zag ik dat als een kans. En hij gaf volledige openheid van zaken. Ik bedoel, zijn bedrijf heeft een geregistreerde website. Als u meekomt naar mijn kantoor, kan ik het u laten zien.'

We liepen naar de voordeur van de school. Ze maakte hem open, knipte het licht aan en we gingen naar binnen. De lucht die in de gang hing was zo vertrouwd en verweven met herinneringen aan mijn kinderen dat ik probeerde niet meer door mijn neus te ademen.

In haar kantoor zette Dawson haar computer aan. Ze typte iets in, fronste en typte nog een keer iets in. Ze keek me mismoedig aan en zei: 'Of ik heb het niet goed getypt, of de website is uit de lucht.'

Het schoolhoofd begon in een bureaula te rommelen en zei: 'Maar ik moet hier ergens zijn visitekaartje hebben... Hier is het!'

'Niet aanraken!' riep ik uit. Ze kromp ineen en ik snelde naar haar toe. 'Sorry. Er kunnen vingerafdrukken op zitten.'

'Hij droeg dunne witte handschoenen,' zei ze met een geknepen stemmetje.

'Uiteraard,' antwoordde ik. Ik had zin om met mijn vuisten tegen de muur te gaan beuken. 'Maar toch, hebt u hier misschien een boterhamzakje?'

'Is een envelop ook goed?'

'Ja.'

Ze gaf me een envelop en ik gebruikte een pincet om het kaartje uit de lade te halen en op het bureau te leggen.

'Ik heb ook nog een kopie van zijn rijbewijs,' zei ze.

'Daar hebben we er al een van, maar evengoed bedankt.' Ik bekeek het visitekaartje en nam er met mijn mobiel een foto van.

THIERRY MULCH, PRESIDENT, TMI ENTERTAINMENT, BE-
VERLY HILLS. Er stond een telefoonnummer bij dat met de
regiocode 213 begon, en een adres op Wilshire Boulevard.
Daaronder stond de website vermeld: www.TMIE1.info, en een
e-mailadres, TMulch@TMIE1.info.

Ik wilde net het kaartje in de envelop schuiven en het voor
verder onderzoek in mijn binnenzak steken toen er diep in
mijn recente geheugen een belletje begon te rinkelen. Het had
iets te maken met de URL en het e-mailadres.

'Probeer eens www.TMIE.com op uw computer.'

Schoolhoofd Dawson fronste, typte de URL in en gaf een re-
turn. Het scherm versprong, en daar verscheen de homepage
van TMI Enterprises, een multimediaal bedrijf voor sociale
netwerken.

'Dat is 'm,' zei ze. 'Dit is zijn website.'

'Klik eens op "Directie".'

Toen ze dat deed versprong het scherm naar een andere pagina waarop foto's en korte bio's van de kopstukken van het
bedrijf stonden. Bovenaan stond iemand die ik ook al had
gezien toen ik de website twee weken geleden bezocht: een
blond, surferachtig type van achter in de twintig met een dikke
zwarte bril en een capuchon over zijn hoofd.

'Dit is niet de Thierry Mulch die ik op de andere versie van
de website heb gezien,' zei Dawson. 'Ik zag de man die hier op
bezoek is geweest: rood haar, een rode baard, en ga zo maar
door.'

'Wil de echte Thierry Mulch opstaan?' zei ik, en ik voelde
dat het bonken in mijn hoofd weer begon.

## HOOFDSTUK 11

Mijn hoofd bonkte nog steeds toen ik de afgeschermde ruimte op de derde verdieping van het hoofdkwartier van de Metropolitan Police bereikte. Mannen met bouwhelmen en stofmaskers waren met mokers gasbetonnen muren aan het slopen. De lucht was vol gipsstof en ik liep naar de plastic flappen die de scheiding vormden tussen ons kantoor en de werkzaamheden.

Ik begon te hoesten, en dat maakte mijn hoofdpijn alleen maar erger. Ik kreeg veel zin om het bijltje erbij neer te gooien, om in foetushouding in het neerdwarrelende stof te gaan liggen en te rouwen om mijn vrouw. Maar ik wist dat ik het niet moest opgeven. Als ik hoop wilde houden dat de rest van mijn gezin gered zou worden, dan moest ik verdergaan, vragen blijven stellen en zo lang als ik kon terugvechten.

Ik trok de plastic flap opzij en betrad een volledig kaal gestripte ruimte met een betonnen vloer. Onder een aantal fel schijnende lichtbakken stonden in het midden acht bureaus waar deugdzame mannen en vrouwen aan zaten te werken.

Ned Mahoney, mijn oude partner van de FBI, zat met Sampson te praten. Zodra hij me zag stond hij op. 'Jezus, Alex, ik heb het net gehoord. En ik ben er helemaal… Ik weet niet wat ik moet zeggen, maar ik beloof je, we zullen hemel en aarde bewegen om die klootzak te pakken.'

Ik slikte en gaf hem een schouderklopje. Mahoney en ik hadden bij Gedragswetenschappen in Quantico samengewerkt. We hadden aan zoveel zaken met criminele psychopaten gewerkt dat we elkaar niet lastig hoefden te vallen met psychologische nuances en valse beloften.

'Ned,' wist ik uit te brengen. 'Als we hem niet pakken zal hij ze allemaal op dezelfde gore manier verminken.'

'Dat zal niet gebeuren,' zei mijn baas, commissaris Roelof Antonius Quintus, die samen met andere leden van de opsporingseenheid naar me toe liep. 'Als blijkt dat deze Jane Doe je vrouw is, dan heeft hij een agent vermoord. En hij heeft al het gezin van een agent ontvoerd. Dáár zal hij voor boeten.'

De rechercheurs en FBI-agenten achter hem knikten grimmig.

'Dank u, commissaris,' zei ik, en knikte de anderen toe. 'Ik ben jullie dankbaar voor het werk dat jullie verrichten.'

Ik haalde de envelop uit Dawsons kantoor tevoorschijn.

'Ik ben bij Sojourner Truth langs geweest, het schoolhoofd bleek net terug te zijn van vakantie,' zei ik hun. 'Ik heb hier een visitekaartje dat hij haar gaf toen hij op de school was om met de kinderen te praten.'

Ik overhandigde de commissaris de envelop en vertelde over de nepwebsite die er bijna net zo uitzag als die van de echte Thierry Mulch.

'Alles was hetzelfde, behalve de foto van Mulch. Daarvoor moet je iets van computers weten, een klusje dat Preston Elliot met twee vingers in zijn neus voor elkaar krijgt.'

Quintus, Sampson en Mahoney wisselden blikken uit.

'Waarom ga je niet even zitten, Alex,' zei de commissaris.

'Wat is er aan de hand?'

Quintus haalde diep adem en wees naar een stoel. Met tegenzin ging ik erop zitten, en nog voordat Ned Mahoney begon te praten voelde ik het overal tintelen.

'Drie dagen geleden is de sheriff van Fairfax County naar een commerciële varkenshouderij in Berryville, Virginia, geroepen,' begon Mahoney. 'De boer had een menselijke schedel en een stuk van een dijbeen in zijn machines gevonden. Quantico onderzocht het DNA en kreeg direct drie matches.'

Opeens vond ik het licht in de ruimte te fel en ik kneep mijn ogen tot spleetjes.

Sampson zei: 'Sperma van die verkrachting in Alexandria, sperma dat op de broek van de vermoorde advocaat van Mandy Bell is aangetroffen, en een haarmonster dat Preston Elliots moeder voor zijn vermissingdossier heeft aangeleverd.'

Het duurde een moment voordat ik de implicaties hiervan doorzag. De advocaat van de countryster Mandy Bell was tien dagen geleden dood aangetroffen in zijn kamer in het Mandarin Oriental, hij bleek vergiftigd. Op de avond van dezelfde dag had een man die zich Thierry Mulch noemde een vrouw verkracht in Alexandria.

Omdat we duidelijk DNA-bewijs hadden dat de moord en verkrachting aan Preston Elliot koppelde, waren we aan de slag gegaan met de veronderstelling dat de vermiste computerstudent en Mulch een en dezelfde persoon waren.

Maar dat klopte dus niet. Mulch kon Elliot niet zijn omdat de DNA-match op de schedel uit de varkenshouderij honderd procent zeker was, wat betekende…

'Mulch heeft Elliot vermoord en zijn lichaam bij die varkensboerderij gedumpt,' zei ik.

'Dat is wat we denken,' zei Sampson knikkend. 'Varkens vreten alles wat je ze toegooit.'

Ik herinnerde me iets wat Ali over Mulch had verteld.

'Het klopt. Toen Mulch op Ali's school een praatje hield, zei hij dat hij op een varkensboerderij was opgegroeid.'

'Dus hoe moet het zijn gegaan?' vroeg commissaris Quintus. 'Was Mulch in het bezit van Elliots sperma voordat hij hem vermoordde?'

'Waarom niet?' antwoordde Sampson. 'Het is een briljante manier om ons om de tuin te leiden, toch? Hij laat het DNA van een dode bij een verkrachting en een moord achter…'

'Die klootzak is een duivel,' zei Mahoney.

'Je hebt gelijk,' zei ik. 'Mulch is een duivel. Hij is bijzonder slim, denkt op de lange termijn en hij is wreed en roekeloos. Kortom, hij is narcistisch en kwaadaardig.'

Commissaris Quintus knikte. 'Hij gelooft dat hij boven iedereen staat, en dat hij te slim is om gepakt te worden.'

'Wat zou kunnen betekenen dat hij al eerder met ernstige misdaden is weggekomen,' zei Sampson. 'De misdaden versterken elkaar bij dit soort figuren.'

'Wat ik graag zou willen weten,' zei Mahoney, 'opereert Mulch solo, of zijn er ook anderen bij zijn acties betrokken?'

## HOOFDSTUK 12

Zou Mulch handlangers hebben gehad toen hij in minder dan tien uur mijn complete gezin ontvoerde? Het moest begonnen zijn met Damon op zijn school in de Berkshires.

Op de ochtend van Goede Vrijdag zou Damon om kwart voor acht het pendelbusje van de campus naar het station van Albany hebben genomen. Maar volgens de chauffeur had Damon op het laatste moment tegen een vriend gezegd dat hij niet meeging omdat hij een lift naar Washington had gekregen.

Maar van wie? Van Mulch? Of van iemand anders?

We hadden nog geen antwoord op deze vraag omdat Kraft School, net als Sojourner Truth, gesloten was vanwege de paasvakantie.

Hoe dan ook, ik wist uit persoonlijke ervaring dat de rit van Kraft School naar DC minstens zeven uur duurde, en op Goede Vrijdag moet het druk op de weg zijn geweest. Maak er dus acht uur van. Dan zou Mulch rond vieren in Washington zijn aangekomen.

Bree, Ali, Jannie en Nana Mama werden in de twee daaropvolgende uren ontvoerd. In principe zou Mulch dit dus allemaal alleen gedaan kunnen hebben. Maar als dat zo was, dan was het met de feilloze precisie van een Zwitsers uurwerk.

'Mijn intuïtie zegt me dat hij hulp heeft gehad,' zei ik. 'Het sperma dat bij de moord en de verkrachting is gevonden ondersteunt deze theorie ook.'

'Hoezo?' vroeg Mahoney.

'Het lijkt me logisch dat Mulch een vrouwelijke handlanger had, tenzij Elliot homoseksueel was natuurlijk. Ze verleidde de jongen tot seks, bewaarde zijn sperma, waarschijnlijk in een condoom, en daarna vermoordde Mulch hem.'

'Klinkt aannemelijk,' zei Quintus.

Dat klonk het zeker. En nu, alsof er een mistbank optrok, begonnen we een beter beeld te krijgen van de dagen die achter ons lagen, en ik zou er alles voor over hebben om daarnaar te kunnen terugkeren.

Ik zei: 'Zou er iemand naar George Mason University kunnen gaan om Elliots vrienden te vragen of hij de laatste tijd met een vrouw is gezien?'

'Dat zal ik wel doen,' beloofde Mahoney.

Ik keek Sampson aan. 'Heb je zin om te rijden?'

'Waar gaan we heen?'

'De boerderij waar ze Elliots schedel hebben gevonden.'

'Eh...' begon commissaris Quintus, en hij wisselde een blik met Mahoney. 'Weet je wel zeker dat je wilt werken, Alex?'

Mijn hart begon sneller te kloppen. 'Ik kan hier niet zitten wachten tot er nog meer gezinsleden worden vermoord, commissaris. Dat weiger ik. Dat is precies wat Mulch wil, en ik doe het niet.'

'Alex,' zei Mahoney, 'misschien is het...'

Ik keek mijn oude vriend woedend aan en zei: 'Ik laat Bree in de steek als ik nu niet werk, Ned. En ik wil haar niet in de steek laten, niet nu.'

Mahoney knikte langzaam. Hij gebaarde naar Sampson en

zei: 'Maar jij rijdt, John. Hij kan niet achter het stuur zitten met die hersenschudding.'

## HOOFDSTUK 13

Het kostte ons een uur om het drukke verkeer van DC achter ons te laten. We reden over provinciale wegen door Reston en McLean, om daarna over het platteland te rijden dat je overal vindt als je in Virginia naar het westen of zuiden rijdt. Voor het grootste gedeelte van de rit werd er niet gesproken, maar Sampsons medeleven en verdriet waren ook zonder woorden duidelijk voelbaar.

Zijn aanwezigheid, de levende, ademende belichaming van mijn langste relatie op Nana Mama na, was de enige reden waarom ik niet volslagen gek werd tijdens de tocht naar de varkensboerderij. Ik deed mijn uiterste best om er niet aan te denken, maar ik zag almaar beelden van Bree in onze begintijd, toen er iets tussen ons aan het ontstaan was. De eerste verlegen glimlach. De eerste keer dat ik haar vingers aanraakte. De eerste keer dat we zoenden. Hoe ze genoot van het lachen en het dansen. Hoe toegewijd ze was als agent en stiefmoeder.

'Moet je aan haar denken, maatje?' vroeg Sampson.

Er waren momenten waarop ik zeker meende te weten dat mijn partner helderziend was. Hij ving in ieder geval de subtielste veranderingen in mijn lichaamstaal zo goed op dat hij mijn gedachten kon lezen. Maar misschien vielen ze nu wel makkelijk te raden, ik weet het niet.

'Ja,' zei ik, en ik zweeg weer een lang moment. Ik probeerde mijn emotie weg te slikken en zei: 'John?'

'Zeg het maar,' zei hij.

'Ik weet niet hoe ik het…' begon ik stamelend. 'Ik kan me niet…'

'Wat kun je niet?'

'Ik kan me niet voorstellen dat Bree er niet meer is,' zei ik met op elkaar geklemde kaken. 'Het is alsof mijn hart het weigert te geloven. Ik heb niet eens afscheid kunnen nemen van haar. Ik heb haar niet kunnen vertellen hoeveel ik van haar hield, dat ze me zo…'

'Compleet maakte?' zei Sampson zacht.

'Hoe ze me verankerde,' antwoordde ik.

Het was precies het juiste woord voor wat Bree in mijn leven had gedaan: zij was degene die me had verankerd, die me grond onder mijn voeten had gegeven, die ervoor gezorgd had dat ik niet wegspoelde.

'We hebben de DNA-resultaten nog niet gezien,' zei Sampson.

'Dat zeg ik ook de hele tijd tegen mezelf.'

'En blijf dat vooral doen, hoor je me?'

Het begon te regenen. Sampson zette de ruitenwissers aan; het klappende geluid klonk als spijkers die door een windbuks in een wand werden gedreven. Ik deed mijn ogen dicht, maar ik schrok weer op en wreef over de plek op mijn achterhoofd waar de junkie me met de metalen pijp had geraakt.

'Heb je nog steeds zo'n hoofdpijn?' vroeg Sampson.

'Het gaat wel,' zei ik, om me goed te houden.

'Ik zou daar toch nog eens naar laten kijken, Alex,' zei Sampson. 'Het is al zes dagen geleden en je hebt er nog steeds last van. Je zou naar een neuroloog moeten gaan.'

'De dokter voorspelde al dat ik hoofdpijn zou krijgen,' zei ik. 'Het hoorde bij het genezingsproces. Hij zei dat het nog maanden kon doorgaan. Ik heb weinig behoefte aan een volgende dokter die me hetzelfde zal zeggen.'

Mijn partner stond op het punt om hier iets tegen in te brengen, maar toen zag hij in de motregen een bord waar VARKENSHOUDERIJ PRITCHARD op stond.

'Hier zal het zijn,' zei hij terwijl hij afremde en afsloeg.

We reden over een lange oprit die aan beide kanten werd begrensd door bomen met felgroene bladeren, allemaal nat en nieuw. Het was lente, de tijd van wedergeboorte. Maar terwijl we een keurig erf opreden en een lucht roken die met geen pen te beschrijven viel, voelde het voor mij als november.

We stapten uit de auto en hoorden een gillend kabaal dat uit een groot gebouw met een laag dak kwam. Het stond op een aarden wal, op zo'n driehonderd meter van een prachtige boerderij die pas gebouwd leek te zijn.

'Zo zie je maar dat je het nog ver kunt schoppen met varkens,' merkte Sampson op.

Een vrouw van in de veertig met een verweerd gezicht kwam net de hoek van de boerderij om. Ze droeg een groene regenjas en hoge rubberlaarzen over haar spijkerbroek. Op haar rechterwang zaten moddervegen en ze hield een hooivork in haar hand. Ze trok haar capuchon omlaag en streek haar grijzende haar weg om te kijken wie er waren.

Simpson toonde haar zijn penning. 'Mevrouw Pritchard?'

'Bent u hier voor de schedel en het bot?' vroeg ze.

'Inderdaad,' zei ik.

'Daar kunt u het maar beter met mijn man Royal over hebben,' zei ze, terwijl ze met de hooivork in de richting van het verderop gelegen gebouw wees. 'Hij is in de schuur, het is voedertijd. Zo heeft hij ook die schedel gevonden, tijdens het voederen, maar ik denk dat hij u dat beter zelf kan vertellen.'

## HOOFDSTUK 14

Royal Pritchard stond op een van de loopbruggen die de gigantische varkensstal op twee meter hoogte doorkruisten. In een ruimte die zo'n honderd meter lang en twaalf meter breed was bevonden zich duizenden jonge varkens. Pritchard was een stevige, gedrongen man in Carhartt-werkkleren, op rubberlaarzen en met een brandende sigaar in zijn mond. Hij bediende een hydraulisch voersysteem dat op de loopbrug was gemonteerd.

Uit een rij trechtervormige voerhouders die zich van links naar rechts door de stal bewogen liepen gestage stromen maïs. De varkens reageerden uitzinnig, en renden allemaal tegelijk achter de maïsregen aan. Daarbij knorden en gilden ze zo hard dat het gebonk in mijn hoofd veranderde in het geluid van een luidende klok.

Sampson wist Pritchards aandacht te trekken. De boer zette het voedersysteem uit, wat als gevolg had dat de varkens van woede in een oorverdovend gehuil uitbarstten dat synchroon leek te lopen met het klokgelui in mijn hoofd. De geluiden versterkten elkaar en versnelden, tot ik het niet meer uithield en een blinde sprint naar de deur inzette.

Ik stormde de varkensstal uit en rende door de regen tot ik een bomenrij had bereikt, waar ik nahijgend de onverdraaglijke hoofdpijn probeerde te trotseren. Maar het hield niet op, mijn maag draaide zich om en ik voelde me kotsmisselijk worden.

Toen Sampson en de varkensboer zo'n tien minuten later naar buiten kwamen, had de regen me enigszins afgekoeld. Mijn maag voelde beter, en het gebeier in mijn hoofd klonk nu als een klok in de verte.

'Die stank zal nooit wennen, zelfs niet met een sigaar om het te neutraliseren,' gaf Pritchard toe en hij knikte meelevend. 'Dat is een feit. Maar ik vind het niet erg, en weet u waarom? Het is de geur van geld, zowaar als ik hier sta.'

'Gaat het dan zo goed met de varkensindustrie?' vroeg Sampson.

'Hebt u het niet gehoord?' antwoordde Pritchard. 'Het is het nieuwe witvlees. De prijs van een gezond jong varken is in de laatste drie jaar verdubbeld.'

'U hebt de schedel en het bot gevonden?' vroeg ik.

De boer knikte. 'Ik heb de plek aan uw partner laten zien. Het was vlak bij waar u stond voordat u door uw hoeven zakte.'

'Vertel eens hoe u de schedel hebt gevonden,' zei Sampson.

Pritchard haalde zijn schouders op. 'De voerhouders kwamen in het midden van de stal vast te zitten, de maïs stroomde eruit en elk varken wilde dáár zijn. Maar goed, daardoor werd het leger aan de zijkanten en zag ik opeens de schedel en het bot in de stront liggen. Ik heb een haak aan een stok vastgemaakt en wist de schedel eruit te vissen. De politie gebruikte een apparaat met een grijpertje om het bot weg te halen.'

'En er zijn geen andere botten gevonden?'

Pritchards kaak trilde. 'Ik heb niets gezien, maar vergeet niet dat de hele vloer van de stal met zo'n tien centimeter stront is bedekt. Als mijn wandelende spaarpotjes op gewicht zijn en hier vertrekken, mag u gerust komen zoeken.'

'Hoe lang duurt dat nog?' vroeg ik.

'Twintig dagen.'

Ik ben nooit iemand geweest die snel door het lint gaat, maar de gedachte dat er nog meer botten in de varkensstal konden liggen zorgde er op de een of andere manier voor dat ik mijn zelfbeheersing verloor.

'Twintig dagen? Zo lang gaan we verdomme niet wachten,' riep ik uit. 'Die klootzak die het lichaam hier dumpte heeft mijn vrouw vermoord! Ik regel een huiszoekingsbevel en zorg ervoor dat die klotevarkens nog vandaag worden afgevoerd.'

'Mijn god, rechercheur,' zei Pritchard en keek verontwaardigd. 'Het spijt me van uw vrouw, uit de grond van mijn hart. Maar u doet net alsof ik dat lichaam erin heb gegooid.'

'En hebt u dat?'

Pritchard zei: 'Jezus, nee. Wat zullen we nou…'

Ik vloog op de boer af en gaf hem een duw. Hij wankelde achteruit en kwam met zijn achterste hard op de kiezelstenen terecht. Hij keek geschrokken naar me op.

'Ken je een kerel die Mulch heet?' zei ik. 'Heb je iets met hem te maken?'

'Alex!' zei Sampson.

Ik negeerde hem. 'Nou?'

De boer zag er bang uit en jammerde: 'Ik ken niemand die Mulch heet, meneer, ik zweer het op het graf van mijn moeder.'

'Mulch is opgegroeid op een varkensboerderij,' antwoordde ik woedend. 'Hij is hier speciaal naartoe gekomen om zich van dat lichaam te ontdoen. Hij zal je toch moeten kennen.'

'Nee, meneer,' antwoordde Pritchard op doffe toon. 'Ik

heb die naam zelfs nog nooit eerder gehoord. Vraag het maar aan mijn vrouw. Ellie en ik zijn sinds de middelbare school bij elkaar, en zij zal u hetzelfde vertellen.'

Hij keek Sampson aan. 'Meteen nadat ik die schedel eruit had gevist heb ik de sheriff gebeld. Ik had hem er ook kunnen laten liggen, en dan was er nu niets meer van over geweest. Dat zegt toch genoeg?'

Ik trok weer bij, en realiseerde me wat ik had gedaan.

Ik liet mijn schouders hangen, hurkte naast hem neer en schudde mijn hoofd waarna ik zacht tegen hem zei: 'Meneer Pritchard, ik ging daarnet mijn boekje te buiten. Mijn excuses. Mijn vrouw...'

Het bleef even stil. Toen zei hij rustig: 'Ik begrijp het, rechercheur. Toen mijn moeder stierf heb ik dagenlang in een waas geleefd.'

Ik stak mijn hand uit en hielp hem overeind. 'Nogmaals, het spijt me. Ik weet werkelijk niet wat me bezielde.'

Sampson legde zijn hand op mijn schouder en zei: 'Ik denk dat we meneer Pritchard lang genoeg hebben opgehouden.'

Ik knikte, verontschuldigde me voor de derde keer en liep weg van de varkensboer. Ik kon zijn schuur niet meer verdragen, en de verschrikkelijke herrie die eruit opsteeg bleef in mijn hoofd naklinken.

# DEEL TWEE

## HOOFDSTUK 15

Die middag om 16.12 uur – eigenlijk 15.12 uur lokale tijd – schakelde Mitch Cochran terug en reed het spoorwegemplacement van station East St. Louis op. Hij bestuurde een Kenworth T680 truck waar een leeg containerchassis aan hing.

Acadia Le Duc zat tussen Marcus Sunday en Cochran in de cabine en zei: 'Jezus, we halen het maar net. Ik heb je gezegd, en dokter Fersing heeft je gezegd, dat we de tijdslimiet niet mogen overschrijden. We spelen met vuur.'

'Heb vertrouwen, schat,' zei Sunday kalm.

Ze hadden een uur geleden in St. Louis moeten zijn, maar ze waren onderweg in noodweer terechtgekomen, en het had ook even geduurd voor al het papierwerk bij het truckverhuurbedrijf was afgehandeld.

'Ik zeg alleen maar dat ik verantwoordelijkheid niet neem als dit op een ramp uitloopt,' zei Acadia.

'Als het een ramp wordt noemen we het de hand van God en vertrekken weer,' zei Sunday onbewogen.

Nadat hij de truck behendig op het weegpunt had geparkeerd sprong Cochran uit de cabine en liep met de vrachtdocumenten een stalen kantoortje in.

Er verstreken tien minuten. Het werd een kwartier.

'Dit gaat ons niet meer lukken,' zei Acadia vol frustratie.

'We zijn…'

Cochran kwam het kantoortje uit gerend, klom de cabine in en zei: 'Ze liepen achter met de administratie.'

'Jezus,' zei Acadia, die het zweet van haar voorhoofd veegde.

'Rustig nou maar,' zei Sunday, terwijl de truck weer in beweging kwam. 'We hebben nog een halfuur.'

'Je snapt het niet,' snauwde ze. 'Het kan nu al voorbij zijn.'

'Als dat zo is, dan is het zo,' zei Sunday, 'en dan zullen we de boel moeten opruimen.'

Cochran reed de truck een grote parkeerplaats op die naast de spoorlijn lag. Hij manoeuvreerde de combinatie tot hij naast de containerlaadbrug stond. Staalkabels rolden uit tot er vier gigantische elektromagneten boven de roestrode container met de zonnepanelen hingen.

De kraan liet de magneten nog iets verder zakken en een medewerker bij de container positioneerde ze. Er klonk een luid gekletter toen ze zich aan beide zijkanten van de container hechtten, waarna de staalkabels terug begonnen te draaien. De bijna veertien meter lange container werd van de goederenwagon af getild alsof het een doos Kleenex was. De kraanmachinist plaatste de container deskundig op het chassis achter de truck.

'We hebben nog tweeëntwintig minuten,' zei Acadia.

De magneten lieten weer los. Cochran startte de motor en zette de pook in de eerste versnelling. 'Waarheen?' zei hij.

'Ga terug naar de snelweg, dan voegen we uit bij die truckstop die we op de heenweg zagen.'

'Dat gaat veel te lang duren!' riep Acadia uit.

Sunday zei niets. Cochran manoeuvreerde met behulp van de gps door de straten en wist de truck in negen minuten op de I-70 te krijgen. Toen ze nog twaalf minuten hadden, voegde hij uit bij State Highway 203 en sloeg af naar de Gateway Truck Plaza. Cochran parkeerde de truck bij een grasveld aan de rand van de truckstop.

'Schiet op!' zei Acadia, die een weekendtas bij zich had die ze uit het slaapgedeelte achter in de cabine had gepakt.

Sunday sprong uit de cabine, liep om de dieseltank heen en klom op de reservewielhouder tussen de cabine en de container. Hij stak een sleutel in het hangslot dat voor de luiken van de container zat. Hij kreeg hem niet omgedraaid.

Had de jongen op het spoorwegemplacement in Philadelphia het slot beschadigd? Hij probeerde het nog een keer, wrikte wat met de sleutel en probeerde het een derde keer. Hij was bang dat de sleutel zou afbreken. Toen gaf er iets mee en het slot sprong open.

Hij haalde het slot eraf en duwde de stang die voor het luik zat omhoog. Het luik zwaaide open.

'Tien minuten,' zei Acadia. Ze reikte hem de weekendtas aan.

'Ik vertrouw op je,' zei Sunday, waarna hij de duisternis van de container in stapte.

Acadia sloeg haar ogen op naar de grijze hemel. Ze volgde hem en sloot het luik achter zich.

## HOOFDSTUK 16

Toen het luik twintig minuten later weer openging, waren ze beiden doordrenkt van het zweet. Acadia kwam er als eerste uit en droeg de weekendtas, die aanzienlijk lichter was geworden. Sunday had een grote vuilniszak bij zich.

'Ik had je toch gezegd dat het in orde zou zijn?' zei hij.

Acadia klom van het chassis af, veegde het zweet van haar voorhoofd en zei: 'Het was op het nippertje, dat kan ik je wel vertellen.'

'Maar jij bent er gelukkig voor getraind,' zei hij, en hij keerde haar de rug toe om het luik af te sluiten.

'Ik ben eruit gestapt omdat ik dit soort werk haatte. En dat doe ik nog steeds.'

'Vervelende klussen horen ook bij het leven.'

'Ja hoor, het is goed met jou,' zei ze en liep terug naar de cabine.

Sunday haalde een doosje uit zijn zak waar siliconen oordopjes in zaten. Hij propte er een in het slot, zodat hij het kon zien als iemand eraan had gezeten en klom toen ook van het chassis af. Toen hij het portier achter zich dichtdeed had Cochran de motor al gestart.

Sunday keek naar zijn chauffeur.

'Hebben we nog bezoek gehad?'

'Er reden en paar pick-ups langs,' zei Cochran, die gas gaf en in de richting van de snelweg reed. 'Niets bijzonders.'

Acadia zei: 'Het is nu acht minuten voor halfzes. Nee, hier is het acht minuten voor halfvijf. We hebben tot maandagochtend, dezelfde tijd.'

'We moeten om zes uur bij het dok zijn,' bromde Cochran.

Sunday keek naar Google Maps en zei: 'Dat is een makkie.'

Ze kwamen op de I-70, maar reden nu in westelijke richting, naar de rivier de Mississippi toe. 'Waarom doen we dit allemaal, Marcus?' zei Acadia. 'Ik bedoel, wat zit hier werkelijk achter? Is dit alleen maar een wraakactie omdat Cross je boek heeft afgekraakt?'

Sunday keek een moment naar haar silhouet en maakte toen een wegwerpgebaar. 'Als het dat alleen maar was had ik niet zo'n moeite gedaan. Ik lever meneer Cross het bewijs dat ik gelijk heb, en hij niet. Maar verder, Acadia? Ik doe dit omdat ik het kan, en omdat dit kleine project me intrigeert en ik er plezier aan beleef. Beleef jij er nog plezier aan, Acadia?'

Het klonk als een strenge vraag.

Acadia aarzelde.

Maar Cochran begon achter het stuur te grinniken en zei: 'Ik krijg er wel een kick van, Marcus. Sinds Irak heb ik niet meer zo'n plezier gehad.'

'Acadia?' vroeg Sunday. Zijn blik liet haar niet los.

Acadia leek in tweestrijd. Uiteindelijk haalde ze mismoedig haar schouders op. 'Ma noemde me altijd een vallende ster, voorbestemd om kort en helder te stralen.'

Sunday glimlachte. Hij boog zich naar haar toe en streek over haar wang. 'Wat nou, een vallende ster. Nee toch? Wat dacht je van een komeet?'

## HOOFDSTUK 17

Acadia begon zich steeds ongemakkelijker te voelen over alles waar Sunday haar in had betrokken, maar ze zei slechts: 'Een komeet – ja, dat klinkt stukken beter.'

Vanwege de spits liepen ze enige vertraging op, maar binnen het uur stonden ze op het weegstation van de nieuwe AEP River Terminal, ten noorden van St. Louis.

De vrouw die bij het weegstation werkte zei: 'Zit er maar een vracht van zevenhonderdvijftig kilo in?'

'Er zit eigenlijk geen vracht in. We zijn onze experimentele koel- en verwarmingssystemen aan het testen, ze werken op zonnepanelen,' zei Cochran. 'Hoe snel zal het stroomafwaarts gaan?'

'Dat zal u verbazen. Met de huidige stroming is het tweeënhalve dag naar Memphis, misschien zelfs iets minder. Naar New Orleans wordt vijf dagen, ook dat zou iets sneller kunnen gaan. Voor stroomopwaarts moet u op het dubbele aantal dagen rekenen.'

'We zouden de container graag in Memphis en New Orleans willen controleren.'

'Dat is geen enkel probleem, als u maar de juiste papieren bij u heeft.'

'Kunt u kopieën voor me maken?' zei Cochran. 'Ik raak die dingen altijd kwijt.'

'Ik kan er u twee geven.'
'Bedankt. Wat ben ik u verschuldigd?' vroeg Cochran.
'De kosten voor het opladen bedragen honderdvijftig dollar. U betaalt de volledige vrachtkosten in New Orleans.'
Cochran overhandigde haar het geld. Ze gaf hem de bon en de vrachtdocumenten. 'U kunt doorrijden,' zei ze. 'U komt het laadperron vanzelf tegen aan uw rechterhand.'
'Staat er een containerlaadbrug?'
'We wachten op een nieuwe. Ze gebruiken op het moment een knikarmkraan.'
Ze reden naar het laadperron aan de rivier en stopten bij de Pandora, een containerschip met achterin een wit-met-blauwe brug van drie verdiepingen. Cochran toonde de kraanmachinist en de kapitein de benodigde papieren. Ze keken met z'n drieën toe hoe er brede sjorbanden onder de container door werden getrokken die aan de staalkabel van de kraan werden vastgemaakt. De kabel begon zich trillend in te rollen. De container verhief zich in de lucht, zwaaide enkele malen heen en weer, en werd toen voor op het dek geplaatst, naast de andere vijftig containers die er al op waren geladen.
'Hij zwaaide flink heen en weer,' zei Acadia bezorgd.
'We hebben alles daarbinnen goed geborgd en vastgezet,' stelde Sunday haar gerust. Hij wendde zich tot de kapitein en zei: 'We zien u in Memphis om de boel te inspecteren.'
Scotty Kreel, een vriendelijke kerel van begin vijftig, knikte en zei: 'Als u de vrachtpapieren meeneemt, dan komt u zonder problemen op het haventerrein. We leggen er maandagochtend aan, zo tussen drie en vier uur.'
Toen ze weer in de Kenworth zaten en terug naar St. Louis reden, zei Cochran: 'We hebben nog tijd zat voor het vliegtuig

vertrekt. Laten we iets eten. Spareribs? Die moeten wel goed zijn hier.'

Sunday haalde zijn neus op.

Acadia zei: 'Marcus eet geen varkensvlees.'

'O ja, dat is waar, sorry,' zei Cochran. 'Steak dan?'

'Dat lijkt me heerlijk,' zei Sunday.

'En Cross?' vroeg Acadia.

Sunday keek op zijn horloge.

Hij zei: 'Meneer Harrow heeft nog wat tijd nodig om zijn klus te klaren. Ik wacht tot ons vertrek van het vliegveld, dat lijkt me een goed moment om met Alex Cross te babbelen.'

## HOOFDSTUK 18

Die vrijdagavond werd ik om halfnegen wakker in mijn donkere kantoor. Ik lag op de bank met mijn regenjack over mijn schouders, mijn modderige schoenen stonden naast me op de vloer. De hoofdpijn die me de afgelopen zes dagen had geteisterd was enigszins gezakt.

Ik had goed geslapen. Misschien had ik dat wel nodig, dacht ik voordat ik weer in mijn dagelijkse nachtmerrie terechtkwam.

Als het Brees lichaam was, wat moest ik er dan mee doen?

Ze had me verteld dat ze gecremeerd wilde worden en dat haar as bij de rivier de Shenandoah moest worden verstrooid, daar had ze de zomers van haar kindertijd doorgebracht. Ik was dat aan haar verplicht. Ik…

Commissaris Quintus knipte het licht aan, ik beschermde mijn ogen tegen het licht.

'Alex, waarom kom je niet even naar boven?'

'Wat is er aan de hand?'

'Ik wil wat dingen met je doorpraten.'

'Kan ik nog douchen? Het is al dagen sinds ik…'

'Ga je gang,' zei mijn baas. Hij gaf met zijn vlakke hand een klap tegen de deurpost en liep weg.

Nadat ik had gedoucht en een schoon overhemd had aangetrokken voelde ik me voor het eerst sinds dagen weer beter. De bouwvakkers waren allang vertrokken toen ik de derde verdieping bereikte, de vloer was keurig schoongeveegd. Ik liep door de plastic flappen en zag vijf personen bij het eilandje van bureaus onder de lichtbakken staan.

Zo te zien was het Sampson ook niet gelukt om zijn schoenen schoon te houden. Ik wilde er iets van zeggen, tot ik Mahoney zag, die in een kop zwarte koffie roerde. Commissaris Quintus had een glas water voor zich staan en Aaron Wallace, de hoofdcommissaris van DC, stond er met een bedrukt gezicht bij.

Rechercheur Tess Aaliyah was de enige die me aankeek.

Ze slikte en zei: 'Ik wilde het u zelf vertellen.'

Vragen raasden door me heen. Hadden ze Mulch getraceerd? Was er een volgend gezinslid gevonden? Zou de marteling weer verdergaan en moest ik naar een afgelegen plek om iemand van wie ik hield te identificeren? Maar uiteindelijk bleek het om iets te gaan dat mijn voorstellingsvermogen te boven ging.

'De autopsie,' zei Aaliyah. 'Ik was erbij en…'

Haar ogen vulden zich met tranen en ze schudde haar hoofd.

'Wat?' vroeg ik.

'Het DNA hebben we nog steeds niet, maar de bloedgroep klopt,' zei ze. 'En er is…'

Sampson schraapte zijn keel en zei: 'Ze was zwanger, Alex. Zes weken.'

Het nieuws over de bloedgroep was al verschrikkelijk. Maar het nieuws over de baby was te veel.

Mijn hoofd tolde, en ik voelde me misselijker dan op de varkensboerderij. Ik plofte in een van de stoelen en sloeg mijn handen voor mijn gezicht. De bonkende hoofdpijn was in al zijn hevigheid teruggekeerd.

'Het spijt me,' zei Aaliyah. 'Waren jullie ermee bezig?'

Ik schudde mijn hoofd en zei bitter: 'Dit is een wonder en tegelijkertijd een tragedie. Het is ongelooflijk.'

'Hé, maatje?' zei Sampson.

Eigenlijk wilde ik het uitschreeuwen tegen de hemel en de maan, ik wilde God vervloeken en van Hem weten waarom uitgerekend ik voor zo'n soort marteling was uitgekozen.

Maar in plaats daarvan liet ik mijn blik over het gezelschap gaan en zei: 'Bree heeft vijf jaar geleden een vleesboom gehad. Ze hebben de gezwellen verwijderd, maar de operatie heeft littekens achtergelaten. De doktoren zeiden dat ze waarschijnlijk geen kinderen meer kon krijgen. Een kans van één op duizend, ze...'

Ik geloof niet dat ik me ooit zo verbijsterd heb gevoeld als op dat moment. Ik merkte niet eens dat hoofdcommissaris Wallace naast me kwam staan, maar ik voelde zijn zware hand op mijn schouder toen hij zei: 'Het moet een hel zijn waar je doorheen gaat, Alex. Een hel. Zoveel kan een man niet aan.'

Ik knikte, schraapte mijn keel en zei met trillende stem: 'Meneer Wallace, ik had me nooit kunnen voorstellen dat ik zoiets zou moeten doorstaan.'

Hij gaf me weer een schouderklop. 'De stress moet verschrikkelijk zijn.'

'Ik geef het niet op, meneer.'

De hoofdcommissaris pakte een stoel, zette hem tegenover me en ging erop zitten. Hij boog zich naar me toe met zijn ellebogen op zijn knieën en zei met een door verdriet overmand gezicht: 'Ik weet dat je niet opgeeft. Ik weet dat je een vechter bent en ik weet dat het persoonlijk is. En daarom valt het me zwaar je dit te moeten mededelen.'

Ik had geknikt, maar nu fronste ik. 'Meneer?'

'Alex, het is voor je eigen bestwil, en ik doe het uit respect, maar ik stuur je met ziekteverlof.'

Ik begreep er niets van. 'Wát?'

'Ik haal je voor de komende tijd van deze zaak af. We zullen verdergaan met het onderzoek en ons uiterste best voor je doen. Het spijt me, Alex, maar ik wil dat je je pistool en penning inlevert.'

Het duurde een moment tot zelfs deze woorden tot me doordrongen, maar toen dat eenmaal was gebeurd voelde het alsof ik overboord was gegooid.

'Maar dat kunt u niet doen, hoofdcommissaris,' zei ik smekend. 'Ik red me wel. Ik kan dit aan.'

'Niemand in jouw situatie zou dit aankunnen,' zei Wallace. 'Je stond huilend bij de school van je kinderen, en daarna ben je tegen het schoolhoofd uitgevaren. Vanmiddag heb je een goedwillende getuige mishandeld, ik hoorde dat je hem hebt geslagen.'

Ik keek naar Sampson en kon niet geloven wat er gezegd werd. 'Jullie kunnen dit niet doen, ik moet hem vinden…' zei ik fluisterend.

Commissaris Quintus schudde zijn hoofd en zei: 'Alex, we zijn bang dat de verwonding aan je hoofd en de druk die je moet ervaren na alle gebeurtenissen te veel voor je zijn om nog in alle redelijkheid te kunnen werken. We willen dat je naar het ziekenhuis gaat, er wacht daar een neuroloog die je zal onderzoeken en die…'

'Geen sprake van!' zei ik. 'Niet nu.'

'Alex…' begon Ned Mahoney.

'Denken jullie dat ik hierom gevraagd heb?' ricp ik uit terwijl ik het warm kreeg. 'Wie vraagt er nu om dat zijn gezin wordt ontvoerd? Wie vraagt erom dat zijn vrouw wordt verminkt? Wie vraagt erom dat hij dreun na dreun krijgt…'

Pas toen realiseerde ik me dat ik tegen hen stond te schreeuwen.

'Ze zeggen dat het erbij hoort, maatje,' zei Sampson. 'Die woede. Het komt door de hersenschudding en door wat Mulch je heeft aangedaan. Je hebt hulp nodig. Dat zie je zelf toch ook wel in?'

'Natuurlijk doet hij dat, John,' zei Mahoney. 'Hij kent de statistieken.'

'Je pistool en penning, rechercheur,' zei de hoofdcommissaris. Met een trieste blik hield hij zijn hand op.

# HOOFDSTUK 19

Op dat moment voelde ik alle vechtlust als een vloeistof uit me wegtrekken. Ik gaf mijn pistool en penning aan hoofdcommissaris Wallace en zei: 'Bedankt voor jullie medeleven.'

'Zodra de dokters je gezond hebben verklaard krijg je ze terug,' stelde Wallace me gerust. 'Iedereen weet dat je onmisbaar bent bij Moordzaken.'

Ik knikte, stond op en ik liep naar mijn bureau om een ingelijst gezinsportret en wat post mee te nemen. Maar ik wist ook iets belangrijks uit mijn kantoorlaptop in de palm van mijn hand mee te smokkelen.

Met de fotolijst in mijn rechterhand, en de post en usb-stick in mijn jaszak was ik op weg naar de plastic flappen. Sampson en Mahoney kwamen ieder aan een kant naast me lopen.

'Ik zal echt niet omvallen, hoor,' zei ik terwijl we door de halfgesloopte ruimte liepen.

'We willen alleen maar zeker weten dat je ook echt naar het ziekenhuis gaat,' zei Sampson.

'Om de neuroloog te bezoeken,' voegde Mahoney eraan toe.

Ik haalde mijn schouders op en zei: 'Natuurlijk.'

Er werd niets gezegd in de lift. Sampson en ik stapten uit op de begane grond. Mahoney ging naar de kelder om zijn auto op te halen.

'Kan ik even pissen, zonder dat je over mijn schouder meekijkt?' vroeg ik.

Mijn partner leek een moment na te denken en zei toen: 'Dat zou ik mijn ergste vijand zelfs niet ontzeggen.'

Ik wist een lachje te produceren en liep de hoek om door de gang die naar het forensisch lab leidde. Ik duwde de deur van de toiletten luidruchtig open, trok mijn schoenen uit, nam ze in mijn hand en rende op mijn sokken naar het einde van de gang. Na een paar bochten had ik de trap naar de parkeergarage bereikt.

Ik opende de deur naar de parkeergarage en zag nog net Mahoneys achterlichten op de oprit naar boven. Pete Koslowski, brigadier en beheerder van het wagenpark, was een oude vriend van me. Toen ik hem zei dat ik een auto nodig had, gaf hij me de sleutels van een recherchewagen.

Ze hebben gelijk, dacht ik toen ik in de auto stapte. Misschien moest ik wel naar een neuroloog toe. Maar dat zou betekenen dat ik er minstens een nacht ter observatie moest blijven, misschien wel twee of drie nachten. Zoveel tijd kon ik niet verliezen. Wat er ook met mijn hoofd aan de hand was, het moest maar even wachten.

Twee minuten later ging mijn mobiel over.

Sampson belde, en daarna Mahoney. Ik klikte de oproepen weg en reed naar huis. Er lagen een paar dingen die ik nodig had. Onderweg zag ik vanuit mijn oogen mijn mobiel om de zoveel seconden oplichten.

Toen ik voor een stoplicht op New York Avenue stond, ging hij voor de zoveelste keer over. Ik graaide naar de telefoon om hem uit te zetten.

Op dat moment zag ik een naam op het schermpje.

Het was *Mulch*.

Ik nam op en hoorde een lichte en scherpe ademhaling, alsof hij zijn opwinding nauwelijks kon verbergen. Een elektronisch vervormde stem zei: 'Wat fijn dat u opneemt, meneer Cross.'

## HOOFDSTUK 20

'Heb je me begrepen?' vroeg Mulch twee minuten later.

Alles, elk woord van het eerste directe gesprek met de man die mijn gezin had gepakt en mijn vrouw had afgeslacht stond in mijn gepijnigde hersens gegrift, en ik kon geen antwoord geven.

'Heb je begrepen wat je moet doen om de rest van je gezin terug te zien?' vroeg Mulch nog een keer.

Ik kon geen antwoord geven. Ik had ooit eens een film gezien waarin een man werd gevierendeeld, zijn armen en benen aan vier paarden vastgebonden... Aan dat beeld bleef ik maar denken.

'Cross?'

'Ik kan niet, ik...'

'Te laat,' zei Mulch. Zijn stem klonk hard en koud door de ruis die zijn stem vervormde. 'En dat was nummer twee. Ga maar eens in je achtertuin kijken en bel me dan terug.'

De verbinding werd verbroken.

Ik bleef nog even naar mijn mobiel kijken, waarna ik het blauwe zwaailicht uit het handschoenenkastje pakte en op het dak plaatste. Terwijl ik over mijn hele lichaam trilde, zette ik de sirene aan en gaf plankgas.

Een paar minuten later zette ik de sirene uit, haalde het

zwaailicht van het dak en reed mijn straat in. Bij elke meter die ik verder reed werden mijn angst en ongerustheid groter.

'Alsjeblieft, God, nee,' fluisterde ik telkens opnieuw.

Maar hoe dichter ik bij huis kwam, hoe beter ik begreep dat de tijd om God te smeken voorbij was. Er lag een dode in de achtertuin – een van mijn kinderen of mijn grootmoeder.

Mulch had het al een keer gedaan. En hij zou het nog een keer doen.

Daar had ik geen twijfels meer over.

Ik remde voor mijn huis, nam een zaklamp uit het handschoenenkastje en liep behoedzaam naar het smalle pad dat langs de zijkant van mijn huis naar de achtertuin leidde. Ik liet de lichtbundel langs de nieuwe fundering en de multiplex wanden van de aanbouw strijken, en vervolgens langs het gereedschapsschuurtje en het mobiele toilet dat de aannemer er had laten neerzetten.

De lichtbundel streek bij het achterhek langs het lichaam, het lag voor het poortje dat op de steeg uitkwam. Voor de tweede keer die dag werd ik getroffen door iets wat bovennatuurlijk leek in zijn kracht en kwaadaardigheid.

Maar deze keer knielde ik niet naast het lichaam neer. Ik bleef staan en zag aan zijn rechterhand de ring van zijn klas. Daarna zag ik het Sint-Christoffel-muntje aan de ketting om zijn nek en de oorknopjes in zijn rechteroor.

Hij lag op zijn rug, al was zijn onderlichaam naar het hek toe gedraaid. Zijn gezicht was volledig tot moes geslagen en onherkenbaar. Over zijn hele lichaam, de voorkant en de achterkant, ontbraken er om de vijf centimeter ovale schijfjes huid, alsof Mulch de gevlekte vacht van een luipaard had willen nabootsen.

Ik probeerde me ervan te overtuigen dat het misschien mijn zoon wel niet was.

Maar helaas kon ik de herinneringen aan Damon niet van me afzetten, en zijn stem klonk overal om me heen: die van de giechelende dreumes die zo graag op zijn duim zoog, en die in bed tegen mijn buik aan kroelde terwijl zijn moeder op zaterdagochtend het ontbijt klaarmaakte; die van de verdrietige vijfjarige die probeerde te begrijpen waarom zijn moeder was overleden; die van de trotse en uitgelaten tienjarige die nagenoeg in zijn eentje een basketbalwedstrijd had gewonnen, en die van de puber die zo smakelijk kon lachen.

Damon had een prachtige lach die recht uit zijn buik leek te komen en die in zijn hele lichaam doorgolfde. Een lach die warm en aanstekelijk was, het was een van de dingen aan hem waar ik het meest van hield.

Terwijl ik daar stond wist ik dat ik die lach elke dag van de rest van mijn leven zou missen. Ik wilde naar mijn eerstgeborene toe lopen, hem in mijn armen nemen en het gewicht voelen van de jonge man die hij geworden was.

Maar ik deed het niet. Ik kon het niet.

Toen ik daar naar zijn ontzielde lichaam keek, werd ik me er bewust van dat ik die dag was veranderd. Ik was onherroepelijk getransformeerd in iemand die ik niet langer herkende.

Tot Mulch verscheen had ik me altijd als een man met een moraal beschouwd, iemand die zich door principes liet leiden; er waren bepaalde grenzen waar ik nooit overheen zou gaan, het kwam niet eens in mijn hoofd op. Maar terwijl ik naar de verminking van mijn zoon keek, wist ik dat al mijn principes in het vuur waren gegooid en dat alle gedragscodes waren vernietigd.

'Dit zal niet meer gebeuren,' zwoer ik mijn zoon voordat ik me omdraaide. 'Dat beloof ik je.'

Ik knipte de zaklamp uit en voelde uit het diepst van mijn

lichaam een enorme woede opkomen. Snel liep ik langs de zijkant van het huis, maar opeens hield ik mijn pas in. Geschrokken keek ik naar het silhouet van iemand die in het donker voor me stond.

## HOOFDSTUK 21

'Alex?' riep Ava met angstige stem. 'Ben jij dat?'

Door alle waanzinnige gebeurtenissen die dag had ik totaal niet meer aan Ava gedacht, de dakloze meid die bij ons logeerde en die op meerdere manieren mijn leven had gered. Wanneer was ze uit het huis vertrokken? Gisteravond? Ik zou het echt niet weten.

'Alex?' riep ze. Haar stem klonk deze keer hoger.

'Ik ben het, Ava.'

Ze rende op me af, omhelsde me en zei snikkend: 'Is het waar? Bree?'

Ik hield haar vast. Het lukte me niet om haar te vertellen dat Damon in de achtertuin lag. 'Het lijkt er wel op,' zei ik.

'Waarom hebben ze dat gedaan?' vroeg ze.

'Dat weet ik niet,' zei ik terwijl ik me voorzichtig van haar losmaakte. 'Ik moet nu gaan, Ava.'

'Waarom? Waar ga je heen?'

'Ik moet Mulch vinden.' Ik kuste haar op haar wang en liep naar het huis.

Ava haastte zich achter me aan en zei: 'Ik ga met je mee.'

'Nee, dat doe je niet,' zei ik.

'Alsjeblieft, Alex,' smeekte ze. 'Ik kan je helpen ze te vinden. Ik heb je laten zien dat die foto's van je dode gezinsleden nep waren. Je kunt mijn hulp gebruiken. Ik ben goed in dat soort dingen.'

Ik kon duizend redenen bedenken om Ava níet mee te nemen. Maar ze was inderdaad goed met computers, en door haar leven op straat door de wol geverfd. Dat had ze keer op keer bewezen. Ik moest denken aan de woorden van Mulch, wat ik moest doen om de rest van het gezin te redden, en ik zag opeens hoe het zou kunnen werken.

'Heb je een rijbewijs?'

'Nee, maar ik kan wel rijden. Dat laatste klotevriendje van mijn moeder heeft het me geleerd.'

'Kun je goed luisteren? Bevelen opvolgen?'

Ava trok een bedenkelijk gezicht, maar ze knikte. 'Ik sta bij jou en Nana Mama in het krijt.'

Ik zocht in mijn zakken, vond de huissleutel en maakte de deur open.

'Haal Jannies laptop maar op. Hij ligt in haar kamer.'

'Waar gaan we heen?'

'Dat weet ik nog niet precies,' zei ik. 'Haal die laptop nou maar.'

Terwijl ze naar boven ging om de laptop te halen deed ik wat kleren in een tas en stopte er mijn reservewapen bij, een oude .45 Colt uit 1911. Het pistool was groter en zwaarder dan de 9-mm Glock die ik aan Wallace had overhandigd, maar hij had een geweldige balans en schoot prettig. Met de 230-*grain* kogels als lading kon je er op korte afstand een neushoorn mee vellen.

'Ik heb hem,' zei Ava. Ze keek naar het pistool terwijl ik een jack aantrok.

'Goed,' zei ik. 'Laten we gaan.'

'Moet ik er ook niet een hebben?' vroeg ze.

'Een hebben?'

'Een pistool?'

Eerst verwierp ik het belachelijke idee. Het was al erg genoeg dat ik haar meenam. Het zou idioot zijn om haar te bewapenen, maar ik vroeg: 'Heb je ooit met een pistool geschoten?'

Ze schudde haar hoofd. 'Ik heb het op tv gezien.'

'In het echt gaat het toch iets anders,' zei ik, maar ik liep naar Brees klerenkast en zocht onder haar nachthemden naar de 9-mm Ruger die ze wel eens in haar handtas meenam als ze een ruige buurt bezocht.

Ava stak haar hand uit, maar ik stopte het pistool weg in mijn jaszak, samen met een doosje kogels. 'We kijken wel hoe het gaat, dan zien we later of je er iets aan kan hebben.'

'Maar Alex...' sputterde ze tegen.

'Luister naar wat ik je heb gezegd,' zei ik. Ik pakte de tas op en liep het huis uit, Ava volgde me. Toen ik de deur op slot deed, besefte ik dat ik me moest losmaken van de gebeurtenissen als ik Mulch wilde vinden voordat hij de rest van mijn gezin had vermoord. Ik moest me opdelen, me op mijn doel concentreren en mijn verdriet later maar verwerken. Ik moest me opstellen alsof ik aan een zaak werkte waar ik niet emotioneel bij betrokken was.

We vertrokken met Ava achter het stuur, terwijl ik naast haar zat met Jannies laptop op mijn schoot. Ik had geen moment omgekeken. Alleen al de gedachte eraan was onverdraaglijk.

Ava was geen ervaren chauffeur, maar ze had lef en stortte zich vol overgave op haar nieuwe taak. 'Waar moet ik naartoe?' vroeg ze nadat ik had geconstateerd dat ze mijn aanwijzingen kon opvolgen en niet ging spookrijden.

'We gaan de brug over,' antwoordde ik. 'Daarna rij je zuidwaarts tot ik iets anders zeg.'

We bevonden ons al snel op de meest rechtse rijstrook van de I-95 in de richting van Richmond, Virginia. Het begon rustiger te worden in mijn hoofd. Er was nu een doel, en in gedachten maakte ik een lijstje van wat er moest gebeuren: ik had geld nodig, veel geld, een nieuwe telefoon, een nieuwe auto en... ik moest het nieuws over Damon melden.

Hoewel ik er niet veel zin in had, zette ik mijn mobiel weer aan. Mijn eerste impuls was om Sampson te bellen, maar in plaats daarvan belde ik rechercheur Aaliyah.

'Met Cross,' zei ik toen ze opnam.

'Waar bent u, verdomme?' vroeg Aaliyah verontwaardigd. 'U moet in het ziekenhuis zijn. Iedereen is naar u op zoek...'

'In mijn achtertuin ligt het lichaam van een jonge man,' zei ik. 'Ik denk dat het mijn zoon Damon is.'

Ava reed bijna de berm in.

'Mijn god,' zei de rechercheur en ze slikte. 'Waar bent u nu?'

'Ik denk niet dat ik er ooit nog terugkom, rechercheur,' zei ik.

'Maar waar bent u?'

'We volgen Mulch' aanwijzingen en rijden regelrecht de hel in,' antwoordde ik, en ondertussen liet ik mijn raam zakken. Terwijl we honderd kilometer per uur reden smeet ik mijn iPhone op de snelweg.

## HOOFDSTUK 22

Het was zaterdagochtend en het begon bijna licht te worden.

Sinds elf uur 's avonds was ze in de achtertuin van Alex Cross om toezicht te houden op haar tweede plaats delict in minder dan vierentwintig uur.

Ze was blij met de hulp van John Sampson en Ned Mahoney. Cross' huidige partner had het huis doorzocht, terwijl zijn voormalige FBI-partner zich bezighield met het bewijsmateriaal. Ze wisten vast te stellen dat de moordenaar het lichaam naar de steeg achter het huis had gebracht, om het daarna door het poortje de achtertuin in te slepen.

Mahoneys mannen dachten dat de sporen afkomstig waren van een pick-up met afgesleten banden. Ze hadden ook ontdekt dat, net als bij Bree, bijna alle tanden van het slachtoffer waren getrokken.

Terwijl het lichaam in een lijkzak werd gelegd en op een brancard de tuin uit werd gereden, bedacht Aaliyah dat het trekken van tanden bij de rest van de verminkingen paste, maar op de een of andere manier ook weer niet. De getrokken tanden en de afgehakte vingertoppen konden pogingen zijn om de ware identiteit van de slachtoffers te verhullen.

Maar het DNA zou het uiteindelijk uitwijzen. Dus waarom waren de lichamen zo afschuwelijk verminkt?

Uiteraard wist de rechercheur dat er bij gestoorde criminelen vaak geen verklaarbare reden was voor hun daden. Maar gestoord of niet, ze had het vermoeden dat er enige logica achter de identieke ovale verwondingen en het reguliere moordpatroon moest zitten.

Ze mocht niet vergeten Mahoney te vragen om deze gegevens in het ViCAP-systeem te zetten om te kijken of er misschien een match was, en liep achter de brancard aan naar de voorkant van het huis. In het eerste ochtendlicht zag ze dat de media inmiddels waren gearriveerd.

Commissaris Quintus stond op de veranda, en ze liep naar hem toe.

'Iets gevonden?' vroeg hij.

'Genoeg,' zei Aaliyah. 'Ik weet alleen niet of we er iets aan hebben. En u?'

De commissaris schudde zijn hoofd, hij zag er moe en afgetobd uit.

Mahoney kwam bij hen staan en zei: 'Ik werd zonet door het computerlab van Quantico gebeld. Die afluisterapparatuur die Mulch in het huis had geplaatst? De signalen werden via Cross' draadloze netwerk verzonden, maar niemand weet waar ze heen zijn gegaan.'

Samson kwam het huis uit met zijn mobiel aan zijn oor. 'Alex neemt nog steeds niet op. Zijn mobiel staat niet eens aan. We kunnen hem niet traceren.'

'Dat is waarschijnlijk de reden waarom hij hem niet aan heeft staan,' zei Mahoney.

'Op een gegeven moment zal hij toch wel bellen?' zei Aaliyah.

'Ik weet het niet,' antwoordde Sampson. 'Ik heb het idee dat hij op een missie is.'

'Zal ik een opsporingsbevel voor hem uitvaardigen?' vroeg Aaliyah. 'Met het verzoek hem aan te houden voor ondervraging?'

'Voor ondervraging?' zei Sampson. 'Waarom?'

Aaliyah hief haar handen. 'Ik doe alleen maar mijn werk, rechercheur. Bij iemand anders die in één dag twee vermoorde familieleden heeft aangetroffen en vervolgens op de vlucht is geslagen zou ik hetzelfde doen.'

'Wij kennen Alex veel beter dan u, rechercheur Aaliyah,' wierp Mahoney tegen. 'Hij is niet op de vlucht. Hij is op jacht.'

'En dat terwijl hij misschien wel hersenletsel heeft,' zei ze kalm.

'Dat weten we niet,' antwoordde commissaris Quintus.

'O nee?' zei ze. 'Gisteravond waren jullie er zo zeker van.'

Er viel een stilte over de groep, tot Quintus zei: 'Ik ga geen opsporingsbevel uitvaardigen.'

'Maar commissaris...' begon Aaliyah.

'Einde discussie, rechercheur. Ik doe het niet.'

## HOOFDSTUK 23

Ze hoorden stemmen vanaf de straat. Enkele journalisten en een cameraman achter de wegversperring hadden een meningsverschil over iets.

'Mag ik nog iets zeggen, commissaris?' zei Aaliyah.

'Ga je gang.'

'Ik denk dat we ervoor moeten zorgen dat de media achter ons staan,' antwoordde ze. 'We moeten ze op de hoogte brengen van de ontvoering en van Mulch, en die foto van hem op dat vervalste rijbewijs op tv laten zien.'

'Daar trek je een heel blik met amateurdetectives mee open,' protesteerde Sampson. 'Ik zeg altijd: hoe minder ze weten, hoe beter.'

'Daar ben ik het mee eens,' zei Mahoney.

'Maar ik niet,' zei de commissaris van Moordzaken. 'Rechercheur Aaliyah heeft gelijk. We moeten het nu bekendmaken. Misschien dat iemand Cross' kinderen heeft gezien, of zijn grootmoeder, of Mulch.'

'Zal ik met ze praten?' vroeg Aaliyah. 'Met de pers?'

'Dat is mijn taak, rechercheur,' zei Quintus. 'Pak wat slaap. Jullie allemaal. Cross en zijn gezin hebben er meer aan als je uitgerust en fris bent.'

De commissaris liep de veranda af in de richting van de straat.

'Mijn excuses als er heilige huisjes zijn waar ik tegenaan heb getrapt,' zei Aaliyah tegen Sampson en Mahoney.

'Excuses aanvaard,' zei Mahoney met een vermoeide stem. 'We zijn nogal gevoelig als het om Alex gaat. Hij is bijzonder voor ons.'

'Dat weet ik,' zei ze. 'Alex Cross is een van de redenen waarom ik rechercheur ben geworden.'

Aaliyah liep de veranda af. Het was waar wat ze had gezegd: als tiener had ze over Cross' belevenissen gelezen, en ze bewonderde hem bijna net zoveel als ze haar vader bewonderde.

De rechercheur kromp ineen. Haar vader. Bernie. Ze had zich voorgenomen om vanochtend even bij hem langs te gaan. Maar ze was simpelweg te moe om nog een uur te rijden.

Commissaris Quintus stond op de stoep met een horde journalisten om hem heen. Aaliyah liep in tegenovergestelde richting naar haar auto.

Toen ze was ingestapt en naar huis reed bleef ze maar denken aan de laatste woorden die Cross haar had gezegd. *We volgen Mulch' aanwijzingen en rijden regelrecht de hel in.*

*We?* Had Cross iemand bij zich?

*We volgen Mulch' aanwijzingen en rijden regelrecht de hel in.*

Bedoelde hij er iets mee?

Aan de ene kant kon het bij wijze van spreken zijn.

Maar aan de andere kant kon het betekenen dat Cross contact had gehad met die psychopaat. Zou dat het zijn? Of was het alleen maar een hersenspinsel, iets wat aan haar vermoeide fantasie was ontsproten?

## HOOFDSTUK 24

'Maak je toch niet zo druk, Marcus,' zei Acadia laatdunkend. 'Je weet dat Cross je zal bellen.'

'Ik had hem gezegd dat hij meteen terug moest bellen, het is nu al uren geleden,' antwoordde Sunday bits. Hij zat op de achterbank van de Durango en keek recht voor zich uit terwijl Cochran hen over de modderige weg door het bos naar Harrow reed.

Het was gestopt met regenen. De dageraad brak aan.

'Hij heeft geen keus,' zei Acadia. 'Cross zal je…'

'Ik wéét dat hij zal bellen,' snauwde Sunday. 'De vraag is: waarom duurt het zo lang? Wat is zijn motief? Wat is hij aan het doen?'

'We zijn bij de drie berken,' zei Cochran en remde af.

Acadia overhandigde hem een nieuwe sporttas en zei: 'Weet je zeker dat het slim is om dit zo snel te beëindigen?'

'We hebben Cross het een en ander duidelijk gemaakt,' zei Sunday. 'Het is nu tijd om de losse eindjes aan elkaar te knopen en in beweging te blijven. Zo werkt het spel, niet? We blijven in beweging. Op die manier blijft Cross uit balans; hij kan zich niet focussen, hij kan zijn doelwit niet vinden.'

Acadia haalde haar schouders op. 'Het is jouw feestje.'

Cochran zei: 'Een kwartier dus?'

'Maak er twintig minuten van,' zei Sunday en stapte uit de auto.

Terwijl het lichter begon te worden klom hij van de ophoging af, vond het overwoekerde houthakkersspoor en liep het weer af tot hij de rotsrand bereikte die op de open plek en Harrows keet uitkeek. Sunday zag rookpluimpjes uit de schoorsteen komen en aarzelde niet, hij liep de helling af tot de rand van het terrein.

Net als de vorige keer ging op dat moment de deur op een kiertje en kwam de rottweiler eruit gestormd. De hond liep om hem heen en Sunday bleef doodstil staan zodat het beest kon ruiken dat hij geen wapen bij zich droeg. Toen de hond blafte dat het veilig was liep Sunday naar de voordeur, die nu wijder openstond.

Hij stapte de veranda op, liep langs de kettingzaag en de jerrycan, en deed de deur snel achter zich dicht. 'Je hond is aan het schijten,' riep hij Harrow toe.

'Zolang het maar niet hierbinnen is,' zei Harrow, die aan tafel zat. 'Heb je de extra honderdduizend?'

'Heeft niemand je gezien?' vroeg Sunday, die ook ging zitten en zag dat de spiegel er weer lag.

'Ik ben op z'n hoogst een minuut in die steeg geweest,' zei de skinhead. 'Dus ik hoop dat je die extra poen bij je hebt.'

'Ik heb het hier,' zei Sunday. Hij stond op en ritste de sporttas open, zodat Harrow de rijen gebundelde honderddollarbiljetten kon zien, en zette de tas op de tafel. Toen haalde hij een pakketje uit zijn jaszak dat hij op de spiegel gooide. 'Ik heb nog een cadeautje voor je meegenomen, je hebt goed werk verricht.'

Harrow leek onmiddellijk geïnteresseerder in het pakketje dan in het geld. 'Die blauwe kristallen uit Arizona?'

Sunday knikte. 'Het echte *Breakin' Bad*-spul, net als eerst.'

'O man,' fluisterde Harrow, die haastig het pakketje openscheurde en de blauwe kristallen in een bergje op de spiegel strooide. 'O man, man, man.'

De skinhead pakte een scheermesje, hakte de kistallen fijn en schoof ze bij elkaar tot er twee grote lijnen op de spiegel lagen. Hij pakte een honderddollarbiljet uit de sporttas en rolde het net op toen de rottweiler piepte en vervolgens begon te janken.

'*Fuck*,' zei Harrow. 'Die stomme eikel.'

'Wat is er?' vroeg Sunday.

'O, Casper maakt alleen maar zulke geluiden als hij een stekelvarken of een stinkdier is tegengekomen,' zei Harrow. 'Die sukkel.'

De hond piepte nog een keer, en Sunday dacht even dat de skinhead erheen wilde gaan. Maar in plaats daarvan richtte Harrow zijn aandacht weer op de spiegel. Hij bracht het opgerolde biljet naar zijn neus, boog zich voorover en snoof de lijnen op, in elk neusgat één.

Zijn hoofd sloeg met een ruk achterover, zijn ogen sperden zich wijd open en hij rilde een paar keer. Er verscheen een vreemd, trillend glimlachje rond zijn lippen, en het wormvormige litteken op zijn wang leek tot leven te zijn gekomen.

'Ahhh,' riep Harrow genietend uit. 'Het is iets anders dan de laatste partij, maar na zo'n nacht als ik heb gehad maakt het alles goed.'

'Ik ben blij dat het je bevalt,' zei Sunday.

'Me bevalt? Man, dit is het lekkerste wat er is,' zei Harrow, die nog een lijntje hakte en het opsnoof. Toen stond hij met knipperende ogen op, liep naar de deur en zei: 'Je kunt deze jongen altijd dat *Breakin' Bad*-spul komen brengen wanneer je…'

De skinhead stopte in het midden van zijn zin, zijn hand schoot uit naar het aanrecht. Hij wist steun te vinden en hervond zijn evenwicht.

'Gaat het een beetje?' vroeg Sunday bezorgd.

'Ja, alleen…'

Harrow wankelde en viel achterover. Zijn mond zakte open en zijn tong kwam tevoorschijn, zijn ogen kregen een glazige uitdrukking en draaiden weg.

# HOOFDSTUK 25

Sunday stond op en ritste de sporttas dicht. Hij liep naar de deur, deed hem open en zag de rottweiler op zijn zij liggen met een bek vol kwijl. Er staken twee pijltjes uit zijn linkerzij. Cochran liep op de keet af met een pijltjesgeweer in zijn handen.

'Ik had er twee nodig om die knaap klein te krijgen,' zei Cochran vol ontzag. 'Zo'n dosis is genoeg om een beer te vellen, man.'

'Trek de pijltjes eruit en kom dan naar binnen om me te helpen zoeken naar het geld dat ik hem gisteren heb gegeven,' zei Sunday, terwijl hij de kettingzaag en de jerrycan – die zo goed als vol was – mee naar binnen nam.

Harrow lag nog steeds op de ruwe vloerplanken, langzaam draaide hij zijn hoofd en probeerde iets te zeggen. Wat niet lukte. Sunday stapte over hem heen en zette de kettingzaag en de jerrycan op de vloer.

Cochran betrad de keet, hij deed de deur achter zich dicht en keek om zich heen naar de rotzooi. 'Niet bepaald een proper Jetje, die skinhead, hè?'

'Begin met de slaapkamer,' zei Sunday. Hij pakte Harrow onder zijn oksels en sleepte hem naar de houtkachel toe.

'Ik had een gasmasker mee moeten brengen,' zei Cochran,

waarna hij een deken die voor de deuropening hing opzijtrok en in de slaapruimte verdween.

Sunday nam een van de slagersmessen uit de wastobbe op de vloer en gebruikte het om twee lange repen stof uit de oude bank te snijden. Nadat hij ze apart had gelegd pakte hij de jerrycan. Hij sprenkelde de benzine over de vloer en goot die over de benen en borst van de skinhead.

Harrows ogen sperden zich wijd open. 'Nee!' wist hij uit te brengen.

'Ah, je komt bij van de eerste flash,' sprak Sunday hem vriendelijk toe. 'Ik had de crystal meth met wat rohypnol en een verdovingsmiddel voor paarden gemixt.'

Cochran kwam de slaapkamer uit met de sporttas van de dag tevoren. Hij wierp Harrow een onverschillige blik toe. 'Niet echt een licht, deze man. Hij had de tas onder zijn bed geschoven.'

Sunday zette de jerrycan op de vloer. 'Skinheads hebben een hekel aan het bankwezen. Joden die over hun lot beslissen en dat soort dingen.'

Sunday trok de vulklep van de houtkachel open en zag tot zijn opluchting dat er nog wat gloeiende kooltjes tussen zaten. Hij nam een reep stof en legde één uiteinde op de kooltjes. Hij zette er een blok hout op zodat het op zijn plaats bleef liggen. Nadat hij de rest van het stukje textiel vanaf de kachel over de ruwhouten vloer had geleid, nam Sunday de andere reep stof, doordrenkte deze met benzine en legde het uiteinde op de eerste strook.

'Nee,' fluisterde de skinhead.

'Maak je niet druk,' zei Sunday, Acadia's zuidelijke accent imiterend. Hij gooide het mes terug in de wastobbe. 'Je zult er niets van voelen met al die dope in je lijf. Niet veel in elk geval.'

Sunday pakte de andere sporttas van de tafel, liep naar de keuken en keek uit het raam. De hond lag er nog steeds. De rest van het terrein lag er verlaten bij. Hij knikte naar Cochran. Ze liepen naar buiten, Sunday deed de deur achter zich dicht zonder nog een blik op Harrow te werpen.

'Moet die schuur ook in de fik?' vroeg Cochran.

Sunday schudde zijn hoofd. 'Nee, laat maar. Er moeten directe bewijzen van zijn betrokkenheid zijn.'

Ze haastten zich het bos in. Sunday keek nog even om toen hij op de rotsrand stond en zag tot zijn tevredenheid de vlammen opflikkeren achter het raam van Claude Harrows keet.

Het was een hard gelag dat het zo moest eindigen met Harrow, en zo snel, dacht hij. Zie maar eens een neonaziseriemoordenaar te vinden en hem dan ook nog eens over te halen, en…

Zijn mobiel ging af.

Sunday zag een nummer dat hij niet herkende. Maar er was maar één persoon op de wereld aan wie hij dit nummer had gegeven.

Hij drukte op 'Beantwoorden' en zei ijzig: 'Waarom heeft het zo lang geduurd, meneer Cross?'

## HOOFDSTUK 26

Er viel een korte stilte. Ik was er nog steeds niet over uit hoe ik Mulch moest aanpakken. Uiteindelijk besloot ik somber en verslagen te klinken en zei: 'Het kostte me even wat tijd. Dat is niet zo vreemd als je het lichaam van je zoon in de achtertuin vindt.'

'Mm-mm.' Zijn stem was weer door ruis vervormd. 'En je hebt de politie zeker van mijn opdracht aan jou verteld?'

'Nee,' antwoordde ik. 'Ik heb het aan niemand verteld, zoals je me had bevolen.'

'Dus je begint het nu te begrijpen?'

'Ik begrijp het, en ik accepteer je voorwaarden.'

'Mooi zo,' zei Mulch. 'De nog levende gezinsleden zullen je daden zeer waarderen. Laten we een deadline stellen. Vierentwintig uur?'

'Zesendertig,' zei ik.

'Vierentwintig,' antwoordde hij.

'Dat lukt me niet. Ik moet een plan bedenken.'

'Dertig uur dan,' besloot Mulch. 'En vergeet niet dat ik bewijs wil hebben. Videobeelden. En je kunt er maar beter voor zorgen dat je goed in beeld bent, anders is er morgenavond weer een Cross minder. Trouwens, dit is de laatste keer dat dit nummer werkt.'

'En hoe moet ik dat bewijs dan leveren,' vroeg ik.

'Ga een uur voor de deadline naar de Craigslist van New Orleans, klik op "Casual Encounters" en zoek naar een persoonlijke advertentie van TM in de sectie "Man zoekt vrouw". E-mail daar je video naartoe.'

Hij hing op.

Ik zette mijn mobiel uit. Ik had hem gisteravond bij een truckstop in de buurt van Richmond, Virginia, gekocht. Ava had zich opgerold in de passagiersstoel. Ze zag er doodmoe uit.

Ik zei: 'Je kunt altijd teruggaan, hoor. Ik zal het je echt niet kwalijk nemen.'

Ava veinsde verontwaardiging en zei: 'Ik wil helemaal niet terug, of het moet met jou zijn.'

Ik startte de auto. 'Ik wil alleen maar zeggen dat je er op een gegeven moment misschien wel uit zou willen stappen, en dat begrijp ik goed. Ik zal het je niet verwijten. Nooit.'

Ava zei niets, ze stak haar arm uit en zette de verwarming hoger. We stonden op een kampeerterrein in Glen Maury Park, zo'n vijf kilometer van de I-81 en ten westen van Lynchburg. Ze had vijf uur lang aan één stuk gereden, terwijl ik op Jannies laptop de bestanden van de usb-stick doornam die ik op het bureau had meegegrist. Op de stick stonden alle dossiers en gegevens die het zeskoppige onderzoeksteam had verzameld sinds mijn gezin was ontvoerd, alsmede mijn eigen onderzoek naar Thierry Mulch.

We waren om drie uur 's nachts op het verlaten kampeerterrein aangekomen en hadden geslapen; ik op de passagiersstoel en Ava onder mijn jas op de achterbank. Aangezien ik niet de kleinste ben, was het de rottigste plek waar ik ooit heb geslapen, maar ik was meteen weg en sliep als een blok tot ik Ava naar de toiletten hoorde gaan.

De vijf uren slaap gaven mijn onderbewuste de kans om de bizarre en gewelddadige gebeurtenissen van de afgelopen dag te verwerken, evenals alle gegevens die ik tijdens de lange rit naar het park had doorgenomen.

Terwijl het licht begon te worden was mijn actieplan op de korte termijn helder en duidelijk.

# HOOFDSTUK 27

Na de eerste keer dat Thierry Mulch contact met me had opgenomen – tijdens mijn onderzoek naar de massagesalonmoorden ontving ik een brief van hem – had ik op internet naar de naam gezocht, het bleek dat er over het land verspreid maar een handjevol mannen met deze naam bestond. Ik checkte iedere Thierry Mulch afzonderlijk, maar geen van hen leek ook maar in de verste verte op de roodharige man met dito baard die bij Sojourner Truth was verschenen.

Ik was nog één andere Thierry Mulch tegengekomen, namelijk in een overlijdensbericht. Hij was op negentienjarige leeftijd bij een vreselijk auto-ongeluk in West Virginia overleden.

Had iemand de identiteit van de dode Mulch aangenomen? Misschien dat de man die mijn gezin had ontvoerd de naam alleen voor deze aangelegenheid gebruikte.

Het was een slag in de lucht, maar we gingen het checken.

Ik zette de auto in de versnelling, verliet het park en kwam weer op de I-81 terecht. We reden in noordelijke richting naar de kruising met de I-64, die bij de grens met West Virginia lag. Later op de ochtend stopten we in de buurt van Covington bij een truckstop, waar ik ontbijt en koffie kocht. Ik tankte benzine en pinde vijfhonderd dollar.

Toen we al een tijd door West Virginia reden – we waren al bijna bij Lewisburg – vroeg Ava: 'Waar gaan we eigenlijk heen?'

'Naar een plaatsje dat Buckhannon heet.'

'Heeft het iets met Mulch te maken?'

'Zou kunnen.'

'Was het Mulch met wie je vanochtend aan de telefoon zat?'

'Ja,' zei ik, alsof ik het over een kennis had en niet over een gevaarlijke gek. Een psychopaat die iets van me wilde, en het enige wat er voor mij op zat was om er kalm onder te blijven. Ik moest het zien als een middel om dit alles te beëindigen en verder niets.

Na een lange stilte vroeg Ava: 'Waar wil hij bewijs van hebben?'

Ik wierp een zijdelingse blik op haar en zag dat ze me nauwlettend bestudeerde. Ze was slim en had een goede intuïtie, dat had ik kunnen weten.

'Alex?'

Ik slikte en zei: 'Ik wil het er nu niet over hebben.'

Haar toon verhardde. 'Je weet dat ik volledig achter je sta.'

'Dat weet ik, Ava.' Ik voelde dat emoties mijn kalmte ondermijnden. 'Ik kan het er nog niet over hebben voordat ik een paar dingen heb uitgezocht. Tot dan moet je me maar vertrouwen.'

Ik zag dat ze er iets tegen in wilde brengen, maar ze beet op haar lip en zei verder niets.

Om elf uur stopten we in Charleston en aten ergens in een achterstandswijk een vroege lunch in een vettige cafetaria. Het verbaasde me niet dat we door de vaste klanten werden aangestaard, of ze nu blank of zwart waren.

Het gebeurde niet elke dag dat ze een grote Afro-Amerikaanse man van in de veertig in het gezelschap van een zeventienjarig blank meisje met tatoeages en piercings zagen, maar wij hadden heel andere zaken aan ons hoofd en negeerden de blikken.

De serveerster bracht de rekening en een stuk appeltaart met vanille-ijs voor Ava. Hoewel dat ze al een dubbele cheeseburger, een hotdog en twee porties frites naar binnen had gewerkt stortte ze zich uitgehongerd op het toetje.

Ik legde het geld met een royale fooi op het schoteltje. Toen de serveerster terugkwam om de tafel af te ruimen zag ze de fooi en glimlachte. 'Dank u wel,' zei ze.

'Geen dank,' zei ik. 'Is er hier een winkel van Verizon in de buurt?'

'Jazeker,' zei ze en wees over mijn schouder. 'Ongeveer een kilometer verderop.'

'Een een elektronicawinkel?'

'Die zit ernaast,' zei ze. 'Het is een winkelcentrum. U kunt het niet missen.'

'Bedankt,' zei ik. Ik gooide Ava de autosleutels toe en we liepen naar de uitgang.

'Verizon?' vroeg Ava toen we in de wagen stapten.

'Ik moet een draadloos modem hebben.'

'Een elektronicawinkel?'

'En een videocamera.'

Hier dacht ze over na, en vroeg: 'Voor het bewijs?'

Ik knikte en zei er verder niets meer over. Even na twaalven reden we Charleston uit met een draadloos modem en een high-definition handcamera. Ik sloot het modem op Jannies laptop aan en het werkte feilloos. Zelfs de internetverbindingen in mijn huis of op mijn werk waren niet zo snel.

'Rij door in noordelijke richting,' zei ik terwijl ik op het toetsenbord typte tot ik vond wat ik zocht: het telefoonnummer van bureau Morgantown van de West Virginia State Police.

Toen er door een agente werd opgenomen zei ik dat ze met rechercheur John Sampson van Moordzaken, DC, sprak. Ik zei dat ik op zoek was naar de rechercheur die een vijfentwintig jaar oude zaak in Buckhannon had onderzocht.

'Vijfentwintig jaar geleden?' zei ze sceptisch. 'Ik weet niet of... Wie was de rechercheur?'

'Atticus Jones,' zei ik.

Er viel een stilte aan de andere kant van de lijn, waarna ze antwoordde: 'Nou, rechercheur Sampson, als u hem wilt spreken, dan moet u snel zijn.'

'Hoezo dat?'

'Ik hoorde laatst dat die arme Atticus terminale kanker heeft.'

## HOOFDSTUK 28

Twee uur later liepen we de lobby van Fitzwater's Gracious Living binnen, een verpleegtehuis in Fairmont, West Virginia. We waren onderweg langs de afslag Buckhannon gereden, maar als de informatie van de agente klopte moesten we eerst hier zijn.

'We komen voor Atticus Jones,' zei ik tegen de receptioniste.

Ze wierp een kritische blik op Ava en mij en zei: 'Bent u familie?'

'Nee,' zei ik en legde een van mijn visitekaartjes op de balie. 'Dit is een zakelijk bezoek. Meneer Jones was vroeger…'

'Rechercheur bij de politie,' zei ze wrevelig. 'We weten er alles van.'

'Kan ik hem spreken?' vroeg ik.

Ze keek Ava ongelovig aan. 'Bent u ook rechercheur?'

Ava vertrok geen spier en zei: 'Dat hoor ik nou altijd. Hebt u ooit *Twenty-One Jump Street* gezien?'

De receptioniste giechelde. 'U had net zo goed een middelbare scholiere kunnen zijn, rechercheur…?'

'Bryce. Ava Bryce.'

'U kunt doorlopen, rechercheurs,' zei de receptioniste en ze piepte de deur open. 'Hij zit achter in de hal in de Hospice Lounge, maar maak die arme man niet te veel van streek.'

We hoorden Atticus Jones al voordat we hem zagen, en hij klonk absoluut niet als een ernstig verzwakte man.

'Wat een ongelooflijke idioot,' hoorden we hem uitroepen. 'Wie weet nou niet wie Djengis Khan was? Nou vraag ik je!'

Er volgde een hoestaanval.

De voormalige rechercheur Moordzaken bleek een tengere zwarte man met kort zilverkleurig haar, een boksersneus en een sweatshirt van de Pittsburgh Steelers aan. Hij zat op de bank naar *Jeopardy!* te kijken met een fles Yuengling-bokbier in zijn hand. Er stond een lege bierfles op het tafeltje naast hem. Vanuit zijn neus liep een doorzichtig slangetje naar een verrijdbare zuurstoftank.

'Rechercheur Jones?' zei ik toen hij klaar was met hoesten.

Jones keek ons een moment zijdelings aan, nam een slok bier en zette het geluid van de tv uit. Hij draaide zich langzaam naar ons toe en stak zijn knokige wijsvinger naar ons op.

'Ik loop tegen de tachtig,' zei hij. 'En in mijn hele leven ben ik nog nooit een gezicht vergeten.'

'Echt?' zei Ava enthousiast. 'Dat heb ik nou ook.'

'Een fotografisch geheugen?' zei hij terwijl hij haar aandachtig bekeek.

'Eh, ja, zo noem je dat geloof ik.'

'Dat is precies zoals je het noemt, jongedame,' zei Jones droog. 'Ik zag er een paar maanden geleden een heel item over bij *Sixty Minutes*. Kijkt u wel eens naar dat programma, meneer Cross?'

Nou, als deze man stervende is, dan word ik honderd jaar.

Ik glimlachte. 'U herkent me?'

'Dat zei ik toch,' antwoordde hij. 'Ik heb u een keer zien spreken.'

'En waar was dat?' vroeg ik.

'Het was bij een seminar dat ik zo'n tien jaar geleden op Quantico heb gevolgd. U was daar gastspreker. Criminele psychologie?'

'En heb ik toen indruk gemaakt?' zei ik terwijl ik tegenover hem ging zitten.

'Ik was toen al dertig jaar rechercheur, maar inderdaad, u hebt me wel het een en ander geleerd toen. Dat moet ik toegeven.'

'Dat is fijn om te horen,' zei ik en glimlachte weer. 'Ik hoop dat u míj nu van dienst kunt zijn.'

'O ja?' Jones schoot rechtop in de bank. 'Hoezo dat?'

'Misschien dat u me iets over Thierry Mulch kunt vertellen.'

De ogen van de oude man knepen zich samen tot spleetjes, zijn kaaklijn verstrakte, waarna hij nogmaals zijn wijsvinger naar me opstak en me aangedaan toefluisterde: 'Ik wist het. Die gemene, ijskoude vadermoordenaar van de varkensboerderij. Ik heb het altijd al geweten!'

## HOOFDSTUK 29

De oude rechercheur viel terug in de bank en hoestte zo hard dat ik dacht dat hij een rib zou breken. Maar na zo'n halve minuut stopte hij en pakte een plastic bekertje, waarin hij spuugde. Hij keek in het bekertje, en toen naar mij.

'Goed nieuws,' zei Jones. 'Bloed, maar geen longweefsel.'

Mijn hoofd tolde nog steeds van zijn opmerking over Mulch. Vadermoordenaar van de varkensboerderij?

'Pardon, meneer,' zei ik. 'Maar wát hebt u altijd al geweten?'

'Dat Thierry Mulch springlevend is,' sprak Jones met schorre stem. 'Want dat kwam u me vertellen, toch?'

Springlevend?

Ik zei: 'Maar ik heb zijn overlijdensbericht gelezen.'

'Natuurlijk. Maar dat zegt verdorie niets.'

'Wacht even. Waarom denkt u dat hij nog in leven is?'

De oude man kwam weer uit de bank omhoog en sloeg op zijn borst. 'Ik heb het altijd gevoeld, hierbinnen. Ik kon het nooit van me afschudden. Maar waarom? Wat heeft hij gedaan?'

'Als het dezelfde man is, heeft hij mijn vrouw en mijn oudste zoon vermoord,' zei ik. 'En hij houdt mijn grootmoeder en mijn twee jongere kinderen op een onbekende plek vast. Hij dreigt ze te vermoorden als ik niet doe wat hij wil.'

Jones keek ontsteld. 'Ik wist wel dat die jongen de smaak te pakken had.'

'De smaak waarvan?' vroeg Ava.

'Van moord,' antwoordde de oude rechercheur. 'Thierry Mulch vermoordde zijn vader, en daarna een andere man, waarschijnlijk iemand op doorreis. Ik heb het helaas nooit kunnen bewijzen.'

'Time out,' zei ik en hief mijn handen. 'Kunt u bij het begin beginnen?'

De oude rechercheur aarzelde voordat hij zei: 'Misschien is het een goed idee om erheen te gaan. Als u het gebied ziet, begrijpt u de situatie beter.'

'Hebt u zin in een ritje naar Buckhannon?'

Jones lachte. 'Dan zult u me door de achterdeur naar buiten moeten smokkelen. Anders belt die bemoeizieke meid achter de receptie mijn dochter Gloria in Pittsburgh op, en die gaat dan "volledig over de rooie" – zo noemt mijn kleindochter Lizzie het tenminste.'

Ik moest weer glimlachen. 'Zullen we het dan maar doen?'

'Wat moet ik hier anders? Naar *Wheel of Fortune* kijken? Die Vanna White heeft niets meer aan mij.'

'Goed dan,' zei ik. 'We smokkelen u door de achterdeur.'

De oude man leek opeens tien jaar jonger. Hij greep zijn looprek en krabbelde overeind. 'Maar zorg ervoor dat ik om zeven uur terug ben. Gloria komt op bezoek, we zouden samen eten. Heb je ruimte voor een zuurstoftank?'

'Dat gaat wel lukken.'

'En jij, jongedame,' zei hij terwijl hij zijn vinger in de richting van Ava priemde. 'In de koelkast staat de rest van dat sixpack, neem dat voor me mee.'

Ze wierp me een blik toe en ik zei: 'Is dat wel zo'n goed idee voor iemand in uw toestand?'

'Nou, ik zal er niet dood van gaan, hoor,' zei Jones en lachte. 'Een sigaret is een ander verhaal, maar een biertje kan geen kwaad.'

Na wat gedoe hadden we rechercheur in ruste Atticus Jones in de passagiersstoel gekregen, terwijl zijn zuurstoftank naast Ava op de achterbank lag. Nog voordat ik achter het stuur zat had Jones een flesje bier opengemaakt en gaf hij luidkeels richtingaanwijzingen.

Toen we eenmaal in zuidelijke richting op de snelweg reden, zei ik: 'Kunt u me het gedeelte van het verhaal vertellen dat ik ook zonder het gebied erbij kan begrijpen?'

Het bleef stil, en toen hoorde ik een fluitende ademhaling en het zachte geproest van Ava. Ik keek opzij. De oude rechercheur had zijn ogen gesloten, zijn mond hing open en hij snurkte zachtjes.

Dat kunnen twee biertjes dus met je doen als je bijna tachtig bent en de dood voor ogen hebt.

# HOOFDSTUK 30

Atticus Jones sliep door tot we Buckhannon tot op een kilometer waren genaderd. Het leek alsof hij een inwendige wekker had, want hij werd met een luid gesnuif wakker, keek om zich heen en zei: 'Neem Route 20 naar het zuiden.'

We reden het plaatsje in en ik was verrast. Ik had verwacht dat Buckhannon een idyllische oase van dorpsrust zou zijn op deze zaterdagmiddag. Het zág er ook wel pittoresk uit, met oude bakstenen huizen en bomen in bloei, maar het was er ook vergeven van de vrachtwagens en pick-ups in alle maten en kleuren, en het wegverkeer werd gedomineerd door grote dumpers die bergen steenkool vervoerden.

'Zijn er hier mijnen in de buurt?' vroeg Ava.

'We zitten hier in *Coal Central*, jongedame,' antwoordde de oude rechercheur. 'Buckhannon is de hoofdplaats van Upshur County. Je kunt je kont hier niet keren of je stuit op een mijn. Meer dan de helft van de mensen die hier rondlopen is mijnbouwkundig ingenieur. Die Sago Mine waar ze in 2006 die explosie hadden? Waar twaalf mannen bij omkwamen? Die ligt hier aan het einde van de weg. Het levert veel geld op. Maar ook veel stoflongen. Mijn vader is eraan kapotgegaan. En ik ook binnenkort.'

'Bent u mijnwerker geweest?' vroeg ik verrast.

'Vier jaar lang. Zo kon ik geld sparen om op West Virginia Wesleyan te studeren,' zei Jones. 'Elke minuut ervan was een marteling, maar ik had geen keus. Als je French Creek Road voorbij bent moet je de borden naar Pig Lick Mine volgen, die ligt aan Pig Lick Road. Het ligt op zo'n vijftien kilometer ten zuiden van Buckhannon.'

We reden langs een instituut voor mijnveiligheid en daarna langs de Buckhannon River, die er prachtig uitzag in het lentelicht. Na een kwartier kwamen we bij Pig Lick Road aan.

Er stonden waarschuwingsborden voor vrachtwagenverkeer en steile hellingen, en de onverharde weg zat vol gaten en voren waardoor we zelfs bij lage snelheid alle kanten op werden geslingerd. De enorme heldergele dumpers van de Crossfield Mining Company leken daarentegen nauwelijks last te hebben van de slechte weg, ze joegen ons de stuipen op het lijf door met een snelheid van meer dan honderd kilometer per uur van de heuvel af te komen denderen. Het lukte me ternauwernood om ze in de haarspeldbochten van Pig Lick Road te ontwijken.

Maar toen we bijna bij de top waren zat er opeens een dumper vlak achter ons, de bestuurder begon te toeteren en wilde dat we aan de kant gingen.

'Maak je geen zorgen,' zei Jones. 'Na de volgende bocht zitten we op de top, daar kunnen we parkeren en kan hij erlangs.'

We reden de pas in, waar de weg inderdaad breder was, dus ik deed wat hij me had gezegd en stuurde de auto een parkeerstrook op die door een vangrail van een afgrond werd gescheiden. Het moest minstens honderd meter zijn tot aan de smalle strook land op de bodem van de bergengte. De dumper minderde vaart toen hij ons passeerde. Ik zag de bestuurder in de cabine zitten; hij droeg een blauw uniform, een gele bouwhelm en een zonnebril. Hij keek me dreigend aan.

## HOOFDSTUK 31

Ik probeerde het dreigende gezicht van de man te vergeten en keek naar de berg tegenover me. Het leek of er een reus was langsgekomen die de top van de berg eraf had gesneden, een vlak stuk dat langer dan een kilometer was en god mocht weten hoe ver het doorliep naar achteren. Door de wind en de tientallen af en aan rijdende dumpers stegen er stofwolken boven de mijn omhoog.

'Onder ons ligt Hog Hollow,' zei Jones. 'Dit is waar Thierry vandaan komt.'

'Die mijn?' vroeg ik ongelovig.

'Nee, nee, die was er toen nog niet. Maar hij hoort wel bij het verhaal.'

Jones maakte nog een bokbier open. Hij nam een slok en vertelde dat Thierry Mulch uit een familie van varkensboeren en illegale drankstokers kwam. Vier generaties lang had de familie Mulch in Hog Hollow gewoond, de bergengte tussen ons en de tegenwoordige Pig Lick Mine.

Kevin 'Little Boar' Mulch, Thierry's vader, had nog bij Atticus op school gezeten, maar hij verscheen niet meer toen zijn vader – Big Boar – stierf. De jongen moest de boerderij overnemen.

Little Boar trouwde met zijn achternicht Lydia toen hij

in de twintig was en zij niet ouder dan zestien. Lydia was een echte schoonheid, waardoor Little Boar obsessief jaloers werd. Daarbij was ze intelligent en belezen, wat hem irriteerde en haatdragend maakte.

'Little Boar was geen licht, en dat wist hij, maar hij stopte zijn schaamte weg en kleineerde Lydia voortdurend,' vertelde Jones ons. 'En dat werd alleen maar erger toen ze Thierry kregen, die ze ook wel Baby Boar noemden.

Little Boar was verslaafd aan zijn eigen smerige bocht en werd steeds gewelddadiger, vooral toen zijn zoon net zo intelligent en belezen als zijn moeder bleek te zijn. Little Boar sloeg Lydia verscheidene keren het ziekenhuis in; ze had een keer een gebroken arm en een andere keer een gebroken kaak. En Lydia heeft haar zoon twee keer naar de Eerste Hulp moeten brengen. Zijn vader vond dat hij zijn taken op de boerderij niet goed uitvoerde en had hem met een scheerriem geslagen.'

'En is die man nooit gearresteerd?' vroeg Ava.

'Het waren helaas andere tijden, jongedame,' zei Jones. 'En Thierry werd ook nog eens verschrikkelijk gepest op school. De kinderen noemden hem Pig Boy, ze sarden hem met knorrende geluiden en zeiden dat hij stonk.

Toen Thierry dertien was, ontmoette zijn moeder een mijnbouwkundig ingenieur, ik geloof dat hij uit Montana of Indiana kwam, en ze kregen iets met elkaar. Zonder een woord tegen haar man of zoon te zeggen ging Lydia er met de ingenieur vandoor, sindsdien heeft niemand ooit nog iets van haar vernomen.

Iedereen wist het. Thierry's vader werd achter zijn rug uitgelachen, waardoor hij zich terugtrok, nog meer ging drinken en onhandelbaar werd. De middelbare school werd Thierry's toevluchtsoord, het was de enige plek waar de woede van zijn vader hem niet kon treffen.

'Het was een intelligente jongen, die Thierry,' zei Jones. 'Echt heel slim, en dat maakte het allemaal zo wrang, en ik denk dat het tot de moord heeft geleid.'

Thierry wilde dolgraag studeren. Maar Little Boar lachte hem vierkant uit en zei tegen Baby Boar dat hij hetzelfde leven zou leiden als hij: hij zou varkensboer worden, maar misschien dat hij zijn scheikundige talenten zou kunnen aanwenden om betere illegale drank te stoken. Het was een boerderij met meer dan honderd varkens, maar Thierry's vader zei dat er geen geld was voor zulke nutteloze zaken als de universiteit.

In de zomer voor zijn laatste jaar op de middelbare school beval zijn vader hem met school te stoppen, het was pure tijdverspilling en hij zou het niet langer meer betalen. Rond dezelfde tijd verscheen er een advocaat in Hog Hollow met het aanbod om het land van de familie Mulch te kopen.

Little Boar bezat meer dan duizend hectare land, waarvan zo'n zevenhonderd hectare de rotsachtige bodem van de bergengte vormde die nauwelijks te bewerken viel. De rest van de grond had men altijd als waardeloos beschouwd, steile rotsen die tot aan de rand met weerbarstige hickory-bomen en ander waaihout waren bedekt. Het aanbod van de advocaat was in feite uiterst genereus geweest; het was een bedrag met zes nullen. Little Boar weigerde echter te verkopen en zei dat Hog Hollow en Pig Lick Mountain heilige familiegronden waren, en dat ze dat altijd zouden blijven.

Een maand later werd het aanbod verdubbeld, maar Thierry's vader bleef weigeren. In de maand daarna werd het verdriedubbeld. Een dronken Little Boar richtte zijn .12 dubbelloops jachtgeweer op de advocaat en zei hem zijn land te verlaten en nooit meer terug te komen.

    Jones nam nog een slok, gebaarde naar de bergengte en zei: 'En zo werd het 1 oktober, de school in Buckhannon begint weer en Thierry is er niet. Ik krijg om acht uur 's morgens een telefoontje van de sheriff. Hij was net door een hysterische Thierry gebeld, die hem zei dat zijn vader ergens in de vorige nacht tussen de varkens moest zijn gevallen, en dat ze niet veel van hem hadden overgelaten.'

# HOOFDSTUK 32

Eerst kon ik mijn eigen oren niet geloven, maar toen zei ik: 'Maar dan moet hij het zijn. Nu weet ik het zeker.'

Ik vertelde hem over de vondst van Preston Elliots schedel en dijbeen bij de moderne varkenshouderij in Virginia.

'Het ís hem,' kraaide Jones en sloeg op zijn knie. 'Ik wist het! Maar goed, toen ik twee uur later bij de boerderij arriveerde wist ik meteen dat Thierry zijn ouweheer had vermoord. Ik voelde het; het was de manier waarop hij zich bewoog toen ik hem volgde over het erf dat door agenten was afgezet. Het was alsof hij van een zware last was bevrijd.'

Toen ze bij de stal aankwamen zag Jones dat er niet veel meer over was van Little Boar. Thierry toonde weinig emotie, met een lege blik keek hij naar de overblijfselen van zijn vader. Hij zei Jones dat pa het gisteravond weer eens op een zuipen had gezet. En dat hij had gedaan wat hij altijd deed wanneer zijn vader aan zijn tweede fles gedestilleerd begon: hij ging naar zijn kamer, deed de deur op slot en las een boek.

'Aristoteles,' zei Jones. 'Hij was Aristoteles aan het lezen.'

Thierry beweerde dat hij zich in de *Ethica Nicomachea* had verdiept, de verhandeling over het kiezen van het goede, en om elf uur het licht had uitgedaan. Hij werd een uur later wakker van het gekrijs van varkens, maar dat was niet ongewoon.

Er werd altijd wel ergens in de stal een machtsstrijd uitgevochten. Je raakte eraan gewend. Thierry zei dat zijn dronken vader was gaan kijken om te zien wat er aan de hand was, en tussen de varkens moest zijn gevallen.

'Ik zei tegen Thierry dat de dood van zijn pa hem niet veel leek te doen,' herinnerde de oude rechercheur zich. 'En hij zei: "Ik haatte die klootzak, maar zó'n einde had ik hém zelfs niet toegewenst."'

En dat typeerde Thierry's houding tijdens het hele onderzoek. Jones vertelde dat hij de kamer van de jongen had doorzocht en dat hij niet alleen Aristoteles op het bureau aantrof, maar ook *Schuld en boete* van Dostojevski, het verhaal over een man die zijn gehate hospita vermoordt en denkt dat niemand haar zal missen.

Jones vroeg hem ernaar en Thierry had zijn schouders opgehaald. Hij zei dat hij nog niet aan het boek was begonnen, maar dat hij het voor zijn boekenlijst Engels moest lezen. Hoewel zijn vader hem van school had gehaald, was de jongen door blijven studeren.

De oude rechercheur zei dat hij op alle manieren had geprobeerd het verhaal van de jongen onderuit te halen, maar Baby Boar had geen krimp gegeven. Mulch junior had eerlijk toegegeven dat hij er wel eens aan had gedacht om zijn vader te vermoorden. Wie niet? De man was een sadist en verdiende niet beter. En Thierry zei ook dat het misschien wel zover had kunnen komen; als het te veel zou zijn geworden had hij mogelijk zijn vader vermoord. Maar dit was een ongeluk, de hand van God, en het was een passend einde voor deze man – opgegeten door zijn eigen varkens.

Jones zei: 'Bij de autopsie hadden ze de dunne lijn van een fractuur op Little Boars schedel gevonden, maar de varkens waren er zo mee tekeergegaan dat de lijkschouwer moeilijk kon zeggen wat die had veroorzaakt.'

Niet lang daarna hoorde de oude rechercheur van de aanbiedingen om het land van Little Boar te kopen. Ook daar had hij Thierry mee geconfronteerd. Maar Mulch junior zei dat dat nieuw voor hem was. Zijn vader had hem nooit in vertrouwen genomen over dit soort zaken.

Maar vier maanden later – Thierry was intussen achttien geworden, en tevens de enige erfgenaam – tekende hij het contract. Er stond in dat de Crossfield Mining Company voor vijfenhalf miljoen dollar de nieuwe eigenaar van het land van Mulch was geworden. Het bleek dat de waardeloze berg bijna volledig uit steenkool bestond.

Toen Jones naar deze miljoenenverkoop vroeg, verklaarde de zoon van Little Boar dat hij niet van plan was om varkensboer te worden, dat de transactie een praktische beslissing was en dat God hem een uitweg had geboden.

'Hij wist dat ik hem niet geloofde,' zei Jones, die ging verzitten en het zuurstofslangetje aan zijn neus bevestigde. 'Hij wist dat ik me in hem had vastgebeten, en dat ik naar een manier zou blijven zoeken om hem te ontmaskeren.'

'Dus u denkt dat hij zijn eigen dood in scène heeft gezet?'

## HOOFDSTUK 33

Rechercheur Atticus Jones hief zijn bierflesje naar me op en zei: 'Dertien maanden nadat hij Little Boar had vermoord. Zo lang duurde het voor er een gerechtelijke verificatie van het testament kwam en Thierry juridisch gezien het recht op de landverkoop had. Het ging dus door, het geld werd overgemaakt, hij kocht een gloednieuwe Ford-pick-up en begon flink te feesten.'

De Crossfield Mining Company gaf Thierry een maand om de varkens te verkopen en het terrein leeg op te leveren. Twee dagen voor de varkensboerderij tegen de vlakte zou gaan, werd Baby Boar 's avonds dronken in Buckhannon gesignaleerd. Diezelfde nacht, om drie uur 's morgens, zag een automobilist die op Route 20 reed een hoog oplaaiend vuur boven de rotsrand bij Hog Hollow uitkomen.

Jones maakte een gebaar in de richting van de afgrond naast de auto. 'In die dagen stond hier nog geen vangrail. Met een volle tank en een snelheid van meer dan honderd kilometer per uur stortte Thierry's nieuwe pick-up zo'n vijfenzestig meter naar beneden, tot hij op de bodem op een stuk rots terechtkwam en in een gigantische vuurbal explodeerde. Het was een droog jaar en het hele stuk bos daarbeneden brandde af, het duurde twee dagen voordat het vuur was geblust.'

'Is er een lichaam gevonden?' vroeg ik.

'Er zijn een paar zwartgeblakerde lichaamsdelen gevonden van één persoon,' antwoordde Jones. 'We hebben kunnen reconstrueren dat het een man moest zijn geweest, maar dat was dan ook alles. Het vuur dat uit de pick-up sloeg was verschrikkelijk heet, zelfs het staal was gesmolten en de brandweercommandant sprak het vermoeden uit dat er nog een brandstof in de auto aanwezig moest zijn geweest, zoals nafta. We hebben er nooit bewijs van gevonden. Maar ja, de forensisch experts waren toen nog niet zo goed als nu.'

Ik knikte. Nafta werd onder andere als aanstekerbenzine gebruikt. Het was ongelooflijk brandbaar spul. Een pick-up die nafta bevatte en ook nog eens een volle benzinetank had zou een geweldige explosie hebben veroorzaakt.

'Hoe hebben jullie Thierry geïdentificeerd?'

'Dat konden we niet,' zei de oude rechercheur. 'Little Boar had nog minder vertrouwen in tandartsen dan in scholen. Thierry was in zijn hele leven nog nooit naar de tandarts geweest, en zoiets als een DNA-test bestond toen nog niet. Maar iedereen nam aan dat hij het was. Het ongeluk vond plaats op de weg naar Mulch in een auto van Mulch met een mannelijke bestuurder. Er moest gewoon een Mulch achter het stuur hebben gezeten.'

'Maar denkt u dat het klopt?'

Jones schudde zijn hoofd. 'Nee, ik denk dat hij een man heeft vermoord – iemand op doorreis of een lifter. Dat hij hem achter het stuur heeft gezet en de auto de afgrond in heeft geduwd.'

De oude rechercheur kreeg weer een hoestbui, een van die lange aanvallen waar hij niet meer uit leek te komen. Toen het uiteindelijk was opgehouden zei hij zwakjes: 'Ik denk dat we terug moeten gaan, meneer Cross. Mijn dochter zal in alle staten zijn als ik er niet ben voor het eten.'

'We zorgen ervoor dat u op tijd terug bent,' zei ik en startte de auto.

Er kwam net een van die grote gele dumpers de bocht om, maar ik had genoeg ruimte om vóór hem de weg op te rijden en over de bochtige, hobbelige weg af te dalen naar de snelweg. Bergafwaarts over het slechte wegdek bleek een stuk zwaarder dan omhoog; je moest opletten met al die grote dumpers die scherp afremden in de haarspeldbochten, en ik moest constant bijsturen; soms leek het alsof een grote onzichtbare hond zich had vastgebeten in de voorbumper en de auto woest heen en weer schudde.

'En hoe zat het met die vijf miljoen dollar?' vroeg Ava. 'Waar is dat geld heen gegaan?'

De oude rechercheur hield met zijn knokige hand het dashboard vast ter ondersteuning. Hij glimlachte naar me en zei: 'Ze is bijdehand. Ik wilde er net over beginnen.'

'Ja, ze is bijdehand,' zei ik. Ik wierp een blik in de achteruitkijkspiegel en zag Ava blozen.

Jones zei dat hij nergens een storting van vijfenhalf miljoen dollar had kunnen vinden, niet bij een bank in West Virginia, noch bij een bank in de aangrenzende staten.

'Is die cheque ooit ergens geïnd?' vroeg Ava.

De oude rechercheur glimlachte nogmaals. 'Je hebt goede instincten, jongedame. Het heeft jaren geduurd voordat ik een keer een informeel gesprek kon voeren met de advocaat van Crossfield, ene Pete Garity. Hij beriep zich altijd op zijn beroepsgeheim. Maar drie jaar na de vondst van Thierry's uitgebrande pick-up bracht ik een keer een fles Maker's Mark voor meneer Garity mee en we raakten aan de praat. Hij gaf toe dat Thierry veel gehaaider was dan ze aanvankelijk hadden gedacht. Het mijnbouwbedrijf had Baby Boar met een gedekte cheque willen betalen, maar de jongen stond erop dat het obligaties moesten zijn.'

Ik draaide mijn hoofd naar hem toe en wilde net over de obligaties beginnen, toen ik iets geels in de achteruitkijkspiegel zag naderen. Een van de dumpers kwam op zo'n vijftig meter afstand als een raket op ons af gedenderd.

'Hou je vast!' riep ik, en ik gaf plankgas.

## HOOFDSTUK 34

Rechercheur Tess Aaliyah dronk die zaterdagmiddag haar tweede dubbele espresso op sinds ze na een woelige slaap van zes uur naar haar kantoor was vertrokken. De moorden bevonden zich nog steeds binnen de cruciale achtenveertig uur, het tijdsbestek waarin de meeste moorden worden opgelost, en ze wilde er geen moment van verspillen.

Aaliyah was om twee uur in haar kantoor, waar een vuistdikke stapel dossiers en verslagen op haar lag te wachten, waaronder de eerste autopsierapporten en samenvattingen van interviews die agenten de buren van Cross hadden afgenomen.

Ze keek de eerste autopsierapporten door, en zag staan dat de bloedgroep van Bree Stone dezelfde was als die van de Jane Doe, en dat die van Damon Cross klopte met die van de John Doe. Op een van de rapporten zat een gele Post-It geplakt waarop stond dat de FBI had verzocht het DNA-onderzoek absolute voorrang te geven, maar dat het zelfs vandaag de dag toch nog zo'n vijftig uur in beslag zou nemen. Wat betekende dat er pas morgen DNA-resultaten van Bree Stone en de Jane Doe zouden komen, en dat er op z'n vroegst maandag iets over Damon bekend zou worden.

De rechercheur Moordzaken schoof de stapel papieren

opzij en begon aan een lijst van vragen die ze beantwoord wilde zien.

Het was een oude gewoonte, iets wat ze van haar vader had geleerd. De gepensioneerde rechercheur Moordzaken in Baltimore was van mening dat de geest op z'n scherpst was als je vragen stelde en daar de antwoorden op zocht.

'Maak een goede vragenlijst en stel daar je actieplan op af,' zei hij altijd. 'Streep vragen af als je het antwoord hebt of de opdracht hebt uitgevoerd en ga dan verder. Zo creëer je de juiste energie.'

Het eerste wat ze opschreef was: 1. Hoe gaat het met pa?

Nadat zijn vrouw, de moeder van Tess, iets meer dan een jaar geleden was overleden, was Bernie Aaliyah in een lange periode van rouw en depressie terechtgekomen. Het ging nu beter met hem; hij ging steeds meer zijn eigen gang, maar ze vond het vreemd dat hij de laatste tijd zijn privéleven enigszins afschermde.

Niet dat hij koud en afstandelijk tegen zijn dochter deed, absoluut niet. Hij zei dat hij zijn leven opnieuw probeerde op te bouwen, en dat lukte hem goed. Hij hoefde haar nu niet meer elke dag te spreken, of haar diverse keren per week te zien, zoals in de eerste paar maanden na de dood van haar moeder. Dat wist ze ook allemaal. Maar het was nu een maand geleden sinds ze hem voor het laatst had gezien, en ze had hem al vier dagen niet meer gesproken.

Na deze overpeinzing schreef Aaliyah in hoog tempo de vragen en acties op die in haar hoofd opkwamen.

2. Is er eerder een moordenaar geweest die ovale stukken huid uit zijn slachtoffers sneed? Bekijk dit patroon in VICAP.

3. Waar was Damon Cross ontvoerd? Op zijn school? Op het station van Albany, of tijdens zijn rit naar huis voor de paasvakantie?

4. Heeft Cross met Mulch gesproken in de tijd tussen zijn vertrek en zijn telefoongesprek met mij over de vondst van Damons lichaam? Alle telefoongesprekken van Cross checken.

5. Waar is Cross? Controleer al zijn creditcard- en bankopnames.

Aaliyah dacht niet dat Alex Cross iets met de ontvoering of de moorden te maken had. Maar haar intuïtie zei haar dat ze zijn spoor moesten proberen te volgen, zelfs als het een vals spoor bleek te zijn. Verder konden ze niets anders doen dan wachten tot hij contact opnam.

Ze besloot om van achteren naar voren te werken en belde Ned Mahoney. Ze vroeg hem of hij en zijn FBI-collega's een onderzoek konden doen naar de bankrekeningen van Cross, en die vervolgens in de gaten konden blijven houden. Tot haar verrassing vond Mahoney het een prima idee, en hij beloofde haar dat ze ermee aan de slag zouden gaan.

Aaliyah had zelf contacten bij verschillende telefoonmaatschappijen, en ze had al snel mensen aan het werk gezet om Cross' gesprekken te achterhalen. Vervolgens belde de rechercheur Kraft School op; ze hoorde een ingesproken boodschap waarin gezegd werd dat de school in verband met de paasvakantie tot maandag gesloten was. Hoewel ze wist dat de FBI al eerder berichten had achtergelaten, liet ze toch maar een bericht achter waarin ze vroeg of het schoolhoofd haar zo snel mogelijk terug wilde bellen. Het was belangrijk en had met de verdwijning van Damon Cross te maken.

Ze hing op en wilde net de VICAP-database gaan bezoeken toen er een lange schaduw over haar bureau viel. Ze keek op en zag dat John Sampson met zijn ellebogen over de scheidingswand van haar werkplek leunde met een dossier in zijn hand.

'Lees dit eens,' zei hij.

Ze nam het dossier aan en zei: 'Heb je nog niet geslapen?'

'Nog niet,' antwoordde hij.

Aaliyah wierp een vluchtige blik op het dossier. Het was een VICAP-documentatie over het ovale verminkingpatroon. Ze keek op. 'Hier wilde ik net aan beginnen.'

'Twee zielen, één gedachte,' bromde Sampson.

Aaliyah glimlachte en las verder in het dossier van een zes jaar oude moord in Bonner's Ferry, een plaatsje in Noord-Idaho dat vlak bij de grens met Montana lag. In de Kootenay River was het lijk van een vrouw gevonden met ovale verwondingen op haar lichaam. Op de tweede pagina stonden foto's. De dode vrouw was een lichtgetinte Afro-Amerikaanse, en de ovale verminkingen waren dezelfde als op de Jane en John Doe.

'De verwondingen,' zei ze opgewonden. 'Ze zijn nagenoeg hetzelfde.'

'Ja,' beaamde Sampson. 'Alleen hier niet overal op het lichaam.'

Het dossier vermeldde inderdaad dat er zes ovaalvormige stukjes huid ontbraken. Door middel van een dentaal onderzoek was de vrouw geïdentificeerd als Katrina Moffett uit Troy, Montana, een plaats die ongeveer vijfenveertig kilometer stroomopwaarts lag. De negenentwintigjarige Moffett, lerares op een lagere school, was vermist sinds vrienden haar thuis hadden gebracht na een feestje in het nabijgelegen Yaak, in een bar die de Dirty Shame Saloon heette.

Moffetts man diende op dat moment in Irak, en haar vrienden wisten zeker dat ze geen affaire had. Ze zeiden wel dat Moffett enkele anonieme bedreigingen met racistische inhoud had ontvangen sinds ze in Troy woonde.

Dat verbaast me niets, dacht Aaliyah. Er lopen daar genoeg van die Aryan Nations-idioten rond. Het drama van Ruby Ridge had zich ook ergens in Noord-Idaho afgespeeld.

Ze las verder en zag dat de rechercheurs van Montana State ook van deze invalshoek waren uitgegaan. Ze checkten iedereen die binnen een straal van tien kilometer van Moffetts huis woonde, en hun verdenking viel al snel op een jonge man die Claude Harrow heette.

Harrow was niet lang daarvoor uit Montana State Prison vrijgekomen, waar hij zes jaar had gezeten voor een gewapende overval. Tijdens zijn gevangenisstraf was hij lid geworden van Aryan Nations, en hij was een uitgesproken racist.

Maar Harrows alibi was dat hij op de nacht van de moord tweehonderdveertig kilometer verderop verbleef, en dit werd door vier vrienden van hem – allemaal neonazisympathisanten – bevestigd. Een halfjaar na de moord erfde Harrow een stuk land in de buurt van Frostburg, in Noordwest-Maryland. Hij pakte zijn spullen en verliet Idaho.

Op verzoek van de Montana State-rechercheurs zette de FBI hem in een database voor racistische misdaden en bleef hem in de gaten houden. De neonazi woonde op zijn geërfde land en werkte af en toe als houthakker; hij was actief in de skinheadscene en voerde verder niet veel uit.

Aaliyah keek Sampson aan en zei: 'Frostburg, hoe lang zou dat met de auto zijn? Anderhalf uur?'

'Zoiets, ja,' zei Sampson. 'Maar het mooiste komt nog. Ik heb de naam Claude Harrow door het kentekenregister van Maryland gehaald, en hij blijkt de eigenaar van een Chevy-pick-up uit 1988 te zijn. Wedden dat het er een met afgesleten banden is?'

Aaliyah pakte haar jas. 'We gaan er meteen op af.'

'Twee zielen, één gedachte,' zei Sampson, die met zijn wijsvinger tegen zijn slaap tikte. 'Ik heb de auto al geregeld.'

# HOOFDSTUK 35

De dumper was ons tot op een armlengte genaderd terwijl ik de sedan krampachtig de haarspeldbocht in stuurde. In plaats van bij te remmen gaf ik extra gas en probeerde de banden niet in de voren te laten komen. De enorme radiatorgrille van de zware vrachtwagen leek door onze achterruit te komen.

Ik wist dat ik niets meer kon doen.

Ik verloor de macht over het stuur – vanaf nu waren we afhankelijk van God en natuurkundige wetten. De sedan maakte een misselijkmakende draai, waarbij de achterkant tegen het wegdek knalde, en ik meende een moment de cabine van de vrachtwagen door de voorruit te zien.

Bomen en rotsen schoten voorbij en ik hield mijn rechterarm voor de borst van Jones. De banden kwamen in een diepe voor terecht en de auto kantelde. Ava gilde dat we over de kop sloegen. Maar de volgende voor zorgde ervoor dat de wagen met een klap weer op vier wielen terechtkwam. We denderden over de lege weg op de verkeerde rijstrook naar beneden.

'De dumper!' gilde Ava. 'Hij komt er weer aan!'

Het voertuig naderde ons op de rechterrijstrook. Het wilde natuurlijk op gelijke hoogte komen en ons de weg af duwen. We reden nog steeds zo'n tachtig kilometer per uur toen ik uit alle macht remde.

De dumper schoot ons voorbij. Ik liet de rem los en stuurde de auto naar de rechterrijstrook. We reden nu achter hem. Hij voerde de snelheid op en probeerde me kwijt te raken, maar ik was op dat moment zo ziedend dat ik er alles voor overhad om die klootzakken te pakken en uit te zoeken waarom ze ons probeerden te vermoorden. Ik bleef de hele weg vlak achter hen, tot aan de t-kruising waar Pig Lick Road op de West Virginia State Highway 20 uitkwam.

Er bleek verrassend veel verkeer in beide richtingen – dumpers van andere mijnen, schoolbussen en auto's – en het gele gevaarte was gedwongen te stoppen. Ik stopte vlak achter ze, zodat ze me niet in hun zijspiegels konden zien. Ik zette de sedan op de handrem, sprong eruit en trok mijn Colt.

Langs de passagierskant rende ik naar de voorkant van de vrachtwagen. De remmen sisten, hij begon te rollen. Ik sprong op het opstapje en wist net op tijd de handgreep te grijpen die er zat om passagiers de cabine in te helpen stappen. De chauffeur gaf gas en maakte een scherpe bocht, waardoor ik bijna van de wagen af tuimelde.

Toen de dumper op de snelweg vaart maakte, hing ik er nog steeds aan. Ik tikte tegen het zijraam met de Colt. De bijrijder was de kerel die me zo dreigend had aangekeken op de pas bij Hog Hollow.

Hij had toen gelachen, en hij grijnsde nog steeds toen hij iets tegen het raam hoorde tikken en zijn hoofd met een ruk omdraaide. Hij keek recht in de loop van mijn pistool. Ik zag een geringe beweging in zijn schouders en vermoedde dat hij de portiergreep vastpakte.

Ik richtte naast zijn hoofd, deed ter bescherming tegen het rondvliegende glas mijn ogen dicht en haalde de trekker over. De Colt knalde en ik voelde de terugslag in mijn hand. De kogel had het zijraam volkomen verbrijzeld, de kerel had een hagelbui van glassplinters over zich heen gekregen en de voorruit was in een spinnenweb veranderd.

'Stop de wagen,' riep ik. 'Nu! Anders schiet ik je kop eraf, klootzak!'

'Jezus, man, ben je gek geworden?' riep de chauffeur.

'De volgende kogel is voor jou!' riep ik.

## HOOFDSTUK 36

De chauffeur trapte hard op de rem en probeerde me van de vrachtwagen af te werpen, maar ik liet niet los en hield de Colt op het hoofd van de bijrijder gericht. Het voertuig kwam midden op Route 20 tot stilstand.

'Heb je een mobiel?' vroeg ik.

'Een wat?' jammerde de bijrijder.

'Een mobiele telefoon,' zei ik.

'Ja, ik heb een mobiel,' zei hij. Hij trilde nu zo hevig dat het leek of hij zonder kleren in een koelcel zat.

'Bel 911.'

'Kom op, man.'

'Bel!' riep ik uit. 'Zeg ze dat de sheriff hierheen moet komen. Nu!'

Hij toetste met tegenzin het alarmnummer in en zei dat een gestoorde idioot midden op Route 20 bij Pig Lick Road een pistool op hem gericht hield.

Tien minuten later klonken er sirenes, en ik zag de blauwe zwaailichten van drie patrouillewagens naderen. Toen ze bij de dumper arriveerden, stond ik nog op het opstapje en hield mijn Colt nog steeds op het hoofd van de bijrijder gericht. De agenten kwamen met getrokken pistolen uit hun auto's.

'Laat dat wapen zakken!' riep een van de agenten.

Ik stopte mijn pistool terug in de holster, stapte van het opstapje af en stak mijn handen in de lucht. 'Mijn naam is Alex Cross,' riep ik. 'Ik ben rechercheur Moordzaken bij de politie van Washington, DC, en ik ben hier voor onderzoek. Deze idioten probeerden ons op Pig Lick Road doelbewust van de weg af te rijden.'

'*Fuck*,' zei de bijrijder. 'Een rechercheur. Godverdomme, Billy, je zei dat…'

'Hou je kop, Clete,' zei de chauffeur. 'Hou godverdomme je kop.'

'Leg het pistool op de grond,' riep een blonde agente die nog steeds haar wapen op me gericht hield.

Terwijl ik de Colt op de grond legde, kwam de chauffeur uit zijn cabine. 'Deze idioot kan niet rijden, hij reed veel te hard, over de honderd en daarna stond hij opeens voor het zijraam, trekt zijn pistool en schiet de boel aan barrels!'

'Zo is het helemaal niet gegaan!' riep Ava, die eraan kwam lopen. 'Ze hebben ons van achteren geschept, precies zoals Alex net zei.'

'Dat is niet waar!' riep de chauffeur uit. 'Dat verzin je gewoon!'

'Rustig allemaal!' klonk een broze stem.

Ik hoorde het tikken van Jones' looprek en de piepende wieltjes van zijn zuurstoftank.

De agente liet haar pistool zakken. 'Atticus? Ben jij dat?'

'Wie dacht je anders?' zei Jones, die naast me kwam staan. 'En deze stomme idioten hebben ons van achteren geschept, daar is geen twijfel over. Ze probeerden ons doelbewust de weg af te rijden, god mag weten waarom.'

'Bullshit,' zei de chauffeur. 'We worden erin geluisd. Ik wil een advocaat.'

De bijrijder stapte nu ook uit. Hij veegde de glassplinters van zijn overall en keek me vuil aan. 'Ze liegen, alle drie,' zei hij. 'Maar ik weet al hoe laat het is. Ik wil ook een advocaat.'

Nadat agenten de twee mijnwerkers met handboeien om naar een patrouillewagen hadden afgevoerd, liep de blonde agente, Anne Craig, naar Jones toe en omhelsde hem.

Craig keek me aan en zei: 'Ik weet wie u bent, meneer Cross. En ik weet ook wat er met uw gezin is gebeurd, het is overal op het nieuws. Het is verschrikkelijk wat u is overkomen. Maar waarom bent u hier?'

Ik aarzelde, maar Jones zei: 'Hij onderzoekt een oude zaak, die van Mulch.'

Craig rolde met haar ogen. Blijkbaar was het niet de eerste keer dat ze van deze zaak hoorde.

'Die geschiedenis kan verband houden met de man die mijn gezin heeft ontvoerd,' zei ik.

'Is dat zo?' zei de agente.

'Het begint er steeds meer op te lijken,' antwoordde ik.

Ze wees met haar duim over haar schouder. 'En zijn die twee ellendelingen er ook bij betrokken?'

'Ik heb geen idee,' zei ik. 'Maar als u iets te weten komt hoor ik het graag.'

'Jullie zullen mee moeten komen naar Buckhannon om een verklaring af te leggen,' zei Craig.

'Ik heb een krappe deadline,' zei ik haar. 'Ik had dit oponthoud niet verwacht.'

'Wat voor deadline?'

Ik wierp een blik op Ava en Jones, en zei: 'Dat kan ik niet zeggen. Maar gelooft u me, de veiligheid van mijn gezin staat op het spel.'

Ze keek me aandachtig aan en schudde toen haar hoofd. 'U

hebt buiten uw jurisdictie een vuurwapen getrokken. Ik kan u niet laten vertrekken zonder een officiële verklaring. Het spijt me, meneer Cross.'

## HOOFDSTUK 37

Het was bijna halfzes toen we onze verklaringen hadden afgelegd en Buckhannon konden verlaten. Ik had nog minder dan een dag om de deadline van Mulch te halen, en ik had nog geen idee wat ik zou doen.

Atticus Jones was volledig uitgeput. Hij had me het telefoonnummer van zijn dochter gegeven, en toen ik de auto startte was hij al in slaap gevallen. De voorkant van de recherchewagen was flink gebutst door de achtervolging en het stuur trok naar rechts, maar er viel mee te rijden. Ik vroeg Ava de dochter van Jones te bellen met mijn nieuwe mobiel op de speakerfunctie.

Ze nam op. 'Met Gloria Jones.'

Ik vertelde haar dat ik rechercheur was, dat haar vader me had geholpen en dat hij iets te laat voor het eten zou zijn. Het antwoord was niet mis. Hoe haalde ik het in mijn hoofd om hem uit het verpleegtehuis te smokkelen?

'Die man is stervende, godbetert,' riep ze op een gegeven moment. 'Hebt u dat dan niet gezien?'

Eerder op de dag niet, nee. Niet echt. Maar hij lag nu te hoesten en te kuchen in zijn slaap. Hij zag er ongelooflijk klein en teer uit.

Maar toen we iets na zevenen de parkeerplaats van Fitzwater's Gracious Living op reden leek hij wonderbaarlijk genoeg al zijn energie weer terug te hebben.

Gloria Jones – een knappe, goed geklede vrouw van achter in de dertig – kwam samen met de receptioniste het gebouw uit gestormd, en ze keken niet al te vrolijk. Nu waren er twéé dames die me ervan langs gaven. Zelfs toen ze Jones in een rolstoel naar zijn kamer reden waren ze nog over mijn onverantwoordelijke gedrag aan het foeteren. Ik volgde ze en zei maar niets. Ava was de laatste in deze stoet.

Jones riep uiteindelijk: 'Verdorie, Gloria, nou weten we het wel. Zie je niet wie deze arme man is?'

Ze keek me onzeker aan, haalde toen haar schouders op en zei: 'Rechercheur Cross?'

'Rechercheur *Alex* Cross,' verbeterde Jones haar.

Gloria knipperde met haar ogen. 'Alex… O… ik heb het verhaal gehoord. Uw vrouw, uw zoon en…' Ze keek me onderzoekend aan. 'Maar waarom bent u híer? Waarom bent u niet in DC?'

Er verscheen een nieuwsgierige uitdrukking op haar gezicht, een blik die ik meende te herkennen. 'Wat voor werk doet u, mevrouw Jones?'

Ze vertelde het me. Ik hád het dus goed ingeschat. En in een lang en helder moment realiseerde ik me dat ze me zou kunnen helpen.

'Kan dit onder ons blijven?' zei ik.

Ze schudde haar hoofd. 'Mijn vader had wel het loodje kunnen leggen.'

'Nu is het wel genoeg, Gloria,' protesteerde Jones.

'Ik weet het goed gemaakt,' zei ik tegen Gloria. 'U helpt me nu, en als ik eenmaal mijn gezin terugheb, krijgt u het hele verhaal van me.'

De dochter van de oude rechercheur dacht erover na, en vroeg toen argwanend: 'En wat moet ik daarvoor doen?'

'Ik moet vóór morgenmiddag twee uur iemand hebben vermoord, en u kunt me daarbij helpen.'

# HOOFDSTUK 38

John Sampson en Tess Aaliyah reden over een modderige weg ten zuidwesten van Frostburg, Maryland. De woonhuizen maakten plaats voor boerderijen, die steeds schaarser werden tot er alleen nog maar bos was. Er viel een druilerige motregen.

'Ik hoorde dat u en Cross oude jeugdvrienden zijn,' zei Aaliyah op een gegeven moment.

'We zijn als broers,' antwoordde Sampson. 'Er was direct een hechte band. We waren tien en hij had zijn ouders verloren. Nana Mama, zijn oma, had hem van South Carolina naar DC gehaald. Ze was hoofdonderwijzeres en iedereen was bang voor haar. Ik ook, en dan woonde ze ook nog bij me in de straat.'

'U was bang voor haar?' zei Aaliyah ongelovig.

'Juffrouw Hope is de negentig gepasseerd en er valt niet met haar te spotten,' zei Sampson met een treurige glimlach. 'En als we haar weer veilig thuis hebben gebracht zal ik nog steeds bang voor haar zijn.'

Aaliyah lachte tevreden. Ze voelde zich beter omdat Samson ervan uitging dat ze het gezin Cross zouden redden. Dat vond ze de beste houding voor een rechercheur – je moest altijd hoop blijven houden. Haar vader had haar er keer op keer op gewezen dat cynische agenten misschien wel de stereotiepe misdaadbestrijders waren, maar dat ze snel waren opgebrand. Rechercheurs die positief bleven en hoop koesterden hadden doorgaans een langere adem. Ze was blij dat de oudste vriend van Alex Cross ook zo iemand was.

'Juffrouw Hope heeft jullie bij elkaar gebracht?'

'Zo ongeveer,' zei Sampson, die naar voren wees. 'Na de volgende bocht moeten we er zijn.'

Ze zagen een pad met bandensporen dat door het druipende bos naar een beek en het terrein van Claude Harrow leidde. Het was afgesloten met een staalkabel en een hangslot. Samson parkeerde de auto en ze stapten uit.

Het had de afgelopen uren kennelijk hard geregend. Er lagen plassen, en de neerhangende takken en bladeren van de bomen leken doorweekt. De lucht had vol ozon en lentegeuren moeten zijn, maar in plaats daarvan rook het naar een gedoofd kampvuur.

Ze liepen om de kabel heen en stapten door over het glibberige pad. De geur van rook werd sterker. Sampson trok zijn dienstpistool.

'Denkt u dat dat nodig is?' vroeg Aaliyah.

'Als ik te maken krijg met een mogelijk moorddadige skinhead lijkt het me geen overbodige maatregel,' antwoordde Sampson.

Aaliyah zag in dat hij gelijk had en trok ook haar pistool. Ze liepen over het pad, hoorden de bulderende beek en zagen na de bocht een open plek met een bouwvallige schuur en een verschoten blauwe Chevy-pick-up uit 1988 opdoemen. Ze nam aan dat de rokende puinhoop het huis van Claude Harrow moest zijn geweest.

'Dit is vandaag gebeurd,' zei ze.

'Zo'n acht of negen uur geleden,' beaamde Sampson.

'Hebben ze geen brandweer hier?'

Hij haalde zijn schouders op. 'We zitten hier in een afgelegen gebied, en ook nog eens in een bos.'

Ze hielden stil aan de rand van de open plek. Sampson riep: 'Claude Harrow!'

De twee rechercheurs luisterden een moment of er antwoord kwam, maar het bleef stil. Ze liepen de voortuin in, die eerder een modderpoel was met hier en daar een doornige struik. Sampson riep nog een keer. De wind draaide en Aaliyah dacht even de scherpe lucht van urine te ruiken. Over het gebulder van de beek heen hoorde ze een laag gehuil, maar ze wist niet waar het vandaan kwam.

'Hoorde u dat?' vroeg ze zachtjes.

# HOOFDSTUK 39

'Nee,' zei Sampson. 'Wat dan?'

Aaliyah stond stil en luisterde. 'Niets.'

Ze zocht naar voetafdrukken in de modder en vond verschillende vage afdrukken tussen de afgebrande keet en de schuur, en weer andere die naar het bos aan de overkant van de open plek liepen, waar een iets hoger gelegen rotsrand te zien was. Maar ze zag dat de regen de sporen had bedorven, je kon er niets meer mee.

Ze liepen naar de verbrande resten toe, er restte niets meer dan een rokende deurpost en verkoolde balken. Uit de puinhopen stak een geknakte zwarte kachelpijp omhoog. Aaliyah naderde van de ene kant, Sampson van de andere. Toen ze dichter bij de kachelpijp kwam zag ze de houtkachel. De vulklep stond wijd open.

Aaliyah deed nog twee stappen naar voren. Ze rook de geur van verbrand vlees en zag de kettingzaag – of wat ervan over was, een beroete gereedschapskist, een geblakerde jerrycan en nog iets anders, wat gedeeltelijk onder verkoolde brokstukken lag.

'Ik heb hier een lichaam,' riep ze.

'Het zal niet waar zijn,' zei Sampson.

Als iemand levend verbrandt, wordt het lijk vaak opgekruld

in een foetushouding gevonden. Dat was hier ook het geval. Het lichaam lag op zijn linkerzij naar Aaliyah toe, de armen om de opgetrokken knieën geslagen. Wat nog vaker voorkomt is dat het slachtoffer met de kin op de borst en de armen om het hoofd geslagen wordt gevonden, alsof het een laatste instinct is om het hoofd tegen de vlammen te beschermen.

Maar dit verbrande lichaam lag er anders bij. Het hoofd was achterovergeslagen, en de lege, zwarte oogkassen leken de rechercheur recht aan te kijken. De mond stond stijf open, alsof zijn laatste uiting een schreeuw was geweest.

'Stomme nazi,' zei Sampson. 'Meneer was zijn kettingzaag aan het bijvullen met de vulklep van de kachel open. Hoe dom kun je zijn? Wedden dat hij vol crystal meth zat?'

Aaliyah wist dat je het zo kon interpreteren, maar ze had nog geen oordeel.

'Hebt u nog sporen gevonden?' vroeg ze.

'Veel voetafdrukken, en ook iets van een of ander dier,' antwoordde hij. 'Ik denk dat we de sheriff van Allegheny County maar eens moeten bellen.'

Ze knikte en haalde haar mobiel tevoorschijn. 'Geen bereik.'

Sampson deed hetzelfde en zei: 'Nou, daar schieten we niet veel mee op.'

Aaliyah keerde de rokende resten de rug toe en liep naar de pick-up. De Chevy stond onder een afdak van golfplaten dat tegen een kant van de scheef getrokken schuur was gebouwd. In de laadbak lag allerlei gereedschap, zoals een schep, een pikhouweel en touwen. Ze schoof haar pistool in de holster terug en ging op haar hurken zitten om het profiel van de banden te bekijken.

Sampson kwam bij haar staan en zei: 'Die zien er aardig versleten uit.'

De banden zouden door een expert bekeken moeten worden, maar ze leken inderdaad versleten. Wat betekende dit? Als deze banden met de sporen in de steeg achter Cross' huis overeenkwamen, wilde dat dan zeggen dat Thierry Mulch en Claude Harrow een en dezelfde persoon waren? Was het de veelgezochte psychopaat die levend geroosterd was?

Of was het iemand anders?

Aaliyah hoopte maar dat niet al het mogelijke bewijsmateriaal in vlammen was opgegaan. Ze richtte zich op en liep naar de schuurdeuren. Er zat een stang voor met een hangslot erop. De wind draaide en ze zou zweren dat ze de scherpe urinelucht weer rook, en dan zat er nog iets bij, een geur die ze maar al te goed herkende.

Ze draaide zich naar Sampson om, richtte haar wijsvinger op haar neus en maakte een snuifgebaar. De grote rechercheur snoof de lucht op. Zijn gezichtsuitdrukking verhardde en hij zei: 'Dat is rottend bloed.'

'We gaan naar binnen,' zei ze.

'Zeker weten,' zei Sampson.

Hij liep naar de pick-up, trok een paar werkhandschoenen aan en pakte het pikhouweel. Met één klap sloeg hij de beugel waar het hangslot doorheen ging uit de deur. Sampson legde het houweel weer terug en schoof de stang uit de deuren, die piepend openzwaaiden. Aaliyah trok haar pistool weer, deed een stap naar voren en zag in het schemerduister een oude paardenstal, die nu kennelijk als houtwerkplaats werd gebruikt.

Rechts bevonden zich enkele stallen waarin gekliefde houtblokken stonden opgestapeld. In het midden van de ruimte stond een bandzaagmachine, een cirkelzaagtafel, een oude draaibank en nog verscheidene andere houtbewerkingapparaten waarvan ze de naam niet wist. Achter in de schuur stond een lange werktafel tegen de wand, waar allemaal gereedschap boven hing. Ze knipte de Maglite aan die ze altijd bij zich droeg en deed nog een stap naar binnen om alles wat beter te kunnen bekijken.

Zonder dat ze erop bedacht was sprong er vanuit het donker een enorme rottweiler op haar af.

## HOOFDSTUK 40

Aaliyah probeerde haar pistool te vinden, maar voelde een pijnscheut door haar rechteronderarm trekken nadat ze omver was geworpen door iets wat de kracht had van een tackelende linebacker.

Ze was hard op de modderige grond terechtgekomen. De lucht was uit haar longen geperst, en haar pistool en zaklamp waren uit haar handen gevallen.

De hond liet direct haar arm los. Zijn nagels groeven zich in haar schenen en dijen om zijn prooi te pakken. De rottweiler deed met zijn bloederige bek een uitval naar haar hals en gezicht.

In een poging haar hals te beschermen drukte Aaliyah haar kin op haar borst. De hond beet in haar voorhoofd en wang en begon haar heen en weer te schudden. Ze schreeuwde het uit bij de verzengende pijn van de beet. Dat leek het beest alleen maar nog wilder te maken.

Toen de rechercheur haar huid voelde scheuren, verstijfde de vechthond plotseling van kop tot staart. Hij opende zijn bek en liet haar hoofd los. Het dier begon klaaglijk te janken, rolde van haar af en bleef janken.

De rechercheur was nog een moment versuft door de heftigheid van deze onverwachte aanval, tot ze zich realiseerde dat er bloed over haar wang liep en dat het van haar voorhoofd in haar linkeroog druppelde. Haar rechteronderarm klopte en ze voelde zich misselijk worden.

'Sampson?' bracht ze hijgend uit.

'Wacht even en beweeg je niet,' bromde hij.

Ze draaide haar hoofd en zag hoe hij de hond aan een touw met zich meetrok; hij moest het touw uit de laadbak van de pick-up hebben gehaald en om de nek van het beest hebben gedaan. Alle vechtlust was uit de rottweiler verdwenen. Toen Sampson het touw om een van de staanders van de schuur vastknoopte ging de hond meteen liggen.

Tegen de tijd dat hij klaar was zat Aaliyah rechtop. Hij trok zijn jas en overhemd uit en scheurde zijn overhemd in repen.

'Blijf rustig zitten,' zei hij. 'Hij heeft je goed te pakken genomen.'

'Hij… Hij kwam uit het niets,' zei Aaliyah verbijsterd. 'Hoe heb je hem van me af gekregen?'

'Ik heb hem in zijn ballen geschopt,' zei Sampson.

Hij zat op zijn knieën en vouwde een kompres van de rest van het overhemd. Hij drukte het voorzichtig tegen de linkerkant van haar gezicht. 'Hou dit vast.'

Aaliyah hield het kompres tegen haar gezicht aan gedrukt en probeerde de scherpe pijn op die plek te negeren. Wat haar niet lukte bij de ondraaglijke pijn in haar rechterarm. 'Ik denk dat hij mijn arm heeft gebroken.'

'Hou nog even vol,' zei hij, terwijl hij het kompres met de repen stof verbond.

Vijf minuten later hielp hij haar omhoog. Haar arm zat in een mitella die hij van zijn jas en haar schouderholster had gemaakt.

'Oké,' zei Sampson. 'We vertrekken hier en brengen je naar

een ziekenhuis. Daar zullen ze je pijnstillers geven, de wond wassen en naar je arm kijken. En ze zullen je een prik tegen hondsdolheid geven, ik vraag me af of deze hond ooit gevaccineerd is.'

'Wacht even,' zei ze, ondanks de duizelingen en de misselijkheid. 'We moeten nog uitzoeken waar die lucht vandaan komt.'

'Dat kan wachten,' zei hij.

'Je hebt het bloeden weten te stoppen,' zei ze. 'Die tien minuten maken niet zoveel uit.'

Sampson aarzelde, er verscheen een glimlach op zijn gezicht. 'Je bent een harde, zeg. Je lijkt mijn vrouw wel, Billie is ook zo.'

Aaliyah probeerde te glimlachen, maar het deed te veel pijn. Ze vroeg hem naar haar Maglite, die nog steeds in de modder lag. Hij pakte hem op, maakte hem schoon en gaf hem aan haar. Ze vervolgden hun onderzoek naar de oorzaak van de geur.

Ze vonden hem onder een werkbank: een zinken emmer met een gaatjesdeksel. Er zat zo'n vijfentwintig centimeter gestold bloed in. Was het van een mens of van een dier? En waar was het vandaan gekomen?

Sampson wees op een draadloos snijapparaat van het merk ZipSnip dat boven de werkbank hing, het leek alsof er bloed op het blad zat. Ze hadden allebei geen zin om het aan te raken. Het kloppen in haar voorhoofd en wang werd erger, en het leek haar beter dit onderzoek verder aan de rechercheurs en het forensisch team van Allegheny County over te laten. Of, misschien nog beter, aan de FBI. Zij hadden jurisdictie. Het was per slot van rekening een nationale zaak.

Toen ze langs de houtbewerkingmachines terugliepen vroeg

Aaliyah zich af waar de hond vandaan was gekomen, hoe het mogelijk was dat ze hem pas had gezien toen hij op haar af sprong. Ze wist nog uit welke hoek de rottweiler kwam en liep op de paardenboxen met de houtblokken af.

Aaliyah zag een donkere ruimte van ongeveer vijftig centimeter breed tussen de houtstapel en de achterwand van de eerste box. Ze scheen er met de zaklamp in.

Er bevond zich een opening in de schuurwand die groot genoeg was voor de hond. Er lag een smerige, gerafelde deken op de grond. De slaapplek van het beest, dacht Aaliyah. De deken was bezaaid met hondensnacks, stukjes gedroogd vlees, die aan honden worden gegeven zodat ze iets te kauwen hebben en niet het meubilair te lijf gaan. Maar toen scheen Sampson op de achterwand van de box, er zat een plank bovenop en Aaliyah voelde een golf van misselijkheid opkomen.

Het waren geen hondensnacks die daar op de deken of in keurige stapeltjes op de plank lagen – als Pringles zonder de verpakking. Het waren ovaalvormige stukjes menselijke huid die lagen te drogen.

# HOOFDSTUK 41

Om drie uur 's morgens legde ik de handcamera en de draaggordel op een picknicktafel bij een parkeerplaats die fel verlicht werd door natriumlampen. Tegenover de parkeerplaats stond een lang gebouw van gele en zilverkleurige aluminiumplaten, het deed me denken aan de moderne varkensstal waar de overblijfselen van Preston Elliot waren gevonden.

Nog nooit eerder had ik me zo bezwaard gevoeld als op het moment dat ik de high-definition camera op mezelf richtte en aanzette. Ik keek dreigend in de camera, trok latex handschoenen aan en zei: 'Ik zal doen wat je wilt, Mulch. Als ik er klaar mee ben, laat je een van mijn gezinsleden vrij.'

Ik trok de Colt, boog mijn hoofd en bad God om vergiffenis voor wat ik zou gaan doen. Het was niet de eerste keer dat ik iemand had gedood, er waren verschillende situaties geweest waarin het niet anders had gekund. Maar op de verschrikkelijke momenten dat ik een pistool of een ander wapen had moeten gebruiken om een medemens te doden was het altijd uit zelfverdediging geweest. Mijn overlevingsinstinct deed zich gelden en wiste alle morele codes uit.

Dit was iets anders. Ik stond op het punt een moord te plegen, met als enige reden dat ik had besloten dat het ene leven minder waard was dan het andere. Zo'n zware last had ik nog nooit eerder hoeven dragen: het was verpletterend, vernietigend en volkomen ziek. Ik vroeg me af of Mulch kon zien hoe ik wankelde onder dit zware juk, hoe deze gedachtegangen door mijn hoofd groef en zich door mijn huid drong als een vleesetende bacterie.

Zou hij zich er beter door voelen?
Was dit wat hij zo graag wilde zien?
Deed ik dit alleen maar voor zijn vermaak?
Ik had deze avond lang over Mulch nagedacht. Wat waren zijn drijfveren? Atticus Jones dacht dat Mulch simpelweg verslaafd was geraakt aan het plegen van moorden die niemand wist op te lossen. Dat ik voor zijn plezier iemand moest vermoorden was slechts een volgende stap in zijn verknipte geest.

Laat het zo zijn, dacht ik, verdoofd door de situatie. *Ik verdoem mijn ziel om mijn geliefden te redden.* Het was een marteling. Ik legde mijn pistool op de picknicktafel, pakte de camera en hield hem vlak voor mijn gezicht. Ik fluisterde trillend: 'Dit is toch wat je wilde zien? Een moord vanuit mijn gezichtspunt?'

Ik richtte de camera van me af, deed de gordel om die eraan hing en plaatste de camera in een draagconstructie op mijn voorhoofd. Ik stelde hem zo af dat mijn uitgestrekte arm met het pistool in beeld was en liep naar het gebouw toe.

Het was zo'n vijftien graden buiten, maar het voelde alsof het boven de veertig was. Ik hapte naar adem en het zweet brak me uit; het druppelde van mijn wenkbrauwen. En toch waren mijn handen klam, alsof ik zojuist de koude huid van een vers lijk had aangeraakt.

Terwijl ik de kiezels als kleine botjes onder mijn schoenen hoorde knerpen, draaide ik mijn hoofd in verschillende richtingen zodat Mulch het gebouw vanuit diverse hoeken zou kunnen zien. Ik liet de camera langs het bord met A.J. MACHINE TOOL AND DIE gaan voordat ik de hoek omliep en een afgesloten magazijn passeerde. Ik liep een betonnen trap op, draaide de deurknop om en duwde de deur open.

## HOOFDSTUK 42

Het enige licht in het magazijn was de rode noodverlichting; ik kon dozen, steekwagens en palletwagens onderscheiden. Met langzame stappen liep ik zo zacht mogelijk naar een deur, toen ik ervoor stond aarzelde ik een moment. Met gebogen hoofd keek ik naar mijn rechterhand, waarmee ik het pistool vasthield, terwijl mijn linkerhand boven de deurvergrendeling in de lucht bleef hangen. Mijn schouders schokten, en ik vroeg me af of ik de moed had om de deurschuif opzij te duwen, laat staan om daarna de trekker over te halen.

'Doe het,' zei ik met verstikte stem. 'Doe het nu maar gewoon.'

Ik duwde de schuif opzij en trok de deur open. Toen ik opkeek bewoog de camera mee, en zowel mijn hoofd als de camera trilde licht, alsof ik het eerste stadium van parkinson had. Ik stapte de metaalwerkplaats in. Ik draaide me om en trok de deur behoedzaam naar me toe tot ik een zachte klik hoorde.

De werkplaats was net zo verlicht als het magazijn; hoog aan de muur zat om de meter rode noodverlichting bevestigd. Maar achter in de ruimte scheen vanuit een kantoortje helder licht. De onderste helft van de ramen bestond uit matglas, alsof de baas zijn privacy wilde hebben, maar ook een blik op het personeel kon werpen als hij dat wilde. Ik bleef een lang moment stilstaan en tuurde over de zware draaibanken, kolomboormachines, metaalfreesmachines en allerlei snij- en buigapparaten tot ik enige beweging achter het matglazen gedeelte van de ruit zag.

'Daar zit hij, Mulch,' fluisterde ik zo zacht mogelijk.

Voorzichtig sloop ik door de metaalwerkplaats. Ik was me bewust van de vele obstakels en ontweek stapels wapeningsstaal en buizen. Bij twee grote machines bleef ik staan en tuurde naar het kantoortje, tot ik achter het glas een schaduw zag bewegen.

De zijdeur van het kantoortje stond open en er viel een felle lichtbundel over enorme rekken met metaalplaten en stalen pijpen. Toen ik het licht tot op zo'n drie meter was genaderd, begon ik weer te twijfelen. Of ik hier wel mee door moest gaan. Of ik een onschuldig mens moest opofferen, ook al had het als doel een ander onschuldig mens te redden dat me dierbaarder was.

Maar zou ik de aanblik van een volgend dood gezinslid kunnen verdragen? Een tot pulp geslagen gezicht, en de rest van het lichaam verminkt om fetisjistische redenen die ik nooit zou kunnen en willen bevatten?

Ik kon het niet. Ik kon het gewoon niet. De strijd die in me woedde vertaalde zich in kortademigheid en de schokkerige manier waarop ik in de lichtbundel stapte.

Ik zag hem op nog geen drie meter afstand met zijn rug naar me toe zitten, een oude zwarte man met een groene baseballpet op en een groen jasje aan waar SECURITY op stond. Hij zat vooroverbogen aan een ouderwets cilinderbureau en typte met één vinger op het toetsenbord van een computer. Ondanks het grote beeldscherm strekte hij zijn nek naar voren, alsof hij nauwelijks kon lezen wat hij had geschreven.

'Meneer,' zei ik zacht. 'Ik ben er. Het is tijd.'

De man verstijfde een moment, boog zich toen nog verder voorover en zei: 'Laat me dit even afmaken. Een laatste brief aan mijn dochter.'

Ik bleef staan en keek naar zijn rug; ik snikte en voelde tranen over mijn wangen lopen. Het beeldscherm werd zwart.

Atticus Jones draaide de bureaustoel om en keek me aan. Ondanks de duisternis kon ik zien dat het een vastberaden en moedige blik was. Hij likte langs zijn lippen voordat hij zei: 'Ik heb een lang leven gehad, jongeman, maar de pijn wordt onverdraaglijk. Je bewijst me een dienst; er is niets mis met een genadeschot. Ik wil mijn vrouw weer zien. Ik wil mijn moeder en vader zien. En ik wil dat jij je geliefden terugziet. In dit leven welteverstaan, niet het volgende.'

'Zo is het, meneer,' zei ik snikkend. 'En dat God het me mag vergeven.'

Jones vouwde zijn handen samen en boog zijn hoofd. Er viel een moment een streep licht over zijn gezicht, dat vervolgens opging in de duisternis.

Met een trillende hand hief ik de Colt. Ik ademde snel en de loop zwaaide heen en weer, tot ik het pistool op de plukken wit haar wist te richten.

Ik haalde de trekker over.

En ik schoot die geweldige oude man dood.

# DEEL DRIE

# HOOFDSTUK 43

Sunday drukte op 'Pauze' en staarde naar de man op het beeldscherm.

'Kijk nou eens, Marcus,' kirde Acadia. 'Cross heeft er een genadeschot van gemaakt. Volgens mij had je dat niet verwacht. Ik zeker niet, maar ik moet zeggen dat ik er bloedgeil van word, en dat...'

Hij onderbrak haar snauwend: 'Schat? Met alle respect voor je onverzadigbare libido, maar hou nu in godsnaam je kop even dicht.'

Het bleef een moment stil. Ze bevonden zich in de voorkamer van het appartement dat Sunday in Kalorama, een buurt in Washington, had gehuurd. Hij zat op de bank. Zij en Cochran stonden achter hem.

'Waarom zou ik mijn kop moeten houden?' vroeg Acadia uiteindelijk op hoge toon. 'Dit is toch wat je wilde? Cross als moordenaar, als existentiële man? Of ben je soms pissig dat het meer op een zegening dan op een moord leek?'

Sunday wilde zich omdraaien en haar in elkaar beuken. Maar hij beheerste zich en zei: 'Daar heeft het niet mee te maken. Ik probeer na te denken, Acadia. Heb je daar ooit wel eens van gehoord: nadenken?'

'Bekijk het maar, Marcus,' zei ze, en ze stormde de gang

door naar de slaapkamer en gooide de deur met een klap achter zich dicht.

'Het maakt niet uit,' zei Cochran. Hij liep om de bank heen. 'Ik bedoel, dat het een genadeschot was. Hij heeft het gedaan, hij heeft de trekker overgehaald. Dat was overduidelijk.'

Sunday zweeg. Hij had natuurlijk gelijk. Maar aan de andere kant merkte hij dat zijn intuïtie hem iets anders zei.

Zijn intuïtie had hem meer dan eens uit hachelijke situaties gered. Zijn intuïtie had er toch voor gezorgd dat Thierry Mulch jaren geleden door een vlammenzee was verteerd? Had zijn intuïtie hem niet een fortuin geschonken en hem zijn vrijheid gegeven?

Dat was een feit. Hij bleef ingespannen naar het beeld van de dode man kijken, en hij realiseerde zich dat zijn maag in opstand kwam, terwijl hij zich nu eigenlijk tevreden en kalm had moeten voelen. Het kijken naar de video had hem kwetsbaar gemaakt.

Maar waarom?

Waarom was hij zo van streek? Cochran had gelijk, hoe Cross ook had geprobeerd zijn misdaad te verzachten: hij had de daad verricht. Daar bestond geen twijfel over, toch? Nee. Cross hád de morele codes overboord gegooid. Cross wás een koelbloedige moordenaar geworden. Cross wás een universum op zichzelf geworden. Net als ik, dacht Sunday.

Maar er was iets aan het slachtoffer wat hem dwarszat, iets wat niets te maken had met het feit dat de man terminaal ziek was en graag wilde sterven. Er was iets… ja… wat niet klopte aan die man.

Sunday speelde het filmpje nog eens af. Hij bestudeerde elke beweging en luisterde naar elke ademhaling van Cross voordat deze de metaalwerkplaats in liep. Hij bekeek aandachtig het beeld van Cross die in de camera sprak, en vervolgens de scène waarin de rechercheur het kantoortje betrad en de zwakke oude man in beeld verscheen, die Cross vroeg hem uit zijn lijden te verlossen.

Het gezicht van het slachtoffer was de meeste tijd in duisternis gehuld, maar een paar seconden voor het schot vouwde de oude man zijn handen samen en boog zijn hoofd. Op dat moment viel er een streep licht over zijn gezicht en waren zijn gelaatstrekken een moment lang zichtbaar.

'En dat God het me mag vergeven,' zei Cross, en hij schoot hem door het hoofd.

'Ik zei het je toch?' zei Cochran en liep naar de keuken.

Sunday zette het beeld terug en speelde het fragment waarin het licht over het gezicht van het slachtoffer viel drie keer af. Opeens vielen de puzzelstukjes in elkaar, en zijn maag keerde zich zo heftig om dat hij er misselijk van werd.

Atticus Jones.

*Fucking* Atticus Jones.

Rechercheur Atticus Jones van de West Virginia State Police. Of wat er tenminste nog over was van die achterdochtige klootzak.

Hoe had Cross in godsnaam...? Wat wilde dit verdomme...?

Voor de eerste keer sinds Sunday zijn duivelse scenario in werking had gesteld werd hij door twijfel overvallen. Op de een of andere manier had Cross de man gevonden die zijn vaders dood had onderzocht. Cross had na al die jaren de rechercheur weten op te sporen die zich had vastgebeten in het fatale ongeluk van Thierry Mulch. En vervolgens doodde hij Jones om Sunday zijn zin te geven, én om die oude klootzak uit zijn lijden te verlossen?

En waarom dat groene bedrijfsjasje? Hoe was het Atticus Jones vergaan? Was de gerenommeerde rechercheur afgezakt naar het armzalige bestaan van een nachtwaker?

Was het toevallig? Dat kon toch niet mogelijk zijn? Hoe groot was de kans daarop?

Tienduizend tegen één, besloot Sunday. Nee, maak er maar honderdduizend tegen één van. Hoe grillig de wereld soms ook kon lijken, dit was geen toeval. Nee, absoluut niet.

Het was een boodschap. Cross wilde ermee zeggen dat hij hem op het spoor was.

Sunday voelde de gal in zijn keel omhoogkomen. Hij slikte die weg en voelde zich superieur.

Dat is een dood spoor, Cross, dacht hij. Thierry Mulch is vijfentwintig jaar geleden door een vlammenzee verzwolgen. Je hebt me een groot plezier gedaan door Atticus Jones te doden; je hebt een potentiële getuige uitgeschakeld.

Hij stond op en liep langs de keuken – waar Cochran de resten van een koude Chinese afhaalmaaltijd opat met een biertje erbij – naar de gesloten slaapkamerdeur. Hij deed de deur open, Acadia lag op haar kant van het bed een boek te lezen.

'Je zoekt het zelf maar uit verder,' zei ze zonder zich om te draaien. 'Je kunt met Cochran naar Memphis gaan om het af te handelen. Ik ben er klaar mee.'

## HOOFDSTUK 44

Sunday bande de filmbeelden uit zijn gedachten. Hij keek haar aan en zei: 'O ja? Ben je er klaar mee?'

Acadia wilde ja knikken, maar leek zich toen te bedenken. Ze wierp een zijdelingse blik op Sunday. Hun ogen ontmoetten elkaar, en stukje bij beetje brak haar verzet, tot ze haar kin liet zakken en zei: 'Ik wist even niets anders te zeggen, Marcus. Je behandelde me daarnet alsof ik…'

'Dom was?' vroeg hij zacht.

Ze wierp hem een woedende blik toe en knikte nu wel.

'Het spijt me,' zei hij. 'Je bent allesbehalve dom, Acadia. Sorry dat het er zo uit kwam. Er klopte iets niet aan dat filmpje.'

Acadia knikte nogmaals, ze leek het voorval vergeten en keek hem recht aan. 'Wat klopt er niet aan?'

Sunday aarzelde; hij dacht eraan het haar te vertellen, maar besloot het toch maar niet te doen. 'Daar moet ik nog achter komen.'

'Denk je dat het filmpje geënsceneerd is?'

'O, zover ik kan zien ziet het er echt genoeg uit,' antwoordde hij. 'Om dat uit te maken heb je een expert nodig.'

Ze dacht hierover na en zei: 'In ieder geval zijn we het erover eens dat je je punt hebt gemaakt, toch, Marcus? Je hebt Cross in een moordenaar weten te veranderen. Je hypothese is nu toch bewezen?'

'Ik geloof van wel, ja.'

'Dus welk gezinslid ga je vrijlaten?'

'Geen van hen,' zei Sunday resoluut. 'Ze zullen allemaal nog even moeten blijven.'

Acadia's trekken verhardden zich en ze ging rechtop zitten. 'Dat was niet het plan,' zei ze. 'Dat was niet wat je me…'

'Plannen veranderen in de loop van het proces,' onderbrak Sunday haar kil. 'Ik wil eerst weten wat Cross met dat filmpje wilde zeggen. Tot dat moment schenk ik hem geen genade. Absoluut niet.'

'Dus wat wil je dat hij doet?'

'Dat lijkt me duidelijk. Hij zal een volgende moord moeten plegen.'

# HOOFDSTUK 45

Het leek wel de honderdste keer dat ik zag hoe ik Atticus Jones van korte afstand door het hoofd schoot. Mijn maag keerde zich nog steeds om bij de beelden waarop de terminale zieke met een ruk in het donker viel en het bloed zich over de vloer verspreidde.

'Maak je geen zorgen, Alex, Mulch zal het geloven,' zei Jones schor. 'Die vriend van Gloria is een genie. Mulch zal er absoluut intrappen.'

Ik bevond me in het verpleegtehuis, en zat met de laptop op mijn schoot op een stoel naast het bed van de oude rechercheur. Ik beet op de binnenkant van mijn wang en zei: 'Mulch had ook de foto's van mijn gezin vervalst. Maar ik ben bang dat hij verwacht dat ik hetzelfde zal doen, zodat hij vervolgens met een passend antwoord kan komen.'

'Je moet een IT-expert zijn om de trucages te kunnen zien,' zei Gloria Jones resoluut. Ze zat aan de andere kant van het bed met haar tweede kop koffie en een broodje dat Ava had gebracht.

Jones' dochter was een gelauwerde nieuwsregisseur bij WXPI, de NBC-partner in Pittsburgh. Toen ik haar gisteravond van mijn plan vertelde, dacht ze met me mee en stelde iets voor wat al mijn verwachtingen overtrof. Ze belde Richard

Martineau, een oude vriend van haar die tegenwoordig computeranimator in Hollywood was.

In minder dan zes uur had Martineau een meesterwerk afgeleverd: de nephoofdwond en het bloed dat eruit liep vielen niet van echt te onderscheiden. Maar ik voelde me er nog steeds ongemakkelijk over; ook al had ik ermee ingestemd, ik vond het eigenlijk te ver gaan om Jones het slachtoffer te laten spelen.

Ik had geen idee hoe Mulch zou reageren als hij de oude rechercheur zou herkennen. We hadden het uitgebreid besproken met z'n allen, en uiteindelijk had ik me neergelegd bij het standpunt van Jones: dat de herkenning van de rechercheur Mulch van streek zou maken, misschien genoeg om hem op het verkeerde been te zetten, misschien genoeg om hem een fout te laten maken.

Maar wat als de aanblik van de rechercheur hem juist deed besluiten om genadeloos terug te slaan? Wat als hij vond dat ik te dichtbij was gekomen, en hij op de slechtste manier zou reageren? Hoe moest ik daarmee omgaan? Hoe kon iemand zulke tegenslagen verwerken?

Het grootste deel van de tijd lukte het me om niet aan Bree en Damon te denken, behalve tijdens de zes uur dat Martineau aan de beelden werkte en ik me in een nabijgelegen motel had teruggetrokken om wat te slapen. Voordat ik in bed en met de deur op slot in een diepe slaap wegzonk, kwamen er onbedwingbare emoties naar boven. Voor zover ik wist was er nog geen definitieve match bekend tussen Bree en Damons DNA en dat van de gevonden lichamen. Toch was ik doodsbang dat ze er allebei niet meer waren.

Bree kon er niet meer zijn.
Voor altijd.

Damon kon er niet meer zijn.

Voor altijd.

En dan was er de reële en verschrikkelijke mogelijkheid dat Nana Mama, Jannie en Ali er binnenkort niet meer zouden zijn.

Voor altijd.

Deze twee woorden – *voor altijd* – maakten zoveel verdriet in me los dat al mijn vastberadenheid en vertrouwen opeens waren verdwenen. Ik krulde me op in een foetushouding, het voelde alsof ik een kogel door mijn hoofd had gekregen, en ik snikte alsof alles verloren was.

Maar toen Gloria op mijn deur had geklopt om me te wekken en ik daarna het filmpje zag, kreeg ik weer moed. Het waren overtuigende beelden. Van welke kant je het ook bekeek, Atticus Jones stierf in dat filmpje aan een genadeschot. Van welke kant je het ook bekeek…

'Denk je dat hij iemand vrij zal laten?' vroeg Ava.

Ik schrok op uit mijn tegenstrijdige gedachten. 'Laten we het hopen,' zei ik. 'Maar ik reken er niet op.'

'Wat ga je nu doen?' vroeg Gloria Jones. 'Blijf je hier en wacht je tot er ergens een gezinslid opduikt?'

'Mulch is aan zet,' zei haar vader. 'Alex kan nu niet veel doen.'

Ik dacht daar een moment over na en schudde toen mijn hoofd. 'Ik denk dat ik naar de Berkshires ga. Misschien dat ik erachter kan komen hoe hij Damon te pakken heeft gekregen.'

'Dat is tien uur rijden, op z'n minst,' zei Gloria Jones.

'Ik neem een vlucht naar Pittsburgh, daarna reis ik naar Albany,' zei ik. 'Zijn klasgenoten en leraren komen vandaag terug van de paasvakantie. De lessen beginnen morgen weer.'

Ik wist dat de kans klein was, maar desondanks stond ik op;

het was het enige wat ik op dat moment kon bedenken. Ik keek Ava aan en zei: 'Ga je mee?'

Ze knikte, maar beet toen op haar lip. 'Kan ik meneer Jones nog één vraag stellen voordat we vertrekken?'

De ogen van de oude rechercheur waren gesloten; zijn ademhaling was zwak, en hij zag er zo teer uit dat hij me deed denken aan een jong vogeltje dat uit het nest was gevallen.

'Pa?' zei zijn dochter. Ze leek er niet gerust op en kwam uit haar stoel omhoog.

'Ik ben nog niet de pijp uit, Gloria,' sprak haar vader met gesloten ogen. 'Waar kan ik je mee helpen, jongedame?'

Ava vroeg: 'Hebt u ooit geprobeerd de moeder van Mulch op te sporen?'

Jones opende zijn ogen en keek haar onderzoekend aan. 'Waarom?'

Ava haalde haar schouders op. 'Ik weet niet, misschien dat hij contact met haar heeft gezocht? Ik bedoel, Little Boar heeft haar ook mishandeld. Dat was de reden waarom ze vertrokken is, toch?'

Jones hield zijn hoofd scheef ten teken dat hij het nog nooit zo had bekeken. Toen zei hij: 'Jij hebt echt talent voor dit vak, wist je dat?'

Ava bloosde en zei: 'Het leek me een logische gedachte, meer niet.'

'Nu je het zegt lijkt het mij ook een logische gedachte,' zei Jones schor. 'Maar het antwoord op je vraag is nee, ik heb nooit geprobeerd om Lydia Mulch op te sporen.'

Ava keek me aan en zei: 'Misschien zouden we dat moeten doen.'

'Het is een goed idee,' zei ik. 'Absoluut. Maar het spoor van Lydia Mulch is dertig jaar oud. Damon is nog geen negen dagen geleden verdwenen.'

Ava keek teleurgesteld, tot Gloria Jones zei: 'Ava, wat dacht je ervan als je een tijdje hier bleef, zodat we samen een poging kunnen wagen Lydia Mulch op te sporen?'

Er verscheen een rimpel op Ava's voorhoofd; ik kon zien dat het voorstel haar wel wat leek, maar dat ze me niet in de steek wilde laten.

'Doe het,' zei ik tegen haar. 'Je helpt me nog steeds, ook al ben je niet bij me.'

Ava aarzelde en zei: 'Kom je me dan ophalen als het allemaal voorbij is?'

Ik liep naar haar toe en omhelsde haar. 'Natuurlijk kom ik je ophalen, Ava. Je bent familie. Misschien wel de enige familie die ik heb.'

# HOOFDSTUK 46

Die zondagmiddag reed Tess Aaliyah rond drieën door Arbutus, een voorstad van Baltimore. Ze parkeerde haar auto voor een bescheiden bungalow in Francis Street. Het ouderlijk huis was in frisse tinten blauw en wit geschilderd, en het gazon zag eruit alsof het nog die ochtend gemaaid was. De bloemperken van haar overleden moeder waren keurig verzorgd, de kornoeljes en de eerste azalea's stonden in bloei.

Pa houdt alles in ieder geval goed bij, dacht Aaliyah, hoewel ze nog steeds van streek was omdat hij haar telefoontjes van gisteravond en vanmorgen niet had beantwoord. Toen was ze maar hiernaartoe gereden.

Aaliyah stapte de auto uit. Voordat ze de tuin in liep checkte ze het verband dat om haar kloppende rechterarm zat. Ze keek naar bloed, en in het bijzonder naar gele of groene bloeduitstortingen.

Gele of groene bloeduitstortingen?

Aaliyah huiverde bij de gedachte.

Over het algemeen maakte ze zich niet zo druk om dit soort dingen. Maar sinds de dokter bij de Eerste Hulp de mogelijkheid had geopperd, zat het idee dat ze een infectie van Claude Harrows rottweiler kon hebben haar flink dwars. De verpleegkundigen hadden haar met talloze injecties belaagd, en ze hadden een krachtig antibioticum voorgeschreven. Maar toch, je moest er niet aan denken wat er in de bek van de hond van een neonazi zou kunnen zitten.

Tot haar opluchting zag het er normaal uit; ze zag een donkerrode vlek van het bloed en verder niets. Ze had haar arm gelukkig niet gebroken, zo bleek, en ook de wonden op haar gezicht vielen mee. Er hoefde niets gehecht te worden.

Ze liep schuin over het gazon naar de zijdeur bij de keuken. Haar vaders Chevy Tahoe stond op de oprit geparkeerd. Zijn hengels staken uit de dakkoffer.

Dat was het dus. Hij was gaan zeevissen. De hele nacht waarschijnlijk.

Ze slaakte een zucht van verlichting en stapte het stoepje op. Net toen ze met haar goede arm op de keukendeur wilde kloppen, hoorde ze een vrouwenstem lachen.

'Bernie, je bent verschrikkelijk,' zei ze, en weer dat lachje.

'Ik weet het zeker, Christine,' hoorde Aaliyah haar vader antwoorden. Waarop hij ook begon te lachen.

De rechercheur was een moment lang zo verbijsterd dat ze niet wist wat ze moest doen. Ze liet haar arm zakken.

*Christine?*

Haar maag keerde zich om. Christine? Haar moeder was pas veertien maanden dood.

Natuurlijk had ze geweten dat er een dag zou komen waarop haar vader de draad weer oppakte en een ander zou vinden om zijn leven mee te delen. Hij was achter in de zestig. Dat was logisch. Maar ze had geen flauw vermoeden gehad van... Christine?

'O, hallo daar,' zei de vrouw. Aaliyah kreeg een rolberoerte.

Ze had de vrouw niet aan horen komen. Maar daar stond ze dan aan de andere kant van de hordeur: een lange, knappe roodharige dame in een spijkerbroek, een denim shirt en parels om haar hals. Aaliyah schatte haar ergens achter in de vijftig, misschien begin zestig, als ze het een en ander strak had laten trekken.

'Ik kwam voor mijn vader,' zei Aaliyah.

De vrouw slaakte een gilletje van plezier. 'Jij bent Tess?'

'Dat klopt.'

Er verscheen een brede glimlach op het gezicht van de vrouw. Ze duwde de hordeur open en stak haar hand uit. 'Wat een leuke verrassing. Ik ben Christine Prince. Je vader heeft me veel over je verteld!'

'O ja?' zei Aaliyah.

'Hij heeft het altijd over je,' zei ze. En weer klonk dat lachje.

'Tess?' zei haar vader. Hij stond op en liep naar hen toe, zijn ene voet licht slepend van de verwonding die zijn carrière had beëindigd.

Vanwege de hengels op zijn auto had ze verwacht hem in zijn vissersoutfit aan te treffen: de canvas broek, het windjack en dat rare hoedje met vishaakjes dat hij altijd ophad. Maar hij droeg een fris gesteven wit overhemd en een geplooide kakibroek met glanzend gepoetste schoenen eronder.

'Dag pa,' zei ze. 'Ik was toevallig in de buurt en...'

'Wat is er met je arm en je gezicht gebeurd?'

'Hondenbeten.'

'Wat? Waarom heb je me niet gebeld?'

'Dat heb ik wel gedaan,' zei ze. 'Zo'n zeventien keer, schat ik, gisteravond en vanmorgen.'

Bernie Aaliyahs gezicht betrok. Hij keek Christine Prince aan en zei: 'Die vervelende mobiel is het stomste apparaat dat ik ooit heb gehad.'

'Natuurlijk,' zei Aaliyah sceptisch. Ze wierp een zijdelingse blik op Christine, die niet ongevoelig bleek voor haar toon.

'Bernie,' zei ze. 'Ik bedenk net dat ik mijn handtas thuis heb laten liggen. Haal je me over een uurtje op?'

Aaliyahs vader aarzelde en zei toen: 'Dat is goed.'

'Leuk je ontmoet te hebben,' zei Christine Prince.

'Zeker,' zei Aaliyah, en ze hoorde het gebrek aan overtuiging in haar stem.

De oudere vrouw glimlachte desondanks, ze knikte en liep langs Aaliyah het stoepje af. De rechercheur stapte naar binnen en zei: 'Ze lijkt me aardig.'

'Ze ís aardig,' bromde haar vader, die zich omdraaide en de keuken in liep. 'Ze woont verderop in de straat, in het oude huis van Evans. Haar man is twee jaar geleden bij een auto-ongeluk om het leven gekomen. We hebben elkaar drie weken geleden op straat ontmoet.'

'En nu zijn jullie een stel?'

Hij draaide zich om en fronste. 'Een stel? Nou, dat weet ik niet... Ze is gewoon aardig. En leuk.'

'En knap.'

'Heb je daar een probleem mee, jongedame?'

Ze haalde haar schouders op. 'Je had het me wel eens mogen zeggen. Maar goed, je neemt je telefoon ook niet op.'

Hij zuchtte en zei: 'Ik had je terug moeten bellen. Maar gisteren ben ik wezen vissen en...'

'Je had een etentje met haar,' zei Aaliyah. 'Ik snap het.'

'Het is niet wat je denkt,' zei hij kortaf. Toen veranderde hij van gespreksonderwerp. 'Ik zag dat je aan die zaak van Cross werkt. Goeie vent, die Cross. Hij moet door een hel gaan.'

Aaliyah aarzelde, maar begreep dat ze het beter over haar werk konden hebben dan over Christine Prince. In ieder geval op dit moment.

'Je kent nog niet de helft van het verhaal,' zei ze.
'Vertel me dan maar snel het hele verhaal,' antwoordde hij. 'Koffie?'
'Dat lijkt me heerlijk, pa.'

## HOOFDSTUK 47

Terwijl haar vader koffie zette vertelde Aaliyah hem over de mysterieuze Thierry Mulch, over de complexe en zorgvuldig geregisseerde ontvoering van de familie Cross, over de deplorabele toestand waarin de lichamen bij Cross' huis waren aangetroffen, en ook nog over de ontdekking dat Bree Stone op wonderbaarlijke wijze zwanger bleek te zijn geweest.

'Jezus nog aan toe,' zei haar vader hoofdschuddend. 'Mijn god, wat tragisch allemaal.'

Ze knikte en vervolgde het verhaal. Ze beschreef de scène bij Claude Harrow en vertelde over de afgebrande keet, de hond en de ovaalvormige stukjes mensenhuid die lagen te drogen.

'Matchen ze met Cross' vrouw en zoon?'

'We wachten nog steeds op de eerste resultaten uit het FBI-lab, maar we gaan er wel van uit.'

Voordat zijn bekken zes jaar geleden door een geweersalvo werd verbrijzeld, was Bernie Aaliyah een van de beste rechercheurs van Moordzaken Baltimore geweest. Qua onderzoekswerk had hij Tess praktisch alles geleerd wat je kon leren. Dus ze wilde graag zijn mening horen.

Hij leek even na te denken, schonk haar een kop koffie in en zei toen: 'Natuurlijk, als er DNA-matches zijn is Harrow je moordenaar, maar dan was hij wel zo stom als het achtereind van een varken, en dat is Mulch dus niet.'

Zijn dochter knikte. 'Ik geloof ook niet dat iemand voor een kachel met de klep open gaat zitten om met benzine te gaan knoeien. Zelfs niet als hij onder de crystal meth zit.'

'Precies,' zei hij. 'Dus Mulch heeft Harrow vermoord nadat die skinhead Bree Stone en Damon Cross in zijn opdracht had vermoord?'

'Ik denk dat het zo is gegaan.'

'Dat denk ik ook,' antwoordde hij. 'Wat is de mening van Cross?'

'Ik heb geen idee.'

'Waar is hij op het moment?'

'Het laatste wat ik van de FBI heb gehoord is dat hij getankt heeft in Fairmont, West Virginia. Hij geeft daar gisteravond ook in een motel geslapen.'

'Wat doet hij in Fairmont?'

'We hebben geen contact meer met hem. Ze hebben hem van het onderzoek af gehaald.'

'Dat is geen goede zaak.'

'Dat weet ik, pa.'

'Ik zit te denken…' zei hij peinzend.

'Wat?' vroeg ze.

'Waarschijnlijk is het niets,' zei hij. 'Maar bij je moeder was er ook een vleesboom verwijderd, lang voordat ze kanker kreeg.'

'Ja, dat was vijfentwintig jaar geleden, toch?'

Hij knikte. 'En ze heeft daarna geen kinderen meer kunnen krijgen.'

'Ja?'

'Waarschijnlijk is het onzin,' vervolgde hij, 'en is de medische wetenschap alweer stappen verder. Maar hoe groot is de kans dat de vrouw van Cross zwanger kon raken als ze dezelfde operatie als je moeder heeft gehad?'

Ze haalde haar schouders op. 'Zoals ik al zei, het is een tragisch wonder.'

Zo praatten ze door, tot Aaliyah een blik op de klok wierp. 'Ik moet gaan, pap. En jij hebt een afspraakje.'

Ze barstte bijna in lachen uit toen ze haar vader zag blozen. 'Het is geen afspraakje,' zei hij snel.

'Wat is het dan?'

Hij had er zichtbaar moeite mee en zei uiteindelijk: 'We zijn gewoon twee alleenstaande mensen die naar het strand gaan om te wandelen en wat te eten.'

De rechercheur aarzelde, stond toen op en drukte een kus op zijn wang. 'Hoe dan ook, ze lijkt me een leuke vrouw. Ik had wat aardiger moeten zijn. Zeg haar maar dat het me spijt dat ik zo bits tegen haar deed.'

'Dat deed je niet.'

'Jawel, pap. Dat deed ik wel.'

Ze omhelsden elkaar, en hij beloofde sneller terug te zullen bellen. Ze liep naar haar auto. Toen ze wegreed zag ze nog net hoe hij zich naar zijn Chevy toe haastte om de hengels eraf te halen.

'Het is dus een afspraakje,' zei ze in zichzelf en glimlachte weemoedig.

En ze realiseerde zich dat het maanden geleden was dat zíj een afspraakje had gehad.

Maar ze liet haar eigen niet-bestaande liefdesleven voor wat het was, voegde in op de I-95 en nam achter het stuur alle feiten van de zaak nog eens door. Net toen ze de afslag naar Greenbelt voorbij was ging haar telefoon. Het was John Sampson.

'Waar ben je?' vroeg hij.

'Op weg naar het bureau,' zei ze.

'Ik sprak Mahoney net. De FBI heeft de huidsamples vergeleken,' zei hij. 'Ze zijn van dezelfde lichamen afkomstig.'

'Shit.'

'Inderdaad,' zei hij. 'Maar toch goed om te weten.'

'Ik ben er binnen veertig minuten, op z'n hoogst.'

'Ik zie je dan.'

'Nog even,' zei ze snel. 'Kun je me doorverbinden met Medical Examiners? Rodriguez? Zij heeft toch de autopsies gedaan?'

Sampson gromde wat, ze hoorde hoe hij de cijfers intoetste en de beltoon overging. Aaliyah verwachtte haar voicemail te horen, maar er klonk een klik.

'Amy Rodriguez.'

'Je spreekt met Tess Aaliyah.'

'Rechercheur Aaliyah,' zei ze. 'Wat kan ik voor je doen?'

'Waarschijnlijk is het niets,' zei Aaliyah, 'maar ik vroeg me af hoe groot de kans is dat Bree Stone zwanger zou kunnen zijn als er een vleesboom bij haar is verwijderd?'

Het bleef een lang moment stil voordat de patholoog het antwoord gaf dat de hele zaak op zijn kop zette.

# HOOFDSTUK 48

's Avonds om halfnegen kwam ik bij Kraft School in de Berkshires aan. Ik stopte bij de toegangspoort en liet de beveiligingsbeambte mijn identiteitskaart zien. Ze herkende mijn naam.

'Iedereen is in shock vanwege de moord op uw zoon,' zei ze aangedaan. 'Ik kende hem niet, maar ik wist wie hij was – altijd vrolijk, altijd lachend. Ik leef met u mee, meneer, en ik bid voor Damons ziel. En die van uw vrouw.'

Haar woorden raakten me diep, en ik voelde tranen in mijn ogen opwellen. 'Dank u voor uw woorden, ik waardeer het zeer. Kunt u me vertellen waar ik meneer Pelham, de nieuwe rector, kan vinden?'

'Ik zou zijn kantoor in het administratiegebouw proberen, Wiggs Hall,' zei de beveiligingsbeambte. 'Als hij daar niet is dan zit hij in de kapel.'

Ik bedankte haar nog eens, veegde met mijn mouw mijn ogen droog en reed de campus op. Ik zag er nu al tegen op om Damons kamer te moeten bezoeken. Ik vermande me, parkeerde de wagen in een bezoekersvak en stapte uit de auto die ik bij Albany Airport had gehuurd. Over het voetpad liep ik naar het administratiegebouw, ik wist dat Damon daar nog als gids voor bezoekers had gewerkt. Kraft telde meer dan tweehonderd leerlingen, maar op deze broeierige lenteavond was ik tot nu toe niemand tegengekomen.

Wiggs Hall was een bakstenen gebouw dat met klimop was bedekt en direct achter de ingang lag. De voordeur was niet op slot. Ik rook de geur van boenwas en daarna die van sigarettenrook. De deur naar het kantoor van de rector stond op een kier en nadat ik zachtjes had geklopt duwde ik hem verder open. De lampen in het kantoor brandden, maar er was niemand.

Toen hoorde ik vanuit een zijkamer aan de andere kant van het kantoor het bekakte accent van New England opklinken.

'Ik ben pas net terug van St. Kitts, meneer Baldwin, en ik ben zojuist van de gebeurtenissen op de hoogte gesteld. Maar ik kan hier onddubbelzinnig verklaren dat als het inderdaad onze student Damon Cross betreft, Kraft hier niets mee te maken heeft. Het blijkt dat deze jongeman in een achterstandswijk van DC woonde waar dit soort idiote tragedies gemeengoed is.'

Ik dwong mezelf rustig adem te halen terwijl de rector naar degene aan de andere kant van de lijn luisterde.

'Ja, ik begrijp dat de pr-afdeling van de universiteit hier niet blij mee zal zijn, meneer Baldwin,' zei hij. 'Maar ik zeg u nog eens: de huiselijke omstandigheden van de studenten vallen natuurlijk buiten mijn verantwoordelijkheid, zeker als het jongens uit misdaadgevoelige getto's betreft die vanwege hun sportprestaties een beurs voor deze school hebben gekregen. Ik verzeker u dat de goede naam van Kraft niet in het geding is, en ik zal het komende uur een persoonlijke brief aan alle ouders opstellen.'

Hij luisterde weer, en ik bedacht me hoe harteloos en zelfingenomen een gesprek kon zijn, toen ik de rector hoorde zeggen dat hij meneer Baldwin morgenochtend terug zou bellen voor een update. Daarna hing hij op.

Ik liep het kantoor in en zag een gebruinde man met zandkleurig haar in een blauw poloshirt – de kraag omhoog – aan een bureau met een computerscherm zitten. Toen Damon twee jaar geleden op Kraft School werd toegelaten had ik de vorige rector ontmoet, maar Charles Pelham iv had het sinds september van hem overgenomen.

Ik klopte tweemaal op de deurpost en meneer Pelham schrok op, draaide zijn bureaustoel en schrok nog een keer toen hij mij zag.

'J-j-ja?' stamelde hij. 'Wie bent u?'

Het was duidelijk dat de rector er niet aan gewend was dat een onbekende Afro-Amerikaanse man van mijn postuur onaangekondigd in zijn kantoor verscheen. Ik zei: 'Ik ben de vader van Damon Cross.'

Pelham verstijfde, stond op en liep om zijn bureau heen. 'Meneer Cross. Het spijt me heel erg wat er is gebeurd.'

Hij was een kleine man met gespierde armen van het tennissen. Zonder enthousiasme schudde ik zijn sterke hand en zei: 'Dank u.'

'We kunnen het nog steeds niet geloven,' zei hij. 'Ik ben verbijsterd. Ik... ik heb het net gehoord.'

'Ik begrijp het,' zei ik.

'Goed,' zei de rector, die een stap terug deed. 'Waarmee kan ik u...'

'Helpen?' onderbrak ik hem. 'Om te beginnen zou ik Damons vrienden willen spreken, degenen die hem het laatst hebben gezien.'

'Natuurlijk,' zei de rector met zichtbare tegenzin. 'Ik weet zeker dat we dat kunnen regelen. Al zal ik eerst even contact met hun ouders moeten opnemen.'

'Pardon?'

Hij liep terug naar zijn bureau en zei: 'Om hun toestemming te vragen.'

'Toestemming waarvoor?'

'Om met u te praten,' zei Pelham, die het prettig leek te vinden dat er nu een bureau tussen ons in stond. 'U begrijpt dat deze kwestie zeer schokkend is voor de studenten en hun ouders, en ik wil eerst hun toestemming krijgen voordat…'

Hij aarzelde; blijkbaar wilde hij zijn woorden zorgvuldig kiezen.

Ik maakte de keuze voor hem. 'Voordat u deze rechercheur en vader uit het verschrikkelijke getto met ze laat praten?'

Zijn lippen versmalden zich; hij schraapte zijn keel en zei: 'Het spijt me dat u mijn telefoongesprek hebt gehoord. Ik had de voorzitter van het college van bestuur aan de lijn.'

'Een gesprek waarin u zei dat Kraft niets met de dood van mijn zoon te maken had,' zei ik.

'J-j-ja,' stamelde hij weer. 'Dat klopt. Het is belangrijk dat…'

Ik leunde over het bureau heen en zei: 'Meneer, het is belangrijk dat ú begrijpt dat Kraft School hier wel degelijk bij betrokken is. Kraft kan in ieder geval aansprakelijk worden gesteld voor Damons verdwijning, en als ik hier verdomme geen medewerking krijg, dan stap ik eerst naar de pers, en daarna zal ik dit fijne opleidingsinstituut gerechtelijk vervolgen tot er niets meer over is van jullie goede naam.'

'Maar ik heb begrepen dat Damon in de paasvakantie in Washington, DC, is vermoord,' zei Pelham met trillende stem en opgeheven kin. 'We zijn op geen enkele manier…'

'Nee, menéér,' gromde ik. 'Mijn jongen is op deze campus meegenomen. Het was de bedoeling dat hij de pendelbus naar het station van Albany zou nemen. Dat is nooit gebeurd. Damon was zeventien en dus minderjarig. Het was de verantwoordelijkheid van de school om ervoor te zorgen dat hij de pendelbus nam, en dat heeft hij dus niet gedaan, meneer.'

Pelham knipperde met zijn ogen. 'Ik begrijp niet…'

'Maar ik wel!' bulderde ik. 'De chauffeur van de pendelbus heeft aan de FBI verklaard dat Damon op de lijst stond, maar dat hij op het laatste moment tegen een van zijn vrienden zou hebben gezegd dat hij een lift naar huis kon krijgen. Ik wil die vriend spreken, en verder iedereen die hem op Goede Vrijdag nog heeft gezien. Nu!'

## HOOFDSTUK 49

Pelham ging me voor naar de schoolkapel. We liepen een hoge ruimte met een balkon rondom binnen. Het pleitte voor de rector dat hij decanen had laten komen om over Damon te praten en de studenten gerust te stellen.

Het was er afgeladen, er waren alleen nog maar staanplaatsen.

De enorme opkomst leek Pelham te verbazen én te verontrusten. Maar het grote aantal jongeren dat publiekelijk om mijn jongen rouwde ontroerde me zeer, en het werd me bijna te veel toen een paar van hen opstonden en vertelden over de jongen die ik tegelijkertijd wel en niet kende.

'Damon was een gave gozer die je zelfs nog zijn shirt zou geven als je het nodig had,' zei een jongen.

'Hij luisterde echt naar je,' zei een ouder meisje. 'En als hij zei dat hij vrienden met je wilde worden, dan meende hij het ook. Dan wás hij je vriend.'

Een lange jongen, waarschijnlijk een basketballer, zei: 'Hij was niet de beste van het team, maar hij was wel de hardste werker. En hij zorgde er altijd voor dat je zelf ook meer je best deed. Dat zal ik missen.'

Ik werd door vele hoofden toegeknikt toen Pelham en ik over het middenpad naar voren liepen. Ik weet werkelijk niet meer hoe me dat is gelukt. Pelham introduceerde me, en ik zag de zee van nieuwsgierige gezichten droevig worden.

Ik probeerde de brok in mijn keel weg te slikken, en toen ik mijn emoties enigszins onder controle had zei ik: 'Damon hield van deze school, en hij hield van al zijn vrienden en klasgenoten. Hij voelde zich gelukkig hier, wat betekent dat jullie hem gelukkig maakten. Ik hoop dat jullie zijn herinnering willen respecteren en me willen helpen om erachter te komen wie hem heeft meegenomen en vermoord.'

Een knappe brunette op de tweede rij begon zachtjes te huilen. De jongen naast haar – een stevige knul met rood haar en een blauw Patriots-trainingsjack aan – sloeg een arm om haar heen.

Ik zei: 'Het was de bedoeling dat hij op de vrijdag voor de vakantie begon de pendelbus naar het station zou nemen. De chauffeur heeft verklaard dat iemand hem vertelde dat Damon een lift van iemand had kunnen krijgen, maar hij kon zich niet meer herinneren wie dat was. Heeft een van jullie hem dat verteld? Heeft een van jullie mijn zoon die dag gezien?'

Een moment lang viel er alleen maar verwarring van de gezichten af te lezen. Toen stak de jongen in het blauwe trainingsjack met capuchon zijn hand op en zei: 'Wij, meneer. Sylvia en ik.'

Sylvia begon hartverscheurend te huilen, en ik verstijfde.

Tien minuten later zaten we echter in het kantoor van de rector. Sylvia Mathers was gekalmeerd en zat op de bank, ze had haar voeten onder zich getrokken en hield met haar handen haar knieën vast. Porter Tate zat naast haar als een hoopje ellende.

De jongen nam als eerste het woord, met zo'n zachte stem

dat ik me voorover moest buigen om hem te kunnen verstaan.

'Het was die vrouw, hè?'

'Welke vrouw?' vroeg Pelham.

'Die ene met die…'

'Met wat?' vroeg ik.

'Donkerblond haar en grote tieten,' mompelde hij.

Sylvia Mathers keek hem vernietigend aan en zei: 'Soms ben je gewoon een klootzak, Porter.'

'Hé, ik bedoelde er niets mee, ik…'

'Jawel,' bitste ze. 'Het was het enige waar Tommy en jij het op de terugweg over hadden, dat Damon helemaal voor die grote tieten ging. En nu is hij dood.'

'Rustig jullie,' zei ik. 'Je hebt Damon die ochtend met een onbekende dame gezien?'

'Ja,' zei Sylvia.

'Nee,' zei Porter.

Nu wist ik het niet meer. 'Jij zag haar, Sylvia, en jij niet, Porter?'

De jongen zei: 'Nee, ik haar ook gezien, maar ze was niet onbekend. Ik bedoel, ik had haar eerder gezien. Ik…' Hij keek me somber aan en zei: 'Damon was mijn vriend. Het spijt me zo, meneer. Had ik hem maar met ons mee laten komen. Maar het leek oké. Damon was oké.'

Het verhaal kwam er met horten en stoten uit. Op de ochtend van Goede Vrijdag hadden Sylvia en Porter hun kamers verlaten en liepen langs Damon die daar met zijn bagage stond. Hij stond met een vrouw van achter in de twintig te praten. Ze had donkerblond haar en een zonnebril op, ze was middelgroot en had de al genoemde grote borsten, die volgens Porter in hetzelfde witte topje zaten verpakt als tijdens de eerste keer dat hij haar had gezien.

'En wanneer was dat?' vroeg de rector.

'Ik weet het niet meer precies,' zei Porter. 'Misschien een dag of tien eerder? Damon en zij zaten aan de overkant van de straat koffie te drinken bij Millie's. Ik was daar ook, met Tommy Grant en Roger Woods. Ik bedoel, we zaten niet bij ze aan het tafeltje. We zaten in de hoek, en ja, we keken onze ogen uit natuurlijk.'

'Jullie zaten als gekken te loeren, dat zei Tommy tenminste,' zei Sylvia vol walging.

Porter zei dat de vrouw en Damon zo'n twintig minuten praatten voordat ze vertrokken. Porter en zijn vrienden vonden Damon later in zijn kamer terug, waar hij aan het studeren was.

'Hij wilde het eerst niet over haar hebben,' zei Porter. 'Maar toen vertelde hij ons dat ze eerder op de dag bij een van zijn rondleidingen was, en dat ze nog vragen had over de school en zo, en dat ze daarom samen koffie hadden gedronken. Zij had betaald.'

De rector tikte met zijn pen op een blocnote die hij gebruikte om aantekeningen te maken. 'Heeft hij haar naam gezegd? Ze moet ergens genoteerd staan als ze aan een rondleiding heeft deelgenomen.'

'Karla en dan nog iets,' zei de jongen. 'Ik weet het niet meer. Maar Tommy wel, denk ik.'

'Waarom zou Tommy het wel weten?' vroeg ik.

'Omdat hij van vissen houdt, en haar achternaam was dezelfde als een vishaakjesmerk.'

Pelham keek me aan en zei: 'Als we hier klaar zijn zal ik Tom Grant voor u zoeken.'

Nadat ik hem in het begin de volle laag had gegeven, bleek de rector best wel een geschikte man te zijn. Ik knikte.

'En verder?' vroeg ik.

Porter keek naar de vloer, maar Sylvia zei: 'Toen ik hem op weg naar de pendelbus tegenkwam, zei ik tegen Damon dat hij moest opschieten, en hij zei dat hij er zo aan kwam. Maar daarna zag hij Porter en zei tegen hem dat hij een lift naar huis kon krijgen.' Ze moest iets wegslikken. 'Damon was een geweldige jongen, meneer Cross. Hij was speciaal en ik…'

Ze barstte weer in tranen uit. Porter wreef over haar rug en zei: 'Ze waren…'

'Nee, dat waren we niet,' snoerde ze hem de mond.

'Damon zei dat hij je leuk vond, en jij zei dat jij hem leuk vond!' zei Porter. 'Wat wil je nog meer?'

Ze gooide haar hoofd in haar nek, veegde haar tranen weg en zei: 'We vonden elkaar leuk, en dat maakt het allemaal zo verschrikkelijk.'

Ik boog me naar haar toe en gaf haar een klopje op haar hand. 'Ik ben blij dat je hem zo leuk vond.'

Sylvia knikte, haar onderlip trilde.

'Meneer Cross,' zei Porter. 'Er was nog iets.'

'Oké…'

'Die vrouw, Karla – ze had iets tegen Damon gezegd, en dat had hij ons weer verteld, en… Nou ja, we dachten allemaal dat ze een spelletje met hem speelde.'

'Zeg het nou maar gewoon,' zei Sylvia.

'Dat doe ik toch?' viel Porter uit. 'Goed. Ze had tegen Damon gezegd dat hij zijn raam moest openlaten, want ze zou wel eens op een nachtje langs kunnen komen, en… Nou ja, u weet wel.'

De rector deinsde terug. 'Waren dat Damons exacte woorden?'

'Ik weet niet. Ja, volgens mij wel,' zei Porter. 'Misschien

eh… niet letterlijk, maar vraag het Tommy Grant anders, die herinnert zich altijd alles wat met seks te maken heeft.'

## HOOFDSTUK 50

Tommy Grant maakte zijn reputatie helemaal waar. Toen Pelham even later terugkwam met de jongen uit het basketbalteam die in de kapel enkele woorden aan Damon had gewijd, wist die niet alleen de naam van de vrouw die mijn zoon had meegenomen, maar wist hij ook nog precies wat Damon over haar had gezegd.

'Haar achternaam was Mepps, zoals van de vishaakjes,' zei Grant. 'En ze had een tatoeage van een zwarte kat of zoiets op haar linkerarm.'

'Dat had ze niet,' zei Porter.

'Dat had ze wel,' corrigeerde Grant hem. 'Het grootste gedeelte ervan was bedekt, maar je kon de staart nog net zien. En wat ze tegen Damon had gezegd was dat hij zijn raam open moest laten. Ze zou wel eens via het bos naar het studentenhuis kunnen sluipen om bij hem naar binnen te klimmen.'

Sylvia leek dit nog nooit eerder te hebben gehoord, ze ging rechtop zitten en fronste.

'En wanneer was dat?' vroeg ik. 'Weet je wanneer dit allemaal is gebeurd?'

'Ik weet het niet meer precies,' zei hij. 'Maar wacht eens. Ja, inderdaad.'

'Inderdaad wat?' vroeg de rector.

'Ik weet inderdaad wanneer het was, meneer,' zei Grant. 'Het was de dag voordat ze Carter vonden.'

Ik kon me weer herinneren dat ik het nog met Damon over Carter had gehad.

'De beveiligingsbeambte die was vermoord?' vroeg ik.

Pelham knikte stuurs.

'En waar was het lichaam van Carter gevonden?'

De rector zweeg. Het was alsof hij de journalist die met dit fcitenmateriaal een geruchtmakend stuk over de school zou schrijven al achter zijn laptop zag zitten.

Maar Grant antwoordde: 'Ergens in het bos achter het noordelijke studentenhuis, maar wel verder weg. Toch, meneer Pelham?'

De rector keek een moment verbijsterd, alsof hij het adolescente brein nooit zou weten te doorgronden. Toen zei hij woedend: 'En niemand van jullie heeft er ooit eerder aan gedacht dit aan iemand te vertellen?'

'Wát aan iemand te vertellen?' vroeg Porter onzeker.

Sylvia rolde met haar ogen en zei: 'Dat Karla Mepps had gezegd dat ze 's nachts via het bos zou komen, en dat Carter diezelfde nacht dood in het bos is gevonden, stelletje oversekste sukkels.'

'O,' zei Grant. 'Daar had ik niet aan gedacht.'

Porter schudde zijn hoofd. 'Ik ook niet. Ik herinner me alleen maar dat ze dat van dat raam en zo had gezegd. Dat bos niet, nee.'

Sylvia keek de jongens aan alsof ze hen elk moment kon aanvliegen. Ik zei: 'Maar jullie hebben Karla Mepps allemaal duidelijk gezien?'

Damons klasgenoten knikten.

'Zouden jullie aan een compositietekening van haar gezicht willen meewerken?' vroeg ik.

'Ja,' zeiden Sylvia en Grant.

Porter aarzelde en zei: 'Zou een foto niet beter zijn?'

Ik kon hem wel omhelzen. 'Heb je een foto van haar?'

'Nee,' zei hij. 'Maar bij Millie's hebben ze een beveiligingscamera hangen. Zo is Clayton Monroe verleden jaar op diefstal betrapt en van school gestuurd. Ze moet gefilmd zijn, tenzij ze de banden elke week wissen.'

We gingen direct tot actie over. Pelham ging rondbellen en wist Millies zoon Ward Brower te bereiken. Ward wilde graag helpen, maar hij zat op dat moment bij de Eerste Hulp omdat zijn moeder last van pijn op haar borst had.

'Hij zei dat de band van die dag gewist zou kunnen zijn,' vertelde Pelham. 'Maar misschien ook niet. Ze gaan om zes uur 's morgens open. Hij zei dat u om halfzes langs kunt komen, dan is hij er ook.'

Hoewel ik stond te popelen om beelden te zien van de vrouw die mijn zoon mogelijk de dood in had gelokt, knikte ik en bedankte Damons klasgenoten voor hun hulp.

'Gaat u nog iets voor hem doen?' vroeg Sylvia. 'Komt er een herdenkingsdienst?'

'Ja,' zei ik. 'Maar eerst wil ik de lui die hem hebben vermoord te pakken krijgen.'

'Zo vlak voor het eind van het schooljaar?' vroeg Porter.

'Dat hoop ik wel, ja,' zei ik.

Pelham zei: 'Wilt een slaapplek, meneer Cross? Ik kan het motel vragen of ze nog kamers vrij hebben, of u kunt hier een bed in de ziekenzaal krijgen.'

'Ik zou graag in Damons kamer willen slapen als dat mogelijk is.'

De rector aarzelde een moment en zei toen: 'Dat kan geregeld worden.'

Nadat hij de drie klasgenoten terug naar hun kamers had gestuurd, nam Pelham me mee naar Damons kamer op de begane grond van het noordelijke studentenhuis. Ik zag het bos waar Karla Mepps over had gesproken, het bos waar de beveiligingsbeambte Josh Carter in de stromende regen was doodgeslagen. Ik zag verscheidene studenten vanuit hun kamers nieuwsgierig naar me kijken, ik knikte ze toe terwijl de rector de deur van Damons kamer openmaakte.

Hij gaf me de sleutel en ook nog zijn visitekaartje. 'Bel me als u iets nodig heeft,' zei hij op gedempte toon. 'En ik wil me nogmaals excuseren voor de dingen die ik in het begin heb gezegd. Het college van bestuur...'

'Ik begrijp het, en ik dank u zeer,' zei ik en gaf hem een schouderklopje.

Toen haalde ik diep adem en liep de overblijfselen van Damons leven binnen.

# HOOFDSTUK 51

Ik deed de deur achter me dicht en snoof de lucht van de donkere slaapkamer op. Men zegt dat ruiken de meest primaire zintuiglijke waarneming is, en de meeste impact op ons heeft, omdat het uit het diepste gedeelte van het brein komt.

Het was een lucht die me steil achterover deed slaan, het raam was langer dan een week dicht geweest. De kamer was doordrongen van Damons geur; het was alsof hij opeens voor me stond.

Ik zag hem bij een basketbalwedstrijd van een jaar geleden, toen hij van de bank af kwam en drie keer op rij een *threepointer* scoorde, alsof hij de schoten gewoonweg niet kón missen. Ik zag hem op de laatste kerstavond; hij was thuis en zijn aanstekelijke lach schalde door de ruimte om iets wat Nana Mama had gezegd. Toen zag ik hem op de bank zitten, het was de dag voordat hij terug naar Kraft ging. Hij had zijn lange armen om Ali en Jannie heen geslagen en gedrieën keken ze naar een basketbalwedstrijd op tv.

Was hij dood? Waren deze herinneringen alles wat er nog van hem restte?

Ik begon over mijn hele lichaam te trillen. Nog meer van deze herinneringen en ik zou eraan kapotgaan. Ik deed het licht aan en bleef met betraande ogen staan knipperen.

Het was een kleine kamer voor zo'n jongen, maar het was er netjes en overzichtelijk. Er hingen posters aan de muur van zijn basketbalhelden: de verdedigers Chris Paul en Derrick Rose. En ook nog posters van Rihanna, en een van de rapper Kendrick Lamar.

Boven zijn bureau hing een kalender waarop Goede Vrijdag rood omcirkeld was. Er stond *Naar huis!* bij geschreven. Ik bleef er lang naar kijken voordat ik de rest van de kamer in me opnam. Mijn blik viel op zijn kledingkast, waarvan de deur vol met foto's van hem was geplakt: Damon met een bal op het schoolplein, in een snorkeloutfit op Jamaica, en in het pak dat hij op het eindexamenbal droeg.

Ik sloeg een hand voor mijn mond en deed een stap in de richting van zijn bed, dat onder het raam stond waar Karla Mepps door naar binnen had willen klimmen en...

Zou het zo gegaan zijn, vroeg ik me af. Stond ze op het punt door Damons raam te klimmen toen de beveiligingsbeambte haar zag, en haar misschien achtervolgde tot ze hem met een stevige tak doodsloeg?

De ervaring heeft me geleerd dat vrouwen zelden zo gewelddadig zijn. Iemand zijn hersens inslaan is meer iets voor mannen. Dus wat voor vrouw moest Karla Mepps zijn? En in wat voor relatie stond ze tot Thierry Mulch?

Ik was er lang van overtuigd geweest dat Mulch ten minste één handlanger had, en misschien zelfs wel meer. De afstanden waren te groot, en er was te weinig tijd om mijn complete gezin zonder hulp van anderen te ontvoeren. In gedachten zag ik het type stoere verleidster voor me waar meedogenloze criminelen doorgaans voor vallen, iets jonger dan Mulch maar net zo gestoord; ze kon zelfs bij hem in de leer zijn.

Een vrouw in deze rol veranderde alles. Bij zoiets dacht je

aan een verknipte liefdesrelatie, aan twee monsters die zich tot elkaar aangetrokken voelden.

Hoe zou ze eruitzien? De jongens die haar gezien hadden, zeiden dat ze aantrekkelijk was en fraaie vormen had. Maar zou er uit haar lichaamstaal iets gevaarlijks hebben gesproken? Zou ik iets hebben bespeurd wat Damon niet had gezien?

Eigenlijk wilde ik Sampson en Mahoney bellen en vragen of ze de naam Karla Mepps zo snel mogelijk door de databases voor criminelen wilden halen. Maar het was zondagavond laat, en er bestond een grote kans dat het een valse naam was. Opeens sloeg de vermoeidheid toe. Ik zag mijn gepijnigde gezicht in het raam weerspiegeld met de inktzwarte duisternis erachter en zei tegen mezelf dat ik naar bed moest. Niemand had er wat aan als ik niet meer helder kon nadenken.

Ik zat op het bed van mijn zoon, schopte mijn schoenen uit en merkte het kruis op dat mijn grootmoeder hem verleden jaar met Pasen had gegeven. Het hing boven het hoofdeinde. Ik kon wel schreeuwen naar die man aan het kruis – waarom ik zo moest lijden. Maar in plaats daarvan knielde ik neer en bad Jezus om hulp.

Op dat moment zag ik de foto die bij zijn hoofdkussen op de muur was geplakt.

Hij was op de dag van mijn huwelijk met Bree genomen. Een portret van mij, Bree en mijn gezin. Bree straalde. Damon zag er gelukkiger uit dan ooit, net als Ali, Jannie en Nana Mama. En ik zag eruit alsof ik de loterij had gewonnen.

*Er was eens een man*, dacht ik, *die de gelukkigste man op aarde was.*

En toen stortte ik volledig in.

Ze was dood. Ze waren allebei dood.

Ik voelde een golf van verdriet, en ik stond op voordat ik om zou vallen. Ik wankelde naar de schakelaar en knipte het licht uit.

Op de tast vond ik Damons bed en ik ging op mijn zij liggen. Terwijl ik me in de foetushouding opkrulde voelde ik hoe het verdriet me als een tsunami overspoelde. Snikkend viel ik in slaap.

## HOOFDSTUK 52

Nog twee? Hoe moest ik dat in godsnaam voor elkaar krijgen?

Het was de vraag die me kwelde toen ik om tien voor halfzes 's morgens Damons kamer uit strompelde. Het was nog donker buiten. Ik werd door koude regenvlagen gegeseld toen ik over het pad liep dat naar de parkeerplaatsen leidde.

Twee?

Bij de kruising met een ander pad realiseerde ik me dat dit de plek moest zijn waar Karla Mepps hem op de ochtend van Goede Vrijdag was 'tegengekomen'. Ik hield mijn pas in en negeerde het feit dat ik op deze manier nog uren verkleumd zou zijn. Wat zou ze tegen hem hebben gezegd, dat hij zijn reisplannen omgooide en zo dom was om bij een vreemde in de auto te stappen?

Haar seksualiteit, dat lag voor de hand. Damon was per slot van rekening zeventien, en net zoals bij iedere zeventienjarige gierden de hormonen door zijn lijf.

Maar ik kende mijn zoon. Hormonen of niet, hij was niet iemand die impulsief handelde. Hij was methodisch, bedachtzaam. Er moest een andere reden dan lust in het spel zijn geweest, daar was ik zeker van.

Misschien dat ik te positief over mijn zoon dacht en hem nobele eigenschappen toedichtte die hij niet bezat. Maar ik zou Karla Mepps, of hoe ze in werkelijkheid ook heette, blijven opjagen tot ze mij kon vertellen hoe ze Damon zover had gekregen.

De voorruit van de huurauto was met bladeren en dennennaalden bedekt. Ik deed het portier open en stapte in. Ik was volledig doorweekt en rilde toen ik de auto startte en de verwarming aanzette.

Ik bekeek mezelf in de achteruitkijkspiegel en zag een man die ik nauwelijks herkende; iemand met een pafferig gezicht, diepliggende ogen en de lege blik die ik kende van mensen die een groot persoonlijk verlies moesten doorstaan. Zo bleef ik even zitten en ik vroeg me af of ik nog de kracht had om door te gaan, of dat ik me volledig aan het rouwproces moest overgeven. Nee, besloot ik. Het kon me niet schelen hoe ik eruitzag of hoe ik me voelde. Zolang de kans bestond dat ik een van hen kon redden bleef ik doorvechten.

Ik zette het dimlicht aan en bad voor de duizendste keer dat ik hen zou vinden en bevrijden. Maar ik vroeg God om meer dan dat. Ik reed door de regen naar de koffiebar en bad dat ik Mulch zou tegenkomen voordat deze strijd was beslecht, dat ik oog in oog met hem zou komen te staan en dat hij zijn gerechte straf niet zou ontlopen.

Maar op het moment had Mulch de touwtjes in handen.

Zodra ik wakker werd had ik op mijn smartphone de Craigslist New Orleans bekeken en het nieuwe bericht gevonden. Ik had het geopend in de hoop dat een van mijn gezinsleden was vrijgelaten omdat Mulch mijn video had gezien. Maar in plaats daarvan stond er: *Je krijgt alle overlevenden als ik binnen achtenveertig uur nog twee moorden te zien krijg. Lukt dit niet, dan krijg je niets. Stuur je antwoord hiernaartoe.*

Ik besefte dat Mulch me nog steeds gek probeerde te maken.

Had hij ontdekt dat mijn videobeelden gemanipuleerd waren? Of had hij Jones herkend? Misschien dat hij in woede was ontstoken toen hij de oude rechercheur zag, zoals we hoopten? Was hij daarom van zijn oorspronkelijke plan afgeweken? Of was ik gewoon het speeltje van een compleet zieke geest geworden?

Terwijl ik opkomend maagzuur wegslikte, reed ik het campusterrein af. Ik sloeg rechts af en stopte even later bij een knipperend neonbord dat de winkelruit van Millie's koffiebar rood deed oplichten.

Alstublieft, laat die bitch op de bewakingsbanden staan, bad ik toen ik de auto uit stapte. Alstublieft, geef me een teken, een doorbraak, iets waar ik wat aan heb. Ik stond op de veranda en klopte op de deur. Ward Brower, een jonge man die er moe uitzag, liep om de toonbank heen en droogde zijn handen af aan zijn schort.

Hij maakte de deur open. Ik liep naar binnen en rook de geur van verse koffie. Nadat ik me had voorgesteld vroeg ik hoe het met zijn moeder ging.

'Alweer beter,' zei Bower. 'Wilt u koffie? Een broodje?'

'Dat zou heerlijk zijn. Waar zijn de beveiligingsbanden?'

'O,' zei hij, en zijn gezicht betrok. 'Ik heb ze net gecheckt, maar ik ben bang dat de beelden van die dag zijn gewist. Dat gaat automatisch.'

## HOOFDSTUK 53

Ik dacht dat ik met dit antwoord rekening had gehouden, maar na zo weinig nachtrust viel het me op dit vroege tijdstip rauw op de maag. Ik was volkomen gebroken, alsof God me bewust de rug had toegekeerd, alsof Hij mij en mijn gezin had vervloekt en ik Zijn aandacht niet meer waard was.

'Gaat het, meneer Cross?' vroeg Brower.

Ik schrok op, en ik realiseerde me dat mijn blik nog vermoeider moest ogen dan die van hem. 'Nee, ik hoopte dat… Ach, laat maar.'

'Wilt u niet even zitten, meneer?' zei Brower, die een uitnodigend gebaar in de richting van de tafeltjes maakte.

'Nee, het gaat wel,' zei ik, 'en ik moet nog lang rijden. Kan ik de koffie en broodjes meenemen?'

'Natuurlijk, komt eraan,' zei hij, en hij wierp me nog eens een zorgelijke blik toe, alsof hij bang was dat ik zou omvallen.

Mijn hoofd leek uit elkaar te barsten terwijl ik toekeek hoe hij de koffie inschonk en de broodjes inpakte. Het kon zijn dat hij nog iets tegen me zei, maar ik hoorde niets meer.

'Wat krijg je van me?' vroeg ik toen hij me de beker koffie en de zak broodjes toeschoof.

'Van het huis,' zei Brower. Hij sloeg zijn ogen neer. 'Het spijt me van uw zoon.'

Ik knikte vluchtig en pakte de beker en de broodjes, alsof ik door de verwarring en het verdriet niet wist hoe snel ik hier weg moest komen.

'Hoe ver moet u?' vroeg Brower bezorgd.

'Wat bedoel je?'

'Waar moet u heen?'

'Ik heb geen flauw idee,' zei ik en draaide me om. Maar ik zag ertegen op om de koffiebar te verlaten en een sombere, duistere toekomst in te stappen, een eeuwigheid van hopeloos verdriet; het definitieve einde van de man die ik was en die ik had kunnen zijn.

Toen ik de deur openduwde en de veranda op stapte, zag ik in de grijze ochtendschemering koplampen naderen. De parkeerplaats van de koffiebar werd door striemende regengordijnen gegeseld. Ik liep het trapje van de veranda af en liet de koude buien over me heen komen. Zo bleef ik daar staan, terwijl ik mijn hoofd in mijn nek gooide om de ijzige slagregens mijn gezicht te laten pijnigen.

'Alex!' riep een vrouwenstem. 'Rechercheur Cross!'

Ik veegde mijn ogen af met de doorweekte mouw van mijn jas en zag rechercheur Tess Aaliyah uit een recherchewagen stappen.

Ze rende op me af en zag er opgewonden uit.

'We hebben je overal gezocht,' zei ze met trillende stem. 'Maar pas toen Mahoney je creditcard checkte, bedachten we dat je naar Damons school was gegaan. Ik heb de hele nacht doorgereden omdat ik wilde dat je het persoonlijk zou horen.'

Mijn maag draaide zich om. 'Een volgend lijk?'

'Nee,' zei Aaliyah. Ze schonk me een stralende glimlach, terwijl de tranen in haar ogen sprongen zei ze: 'Maar we geloven dat Bree nog leeft. En Damon ook!'

## HOOFDSTUK 54

Ik weigerde het nieuws te geloven.

Een misselijke grap. Dat was het en niet anders.

Aaliyah keek me aan met dezelfde bezorgdheid als Brower.

'Alex, heb je gehoord wat ik net zei?'

Ik zei niets, ik kon het niet geloven en ik durfde niet meer te hopen.

'Bree en Damon zijn waarschijnlijk nog in leven,' herhaalde ze.

'Zeg me dat niet voordat er DNA-bewijs is!' riep ik uit. 'Nou?'

'Nee, dat is er nog niet, maar...'

'Dan wil ik het niet horen,' zei ik. 'Ik kan het niet.'

'We hebben afdoende bewijs dat Bree niet is vermoord,' sprak Aaliyah kalm. 'De Jane Doe heeft nooit een vleesboom gehad. Het lichaam dat je in de bouwput hebt gezien behoorde toe aan Bernice Smith, een vrouw uit het noorden van Pennsylvania die twee dagen eerder als vermist was opgegeven.'

Ik bleef zwijgen; ik wilde het graag geloven, maar de angst greep me naar de keel.

'Kijk hier, meneer Cross.' Ze liep naar me toe om me een foto op haar mobiel te laten zien. 'Dit is ze. Mulch liet de klus opknappen door een racistische moordenaar die Claude Harrow heette; hij heeft Bernice Smith verminkt en haar de sieraden en trouwring van Bree omgedaan, zodat je zou denken dat het je vrouw was.'

Ik keek naar het beregende beeldscherm en zag een glimlachende vrouw die veel op Bree leek; dezelfde lengte, dezelfde atletische bouw en in grote lijn dezelfde gelaatstrekken.

Kon Bree nog in leven zijn?

'En hoe zit het met Damon?'

'We wachten op het DNA-onderzoek en hopen vanochtend de uitslag te krijgen. Maar als Mulch zo van dubbelgangers houdt gaan we ervan uit dat de John Doe niet uw zoon is.'

Ik voelde me duizelig. 'Ik moet even zitten.'

Ze nam me bij de arm en leidde me terug de koffiebar in, we waren allebei doorweekt. Aaliyah bracht me naar een stoel waar ik op neerplofte.

Ik had meer dan twee dagen in een hel geleefd. En nu was definitief bekend geworden dat de vrouw in de bouwput niet Bree was, wat betekende dat het lichaam in de steeg achter mijn huis hoogstwaarschijnlijk niet aan Damon toebehoorde. Hoewel het nog steeds mogelijk was dat Mulch van plan was hen te vermoorden, kon ik wel een gat in de lucht springen van vreugde.

In plaats daarvan lachte ik bitter en zei: 'Eerst de gemanipuleerde foto's en nu dit? Wil hij mijn gezin telkens opnieuw vermoorden? Mulch probeert me zeker gek te maken?'

'Hij martelt je,' zei Aaliyah, die naast me ging zitten.

'Laat het u niet overkomen, wie hij ook is,' zei Brower, die twee dampende koppen koffie voor ons neerzette. 'Laat het u niet overkomen. U moet sterk zijn en uzelf trouw blijven.'

Ik keek hem onderzoekend aan en zei: 'Heb je daar ervaring mee, dat iemand je gek probeert te maken?'

'Jazeker,' zei hij. 'Mijn ex-vrouw heeft het geprobeerd. Ze doet het eigenlijk nog steeds.'

Door iets aan de manier waarop hij dat zei moest ik lachen, en alle ellende van de afgelopen dagen viel van me af. Er gloorde weer hoop. Ze waren in leven! God had me niet de rug toegekeerd.

Het was onbeschrijflijk dat Mulch twee mensen had laten vermoorden en verminken om mij te doen lijden, maar ik was dankbaar dat mijn voltallige gezin nog in leven was. Ze waren nog niet gevonden, maar ze konden nog steeds gered worden. Ik sloeg mijn handen voor mijn gezicht, en met schokkende schouders dankte ik God vanuit het diepst van mijn hart.

Met betraande ogen keek ik Aaliyah aan en zei: 'Je moest eens weten hoe ik eraan toe was toen je het me vertelde.'

'Ik zag het,' zei ze. Ze slikte iets weg en gaf een klopje op mijn bovenbeen.

Ik schraapte mijn keel en zei: 'Vertel me over Harrow. En wat is er met jou gebeurd?' voegde ik eraan toe, doelend op de schaafwonden op haar gezicht.

'Harrow is dood,' antwoordde Aaliyah, die weer in haar rol van rechercheur zat. 'We denken dat Mulch hem na de moorden niet meer nodig had en zijn huis heeft platgebrand. Tijdens het onderzoek heb ik wat schrammen opgelopen, maar dat is een lang verhaal. En jij? Waar ben jij geweest?'

'Op jacht naar Mulch,' zei ik. 'Maar dat is ook een lang verhaal.'

'De rector zei iets over een vrouw die Damon had meegenomen,' zei ze. 'En dat er misschien beeldmateriaal van haar zou zijn?'

'De beelden zijn gewist,' mompelde Brower, die weer achter de toonbank stond.

Er klonk een belletje. De deur van de koffiebar ging open en dicht.

'Het digitale lab van de FBI zou de beelden misschien op de harddisk terug kunnen vinden,' zei Aaliyah. 'Het kan dagen duren, maar we kunnen het in ieder geval proberen.'

*Dagen*, dacht ik. Dat zou...

'Neem me niet kwalijk,' klonk een jongensstem. 'Bent u de vader van Damon?'

Ik keek op. Voor me stond een slungel met rood haar en zware acne. Hij droeg een Kraft School-trainingsjack en een grijze joggingbroek, en had ondanks de regen slippers aan zijn voeten.

'Ja?' zei ik.

'Ik ben Roger Wood, een vriend van Damon,' zei hij onbeholpen. 'Ik was net aan het ontbijten met Tommy Grant en Porter Tate, en ze zeiden dat ik naar u toe moest gaan.'

'Oké...' zei ik. De deur ging weer open, en nieuwe klanten kwamen vanuit de regen naar binnen.

'Ze zeiden dat u dit wel zou willen zien,' zei de jongen.

Hij hield zijn iPhone omhoog en gaf hem aan mij.

Ik wierp een blik op het beeldscherm en kon het wel uitschreeuwen.

In plaats daarvan stond ik op en omhelsde de verbouwereerde jongen.

'Wat is het?' vroeg Aaliyah.

'We hebben haar!' zei ik, terwijl ik haar breed grijzend de mobiel aanreikte. 'Hij heeft die bitch in volle glorie op zijn scherm staan.'

# HOOFDSTUK 55

Op de Mississippi stond vlak boven Memphis een sterke stroming. De aangemeerde Pandora deinde op en neer, en Acadia Le Duc begon zich enigszins wankel te voelen terwijl ze toekeek hoe Marcus Sunday het slot van de container openmaakte. Het zat haar allemaal niet lekker, het was zo wel mooi geweest, en ze was bang dat ze uiteindelijk het onderspit zouden delven in het spel dat Sunday speelde.

Een man als Cross gaf niet op als het om zijn gezin ging, dacht Acadia. Cross zou Thierry Mulch tot zijn laatste adem opjagen als er werkelijk een gezinslid zou sterven, wat betekende dat hij ook op haar zou blijven jagen.

Dat vond ze geen prettig vooruitzicht. Het beviel haar niets.

Maar toch, toen Sunday het luik opentrok en naar binnen ging, haalde Acadia diep adem en volgde hem met een grote canvas strandtas in haar hand. Sunday sloot het luik achter haar en zette een tuimelschakelaar om die voor licht in de lange, smalle ruimte zorgde.

Sunday liep direct naar een laptop op een standaard toe; hij activeerde het beeldscherm en bestudeerde de gegevens.

'Er is veel zon geweest de afgelopen twee dagen,' zei hij. 'Zo blijft de boel goed lopen.'

Acadia luisterde maar half. Ze liet haar blik over de installaties gaan, het systeem dat de familie Cross kunstmatig in leven hield.

De vijf lagen op britsen vastgebonden die aan de wand waren vastgeschroefd; ze hadden beademingsmachines en overal liepen slangen. Ze hadden sondes in hun neus die naar hun maag liepen om slikproblemen te voorkomen. Er liepen infusen van hun handen naar geprogrammeerde pompen die de vloeistofinjecties regelden.

Boven elk bed hing aan een statief een infuuszak die vier liter vloeistof bevatte. De gemiddelde mens kan in leven blijven op anderhalf liter intraveneus voedsel per dag. Elke zak was dus genoeg om een patiënt grofweg zestig uur in leven te houden.

Aan elk statief hingen ook nog drie kleinere infuuszakken, die allemaal door pompen werden geregeld voordat ze via het hoofdinfuus het lichaam binnenkwamen. De eerste bevatte een dosis midazolam – een kalmeringsmiddel dat met valium te vergelijken valt – die goed was voor zo'n zestig uur. De tweede bevatte een vergelijkbare dosis morfine. In de derde zak zat pancuronium, dat moleculair gezien verwant was aan het Zuid-Amerikaanse curare. Het werkte verlammend en werd bij operaties gebruikt. In dit geval diende het om de vijf in een comateuze toestand te houden.

Acadia's blik registreerde het allemaal, en ze bespeurde geen enkele onregelmatigheid. Sunday had een briljante, maar corrupte en aan cocaïne verslaafde dokter omgekocht om het systeem te bedenken en de medicijnen te verschaffen. De man had zelfs nog geholpen om de verschillende infusies te programmeren, die elk op gewicht, geslacht en leeftijd waren gebaseerd.

De oma van Cross was in de negentig en zij vormde het grootste risico. Ze woog minder dan vijftig kilo en had een zwak hart. Elke keer dat Acadia de container in kwam verwachtte ze de oude vrouw dood aan te treffen. Ze liep eerst naar haar toe. Nana Mama's hartslag was iets hoger dan de laatste keer en haar bloeddruk was aan de lage kant, maar verder zag het er stabiel uit.

Acadia was tevreden, maar nu moest ze aan het werk beginnen waar ze in haar vier jaar als verpleegkundige de grootste hekel aan had gehad. Ze trok het laken van de oude vrouw omlaag, verwisselde de luier, gooide de oude in een vuilniszak en controleerde de Foley-katheter op infecties. Die waren er niet. Ze leegde het urinezakje van de katheter en plaatste hem terug. Terwijl ze het laken weer omhoogtrok moest ze denken aan het vooruitzicht dat Cross haar voor de rest van haar leven zou opjagen. Hij was niet iemand die opgaf, vooral niet als het zijn gezin betrof.

Ze wierp even een zijdelingse blik op Sunday, die nog steeds het beeldscherm van de laptop aan het bestuderen was, om daarna de rij medicijnen die boven het bed van de oude vrouw hingen te inspecteren.

Ze verrichtte dezelfde handelingen bij de andere vier gezinsleden. De kinderen waren sterk, vooral Jannie. Ze had de bouw en het hart van een topatlete. Acadia zag dat Sunday geïnteresseerd naar haar naakte vormen keek en realiseerde zich dat hij haar sinds de ontvoering van het gezin Cross niet meer had aangeraakt. Toen ze aan Bree Stone begon zat Sunday bijna verlekkerd toe te kijken.

'Ze heeft een mooi lijf, vind je niet?' zei Sunday, terwijl hij een stap naar voren deed om het beter te kunnen zien. 'Je snapt wel waarom Cross zo kapot was van haar dood.'

Acadia zei niets. Ze wist het een en ander van mannen. Als ze geen seks meer wilden, liep je het gevaar dat ze je bedrogen, dumpten of erger. Gezien de roekeloosheid en omvang van

Sundays daden tot nu toe kreeg ze het vermoeden dat 'erger' de optie was die haar te wachten stond.

Het was een vermoeden dat steeds sterker werd, en tegen de tijd dat ze de nieuwe infuuszakken en de medicijnen uit het kastje had gepakt en deze had verwisseld, was ze ervan overtuigd. Haar tijd liep ten einde. Binnenkort zou Sunday haar vermoorden.

Wat had hij ook alweer in zijn boek geschreven? Dat de volmaakte crimineel in zijn eigen universum leefde? Dat hij alleen werkte, en zich van zijn handlangers ontdeed? Dat was precies wat Sunday had geschreven. Maar misschien dat…

'Acadia?' zei Sunday. 'Ben je klaar met alles?'

Ze keek op, aarzelde een moment, maar nam toen een beslissing: *het was tijd voor de komeet.*

Ze zei: 'Ja, zo ongeveer. Ik heb alleen mijn twijfels over de infusen en de nasogastrische sondes.'

'O ja?' antwoordde hij ongeïnteresseerd.

'Ze beginnen vervuild te raken,' zei ze. 'Er zouden infecties van kunnen komen, en dan zitten we de volgende keer dat we hier binnenkomen met vijf lijken.'

Sunday dacht even na en zei: 'Dat bevalt me niets. Als ze doodgaan, dan moet het door mijn hand zijn.'

'Dat dacht ik ook,' zei ze. 'Maar die kwakzalver van je had gezegd dat we bij vervuiling de slangen moesten verwijderen en de dosis voor het coma moesten aanpassen.'

'En wat gebeurt er dan?'

'Hun bewusteloosheid zal iets afnemen, en ze zullen in staat zijn om op eigen kracht te ademen. Maar ze zitten dan nog steeds zo onder de dope dat ze zich niet kunnen bewegen.'

Sunday keek haar bedachtzaam aan en zei: 'En het intraveneuze voedsel?'

'Het hoofdinfuus blijft gewoon werken tot onze volgende controle.'

'Jij mag het zeggen,' zei hij uiteindelijk. 'Jij bent de medisch professional hier.'

Acadia knikte opgelucht. 'Het zal tussen de tien en vijftien minuten duren. Misschien moet je het even tegen die kapitein zeggen? Straks komt hij nog een kijkje nemen.'

'O, maar hij…' begon Sunday. Hij leek te aarzelen. 'Nee, dat is een goed idee. Vergeet de boel niet af te sluiten als je klaar bent.'

'Oké,' zei ze.

Acadia herprogrammeerde bij elk bed de pomp. Ze schakelde de pancuronium – het verlammingsmiddel – uit en verminderde de dosis van de andere twee drugs met vijfenvijftig procent. Ze verminderde ook de dosis van het hoofdinfuus, zodat ze alle vijf over tweeënveertig uur wakker zouden worden.

Ten slotte maakte ze de riemen wat losser, zodat een van hen zich uiteindelijk los zou kunnen maken om de anderen te bevrijden. Als alles volgens verwachting zou verlopen, zouden ze een paar uur later – zo tegen de tijd dat New Orleans werd bereikt – in staat zijn om tegen de wanden te bonken en genoeg herrie te maken. Men zou het horen en ze zouden bevrijd worden voordat Sunday terug was.

Acadia besloot dat ze genoeg had gedaan. Ze stapte de container uit, sloot hem af en wierp Sunday de driedubbel gelaagde vuilniszak toe. Ze keek op en zei: 'En wat gaat er met ze gebeuren als New Orleans is bereikt?'

Hij keek haar aan en zei grijnzend: 'Dat blijft een verrassing. Maar ik weet zeker dat je ervan zult genieten.'

'Wat is er, Marcus, vertrouw je me niet meer?'

## HOOFDSTUK 56

Sunday hield zijn hoofd scheef voordat hij de vraag beantwoordde. 'Nee, het is meer dat het op dit punt op verschillende manieren kan aflopen, en elke uitkomst is geweldig. Maar ik hou het nu nog liever even voor me.'

Hij draaide zich om en liep over de loopbrug naar de kade, waar kapitein Scotty Creel hem opwachtte.

'En, hoe werkt het nieuwe systeem?' vroeg Creel.

Sunday speelde voor ondernemer en zei: 'Niet slecht, tot nu toe.'

'Denkt u dat het de wereld zal veroveren, een koelsysteem dat op zonnepanelen werkt?'

'Dat zou toch fantastisch zijn?' zei Sunday lachend. 'Het was een idee dat me zomaar inviel. We zien elkaar weer over tweeënhalve dag en dan laat ik het weten.'

De kapitein zei: 'We zullen er sneller zijn. Waarschijnlijk zelfs in minder dan achtenveertig uur. Ik denk dat we makkelijk op woensdagochtend tussen twee en drie in de haven zullen zijn. De stroming van de rivier wordt steeds sterker, we krijgen hoogtij.'

'Prima,' zei Sunday.

Maar het leek Acadia helemaal niet prima. De familie Cross zou op dat moment net bijkomen, en ze waren dan nog niet bij machte om genoeg herrie te maken.

Ze volgde Sunday, die de kade achter zich liet en langs de oever naar een kleine parkeerplaats liep waar de huurauto stond – een Chevy Malibu. Vlak bij de omheinde parkeerplaats stond een nieuwe Kenworth-containertruck met Cochran achter het stuur langs de kant van de weg. Ze hadden de truck gehuurd voor het geval er iets rampzaligs was gebeurd en ze de container noodgedwongen van het schip af moesten halen.

'Ik ga hem even zeggen dat alles in orde is,' zei Sunday en hij keek op zijn horloge. 'We hebben nog een paar uur voordat we terug moeten vliegen, en hij zal wel honger hebben. Heb jij een voorkeur?'

'Ik heb niet zo'n honger,' zei Acadia.

'Dan heb je geen stem.' Hij gaf haar de autosleutels en de vrachtdocumenten voor de containertruck. 'Volg ons.'

'Ik kom direct achter jullie aan,' beloofde ze, waarna ze in de auto stapte.

Acadia legde de vrachtdocumenten op de passagiersstoel en startte de auto. Ze zag hoe Sunday aan de bijrijderskant de cabine van de truck in klom. Toen hij het portier achter zich dichttrok en achter het getinte glas verdween trapte ze het gaspedaal in.

Ze volgde de truck in oostelijke richting over Old Randolph Road en bleef er vlak achter zitten. Op de State Route 50 liet ze de auto wat terugvallen, om op de verbindingsweg naar de I-40 weer vlak achter de truck te komen.

Acadia wachtte tot Cochran voorsorteerde om de I-40 naar het oosten te nemen, een afslag aan de linkerkant. Om aan te geven dat ze hem volgde zette ze haar richtingaanwijzer naar links aan, maar op het allerlaatste moment schoot ze naar rechts de I-69 naar het zuiden op.

Ze voelde haar hart in haar keel kloppen.

Dertig seconden. Een minuut. Haar mobiel ging over. Ze wierp er een blik op en voelde paniek opkomen. Zou ze zeggen dat ze had moeten uitwijken voor overstekend wild? En dat ze er zo aankwam?

Nee, besloot Acadia, en ze gooide de mobiel uit het raam. Er was geen weg terug als je Marcus Sunday eenmaal zo'n kunstje had geflikt. Ze zou de auto dumpen zodra ze een andere kon huren of stelen. En ze moest zo veel mogelijk contant geld zien te bemachtigen.

Acadia begreep dat ze te veel wist. Als Marcus het besluit nam om haar te vinden – en dat zou ongetwijfeld ooit gebeuren – dan moest ze de middelen hebben om van de aardbodem te verdwijnen.

## HOOFDSTUK 57

Sunday hoorde de beltoon één keer overgaan, waarna hij haar voicemail kreeg.

'Zeg het maar,' klonk haar lijzige stem.

Het was de tweede keer dat hij het hoorde sinds Acadia naar het zuiden in plaats van naar het oosten was gereden.

'Misschien dat ze alvast naar het vliegveld is gereden,' opperde Cochran. 'Dat we de pendelbus moeten nemen om haar in de vertrekhal te treffen.'

Sunday verwierp deze mogelijkheid direct. Zijn snelle geest was koortsachtig bezig motieven en scenario's te bedenken die Acadia's daad zouden kunnen verklaren. Zijn liefje was een bijzonder slimme vrouw. Soms had ze precies dezelfde ingevingen als hij. En ze was eveneens een overlever, die als het moest meedogenloos en dodelijk kon zijn. Acadia handelde zelden impulsief; haar woorden en daden waren doordacht. Maar als ze in actie kwam, keek ze niet meer om.

Ze is weggelopen, dacht hij, precies waar ik altijd al rekening mee had gehouden. Sunday voelde geen enkele woede nu ze hem in de steek had gelaten. Hij had alleen niet verwacht dat het zo snel zou gebeuren. Wel jammer. Ze was geweldig in bed, en het was altijd prettig om met iemand te praten die dezelfde moordzuchtige interesses had.

Maar als hun wegen zich scheidden, dan was dat maar zo. Zo zou Sunday er in andere gevallen op hebben gereageerd – het leven bestond uit willekeur en morgen was er weer een dag. Maar Acadia wist te veel over hem. Hij kende geen andere vrouw tegen wie hij zo openhartig was geweest. Hij kon niet toestaan dat ze deze informatie tegen hem zou gebruiken; ze moest dus verdwijnen. En daar moest hij niet te lang mee…

Cochran hoestte en Sunday schrok op uit zijn gedachten. 'Is het gelukt?'

Sunday keek zijn chauffeur een lang moment aan. Hij heroverwoog de mogelijkheden en zei: 'Ik probeer het nog een keer.'

Hij belde en toen hij haar voicemail kreeg zei hij: 'Hé. Ik heb je al twee keer gebeld. Waar ben je?'

Hij zweeg even, knikte en zei: 'Dat dachten we al. We tanken de truck af en gaan een hapje eten. Daarna nemen we de pendelbus naar de vertrekhal van het vliegveld.'

Hij zweeg weer een moment en zei: 'Hoeveel zal het zijn – anderhalf uur, twee uur?'

Cochran wierp een zijdelingse blik op Sunday, en zag dat deze hem vragend aankeek.

'Ja, zo ongeveer,' zei Cochran.

'Ja, zo rond zes uur, halfzeven,' zei Sunday en beëindigde het gesprek. 'Ze moest plassen, en ze is onderweg naar het vliegveld.'

Cochran knikte en zei: 'Ik had een vriendin die dat ook had. Als een vrouw moet, dan moet ze.'

'Ja, zo is Acadia nu eenmaal,' zei Sunday.

Cochran nam een afslag die met een bocht onder de snelweg liep en parkeerde de Kenworth bij een tankstation. Hij stapte uit.

'Wil je koffie?' vroeg Sunday.

'Ja, lekker. Doe me er maar zo een als laatst.'

Sunday stapte de cabine uit en liep naar de winkel van het tankstation. Hij droeg een zonnebril en een Kenworth-pet, die hij in de truck had gevonden. Het kostte hem even om de koffie precies zo klaar te maken als hij hem hebben wilde. Daarna betaalde hij met een biljet van tien dollar en liep terug naar de truck.

Cochran zat al in de cabine en stak zijn arm door het open raam om de beker koffie aan te nemen. Sunday reikte hem die aan en liep om de cabine heen om aan de andere kant in te stappen. Cochran had al een grote slok koffie genomen, er zat schuim op zijn bovenlip.

'Marcus, man,' zei Cochran. 'Wat zit er in die koffie? Hij smaakt weer allejezus goed.'

'Dat zou je wel willen weten, hè?' antwoordde Sunday vrolijk. 'Ik heb er inderdaad iets aan toegevoegd. Proef je het?'

Cochran nam nog een slok en zei: 'Kaneel?'

'Bijna.'

'Nootmuskaat?'

'Man, je bent geweldig,' zei Sunday.

'Nee, dít is geweldig,' zei Cochran, die nog een flinke slok nam.

'Kun je me een plezier doen?' vroeg Sunday. 'Wil je daar achter op het parkeerterrein even stoppen? Ik moet iets op de laptop zoeken, en dat gaat zo moeilijk met al dat gehobbel.'

'Natuurlijk, Marcus,' zei Cochran. 'Maar hou de tijd in de gaten. Als we de truck na twaalven terugbrengen, rekenen ze ons de huur van een hele dag. Dat staat in dat papier met de huurvoorwaarden.'

'Fijn dat je met me meedenkt, Mitch,' zei Sunday. 'Maar het gaat niet zo lang duren.'

Sunday had gelijk, het duurde niet zo lang. Nadat Cochran de truck aan de rand van het parkeerterrein had geparkeerd – een zone waar vrachtwagenchauffeurs in hun cabines lagen te slapen – maakte Sunday de show compleet door zijn laptop open te klappen.

Cochran bracht de koffiebeker naar zijn lippen om hem leeg te drinken, maar het gebaar stokte halverwege. Verbijsterd keek hij toe hoe zijn vingers de greep op de beker verloren, maar voor hij uit zijn hand viel nam Sunday hem aan.

Cochran viel naar links tegen het raam en begon langzamer te ademen. Sunday controleerde de omgeving in de zijspiegel. Hij zag dat de kust veilig was en zocht in zijn zakken naar zijn latex handschoenen.

Toen hij ze had aangetrokken draaide hij zich om in zijn stoel en trok Cochran naar beneden. Cochran keek hem met een lege blik aan. Maar Sunday wist wel beter: hoewel zijn chauffeur zich niet meer kon bewegen, was hij nog volledig bij zijn positieven.

'Het was geen nootmuskaat, maar pancuronium,' meldde hij terloops. 'Als we lang genoeg wachten zul je uiteindelijk stikken. Maar ik moet eerlijk zeggen dat je me enorm goed hebt geholpen, Mitch Cochran. Daarom zal ik het goed met je maken.'

Ondanks de verlamming zag Sunday hoop in Cochrans ogen opflakkeren.

Sunday boog zich over Cochran heen naar achteren, pakte een kussen uit de slaapruimte en drukte dat op het gezicht van zijn handlanger.

## HOOFDSTUK 58

Ik schrok wakker in de passagiersstoel van een recherchewagen en keek slaperig om me heen. Ik zag akkerland en tractors langs de snelweg, en toen merkte ik Tess Aaliyah op, die ingespannen over het stuur gebogen zat.
'Waar zijn we?'
'Ten noorden van New York City,' antwoordde ze.
'Zal ik rijden?'
'Je hebt onlangs een hersenschudding opgelopen.'
'Ik heb al twee dagen geen hoofdpijn of andere symptomen meer. Serieus.'
Ze keek me van opzij aan en zag dat ik het meende. 'Oké, we wisselen bij de volgende stop. We moeten trouwens toch tanken.'
'Je bent een machine.'
'Hoezo?' zei ze.
'Je hebt de hele nacht doorgereden, en nu zit je alweer uren achter het stuur.'
'O, ik kan je verzekeren dat ik regelrecht mijn bed in duik als we terug zijn. Ik kan niet wachten.'
'Ik moet je bedanken voor alles wat je voor me hebt gedaan. Je bent een geweldige rechercheur. Je vader kan trots op je zijn.'

Aaliyah wierp me een zijdelingse blik toe; ze leek gegeneerd.

'Wat nou?' zei ik. 'Dacht je dat ik niet wist wie je vader is?'

Ze haalde haar schouders op en zei: 'Ik schreeuw het niet van de daken.'

'Het lijkt me niet makkelijk om de dochter van een levende legende te zijn.'

'Soms niet, nee,' antwoordde ze, om daarna snel van onderwerp te veranderen. 'Ik vraag me af of we een match zullen krijgen bij Mepps.'

Voordat we in auto waren gestapt had ik John Sampson en Ned Mahoney gebeld. Eerst was ik dolblij met de uitslagen van de DNA-tests, ze bevestigden dat de twee lichamen in het mortuarium niet aan mijn gezinsleden toebehoorden. Maar daarna moest ik onder ogen zien dat er twee onschuldige mensen waren vermoord, simpelweg omdat ze op mijn vrouw en zoon leken. Dat besef was de zoveelste foltering die Mulch voor me in petto had.

Ik probeerde het van me af te zetten, en bracht Sampson en Mahoney in kort bestek op de hoogte van mijn bevindingen in de afgelopen twee dagen. Daarna stuurde ik de jpeg van Damon en Karla Mepps door. Ned had beloofd er een gezichtsidentificatieprogramma op los te laten, dat in een brede dwarsdoorsnede van staat- en federale databases een match ging zoeken. Het waren niet alleen bestanden van criminelen, maar ook bijvoorbeeld van rijbewijzen en paspoorten.

Het probleem was alleen dat het zelfs nog langer kon duren dan de DNA-onderzoeken. In films zie je hoe iemand een foto uploadt, een paar keer op het toetsenbord tikt, en er een naam verschijnt. In werkelijkheid is gezichtsherkenning een bewerkelijk proces, dat gebaseerd is op complexe algoritmen waar zelfs de snelste computers een tijdje zoet mee zijn.

'Mahoney zei dat zo'n search soms een paar uur duurt,' vertelde ik Aaliyah. 'Maar het kan ook dagen duren voordat er een naam verschijnt, of dat je de melding krijgt dat er géén match is gevonden.'

'Zoals bij die foto van Mulch op de vervalste identiteitskaart?' vroeg ze.

Ik knikte. 'Of hij staat niet in de databases, of hij heeft zijn gezicht veranderd voor de foto.'

Ze zette de richtingaanwijzer aan en nam de Ramapo-afslag op I-87. Mijn mobiel ging over. Ik keek naar de nummerherkenning en zag dat het Gloria Jones was.

'Met Alex Cross,' zei ik.

Nadat er een zucht van opluchting had geklonken, zei de nieuwsproducent op zachte, samenzwerende toon: 'Ik haal Ava even en ik zoek een plek waar we kunnen praten. Over twee minuten bel ik je terug.'

'Oké.' Ik vroeg me af wat er aan de hand was.

Aaliyah stopte bij een tankstation en liep naar binnen om naar de wc te gaan. Ik tankte, ging achter het stuur zitten en wachtte tot ze met een cola light en een zak chips de auto in stapte. Pas toen we weer op de snelweg zaten ging mijn mobiel over.

Aaliyah zei: 'Neem 287 South, dat is sneller naar DC.'

Ik knikte, drukte de antwoordtoets van mijn mobiel in en zette hem op de speaker. Ik legde de telefoon op het dashboard, zodat Aaliyah hem ook kon horen.

'Ava?' zei ik.

'Hier ben ik, Alex,' antwoordde ze. 'Je zult niet geloven wat ik heb ontdekt!'

'Ik heb er niets mee te maken,' zei Gloria Jones. 'Het is allemaal Ava's werk geweest.'

'Ik zit hier in de auto met rechercheur Aaliyah van Moordzaken,' zei ik. 'We zijn heel benieuwd naar wat je ontdekt hebt, maar Ava, ik heb geweldig nieuws voor je.'

'Ja?'

'Het ligt gecompliceerd, maar we denken dat Damon en Bree in leven zijn.'

Ze slikte. 'Maar...'

'Mulch had iemand ingehuurd om personen die op Damon en Bree leken te vermoorden en te verminken. Het DNA matcht niet.'

Het bleef een moment stil aan de andere kant van de lijn, maar toen hoorde ik haar snikken, en bij mij welden er ook weer tranen op. Ze leefden nog. En ik kon ze redden. Ava koesterde dezelfde sterke hoop als ik. Ik veegde mijn tranen weg en zag dat het nog acht kilometer was tot de afslag voor Suffern en de I-287.

'Oké,' zei Ava. Ze snoof en vertelde haar verhaal.

Het duurde een moment voor mijn vermoeide brein Ava's informatie had verwerkt, maar toen dat eenmaal gebeurd was reed ik bijna de berm in.

'Zover ben ik gekomen,' zei Ava. 'Ik probeer nu te achterhalen wat er daarna met haar is gebeurd.'

'Ik weet al wat er daarna met haar is gebeurd,' zei ik.

'Wát?' riepen Ava, Gloria en Aaliyah in koor.

'Ava? Gloria? Ik vind het vervelend, maar ik moet nu ophangen. Ik bel later terug.'

Ik hoorde ze protesteren, maar pakte de mobiel en beëindigde het gesprek.

'Neem hier de 287 en vertel dan wat er in godsnaam allemaal aan de hand is,' zei Aaliyah.

Ik wierp een blik op de afslag, maar ik bleef op de I-87 rijden, die in oostelijke richting naar Nyack en New York City ging.

'Waar gaan we heen?' vroeg Aaliyah.

'Omaha,' zei ik en reikte haar mijn mobiel aan. 'Boek voor ons de eerstvolgende vlucht vanaf JFK of LaGuardia.'

# HOOFDSTUK 59

Zes uur later reden we op een winderige lentemiddag door Omaha. We passeerden een speelplein vol kleine kinderen, en even later een voetbalveldje waar oudere kinderen van elf of twaalf achter de bal aan renden

'Ieder kind ziet er nu opeens kwetsbaar uit,' zei ik tegen Aaliyah, die achter het stuur zat. 'Eigenlijk zou ik het raam willen laten zakken en hun ouders willen toeschreeuwen dat ze hun kinderen nooit uit het oog moeten verliezen. Absoluut nooit.'

De rechercheur bleef een tijdlang zwijgen. Ze was geërgerd en prikkelbaar vanwege het slaapgebrek en de uitbrander die ze van commissaris Quintus had gekregen toen ze hem had gebeld nadat ze de tickets voor Omaha had geboekt.

Maar uiteindelijk zuchtte ze en zei: 'Ik begrijp het gevoel.'

Het was ook een kwestie van gevoel geweest om naar Omaha af te reizen. Ik kende het verhaal goed, maar ik wilde dat Ava's ontdekking gecheckt zou worden door de mensen die deze zaak het beste kenden. En iets in me zei dat het beter was om er persoonlijk heen te gaan en bij de plaats delict af te spreken. Commissaris Quintus was het daar niet mee eens geweest, maar de tickets waren al gekocht. En zo reden we dus om halfvijf 's middags langs de Omaha Country Club de forenzenwijk Raven Oaks in.

We volgden de gps-instructies op Aaliyahs mobiel en reden door een luxueus gedeelte met villa's, sommige met tennisbanen en andere met zwembaden, tot we de ringweg van North Fifty-Fourth Avenue bereikten, die op een doodlopende straat met zes huizen uitkwam. Meteen toen we de straat insloegen zag ik de recherchewagen langs de stoep geparkeerd staan, en ik vroeg Aaliyah of ze onze auto erachter wilde zetten.

We stapten uit en liepen naar de auto toe. Ik zag het grote witte huis aan het einde van de straat weer terug, en kon mijn ogen er niet van afhouden, tot ik achter in de recherchewagen stapte.

'Alex, ik had je graag in betere omstandigheden willen terugzien,' zei de tengere vrouw die zijwaarts op de passagiersstoel zat. Rechercheur Jan Sergeant, Omaha Police, was nauwelijks ouder geworden in de zes jaar dat ik haar niet had gezien.

'Ik ook, Jan,' zei ik.

Sergeants partner, Brian Box, zat achter het stuur met een uitdrukking op zijn gezicht die ik direct herkende. Box was in de tussentijd grijs geworden, maar hij keek nog steeds alsof hij zojuist in een zure appel had gebeten.

Ik ontmoette de twee rechercheurs achttien maanden na een brute seriemoord die had plaatsgevonden in het witte huis aan het eind van de straat. De lichamen van het voltallige gezin Daley – Calvin, Bea, Ross, Sharon en Janet – werden er twee dagen voor Kerstmis dood aangetroffen. Hun kelen waren met een scalpel of scheermes doorgesneden.

Ik raakte hierbij betrokken toen er een tweede, soortgelijke seriemoord in een buitenwijk van Fort Worth had plaatsgevonden. Het gezin Monahan – Alice, Bill, Kenzie, Monroe,

Annie en Brent – werd met doorgesneden kelen in hun huis gevonden.

Ik werkte indertijd voor de FBI aan deze zaak, maar ik kwam niet verder dan een psychologische profielschets van de onbekende seriemoordenaar.

'Hadden we dit niet over de telefoon kunnen afhandelen?' zei Box.

'Het leek me beter om het je persoonlijk te vertellen, Box,' zei ik. 'En ik wilde de plaats delict nog een keer zien, en dat rechercheur Aaliyah die ook zou kunnen zien.'

'We gaan er niet naar binnen. Het heeft geen zin om die mensen nodeloos overstuur te maken,' zei Sergeant.

'We hoeven er niet naar binnen, vanaf hier is het ook goed.'

'Goed, voor de draad ermee,' zei Box.

'Vertel ons eens over Bea Daley,' zei ik.

Box haalde zijn schouders op en zei: 'Een beminnelijk iemand. Huisvrouw. Zeer toegewijd aan haar man en kinderen. Een actieve schoolouder – dat soort dingen.'

'Wat is haar geschiedenis voordat ze met Calvin trouwde?' vroeg ik.

Sergeant zei: 'Ik geloof dat ze in Helena, Montana, was geboren, en dat ze aan de universiteit van Missoula had gestudeerd.'

'Zijn er nog naaste verwanten?' vroeg Aaliyah.

'Dood, naar we begrepen hebben,' zei Sergeant. 'Gaat het over Bea?'

'Zij is de sleutel,' beaamde ik. 'Vanwege haar is op die nacht het hele gezin afgeslacht.'

'Kun je dat bewijzen?' zei Box, die zich voor het eerst in zijn stoel omdraaide en me een sceptische blik toewierp.

Ik vertelde hun over Thierry Mulch en zijn weggelopen

moeder, Lydia. Daarna legde ik uit dat Ava en Gloria Jones de moeder van Mulch zowel op haar meisjesnaam als op haar trouwnaam op Ancestry.com hadden gezocht. Dat leverde niets op, maar toen herinnerde Ava zich dat Atticus Jones had gezegd dat de man met wie ze was weggelopen uit Montana of Oklahoma kwam, en ze verlegden hun speurtocht naar deze twee staten.

'Ze vond in een archief dat Lydia Mulch een halfjaar nadat ze uit West Virginia was verdwenen in Butte, Montana, haar naam liet veranderen,' zei ik. 'Voortaan heette ze Bea Townsend.'

Rechercheur Sergeant ging nu rechtop zitten en was een en al oor, maar haar partner Box leek er niet van onder de indruk.

'Een paar maanden later trouwt ze in Omaha met Calvin Daley, ze krijgt dus wéér een andere naam. Daley was mijnbouwingenieur. Ik heb het nog niet bevestigd gekregen, maar ik wil erom wedden dat hij in de tijd dat Lydia Mulch verdween als mijnconsultant in Buckhannon werkte. Het klopt allemaal precies.'

'En wat schieten we hiermee op?' riep Box uit.

'We hebben een motief,' zei ik.

'Van wie?' vroeg Sergeant.

'Van Thierry Mulch,' antwoordde ik.

'De zoon die officieel dood is?' zei Box spottend.

'En de man die mijn familie heeft ontvoerd.' Ik probeerde rustig te blijven en richtte me op rechercheur Sergeant. 'Zie je het voor je, Jan? In plaats van een mysterieuze insluiper zonder enig bewijs en zonder enige verbintenis met het misdrijf hebben we nu een moorddadige zoon die op wraak belust is. Hij maakt plannen, wacht op de nacht van de sneeuwstorm, sluipt naar binnen en vermoordt iedereen in het huis. Daarna verdwijnt hij zonder een spoor achter te laten.'

Sergeant staarde voor zich uit en zei: 'Ik zie het voor me, ja.'

'Jezus, kom op, Jan,' begon Box. 'Dit is…'

'Nee,' zei ze. 'Het zou best wel eens kunnen kloppen, Brian. Nu ik erover nadenk, de Medical Examiners zeiden dat Bea Daley als laatste was vermoord.'

Ik knikte. 'Mulch wilde dat ze het voelde. Hij slachtte eerst haar gezin af en liet haar de lichamen zien, of misschien dat ze moest toekijken hoe hij haar man en kinderen vermoordde… En toen sneed hij zijn eigen moeder de keel door.'

## HOOFDSTUK 60

Het bleef lang stil in de auto. Aan het einde van de straat liep een vrouw van in de dertig het huis uit waar Thierry Mulch volgens mij zijn moeder en haar tweede gezin had afgeslacht. Ze was op weg naar de brievenbus en had een jongetje bij zich, en ze wierp ons een langdurige blik toe voordat ze weer naar binnen ging.

'Ik ben er nog niet van overtuigd,' zei Box uiteindelijk.

'Waarom niet?' vroeg Aaliyah. 'Het lijkt me een duidelijke zaak.'

'O ja?' zei Box. 'Behalve dan dat jullie moordenaar nog steeds officieel dood is. En dat er in Texas nog precies zo'n zelfde seriemoord is geweest. Misschien dat ik het wel wil geloven als jullie me kunnen laten zien dat die Mulch hier ook achter zat.'

'Wat ben je toch een slimme man,' zei ik.

'Meneer Cross...' begon rechercheur Sergeant.

'Nee, ik meen het,' zei ik. 'Dat moet nog aangetoond worden, en tot nu toe is er nog niets. Kunnen we bij jullie de beschikking krijgen over een bureau en een computer?'

Box zei: 'Zeg, ben je nou helemaal...'

'Dat is wel het minste wat we kunnen doen,' onderbrak Sergeant hem.

Vijfentwintig minuten later zat Aaliyah achter een computer op de afdeling Moordzaken van het Omaha Police Department te werken, terwijl ik belde. De eerste die ik aan de lijn kreeg was Ned Mahoney. Ik hoopte dat het identificatieprogramma een match had opgeleverd, maar de software was er nog steeds druk mee bezig. Ik vertelde hem dat het ernaar uitzag dat Mulch de hoofdverdachte van de Daley-moorden was geworden.

'Leidt er ook een spoor van Mulch naar de moorden in Fort Worth?' vroeg Mahoney.

'Nog niet,' zei ik. 'Maar ik bel je zodra ik iets weet.'

John Sampson was de volgende op mijn lijstje. Hij was bij onze computerexperts die de bestanden van Preston Elliot uitzochten, de overleden programmeur wiens stoffelijk overschot in een varkensstal op het platteland van Virginia was gevonden.

'Al iets tegengekomen?' vroeg ik.

'Nog niets,' gaf hij toe. 'Maar ze hebben een paar uur geleden een aantal beveiligde bestanden ontdekt. Misschien dat we geluk hebben, maar ze zullen ze eerst open moeten krijgen.'

Vervolgens belde ik naar het Fort Worth Police Department en vroeg naar rechercheur J.P. Vincente, die inmiddels inspecteur J.P. Vincente bleek te zijn.

'Alex Cross,' zei Vincente. 'Ik vind het zwaar klote dat al die shit over je heen is gekomen, man.'

Vincente was slim en recht voor z'n raap, ik mocht hem graag. Hij kwam van de straat, hij was een onvermoeibare werker en gewoon een goeie kerel.

'Dank je, J.P.,' zei ik. 'Ik heb je hulp nodig, en jij hebt er misschien ook nog wat aan.'

'Bij wat dan?'

'Heb je tijdens je onderzoek naar de Monahan-moorden wel eens de naam Thierry Mulch horen vallen?'

Het bleef even stil. Toen zei hij: 'Nee, die naam zegt me helemaal niets, man. Hoezo? Wie is hij?'

'De zoon van Bea Daley, en de klootzak die mijn gezin heeft ontvoerd.'

Het duurde even voordat ik alles had verteld. Toen ik klaar was, zei Vincente: 'Nee, er gaat geen belletje bij me rinkelen. Maar ik zal het dossier nog eens bekijken.'

'Kijk vooral of er een verband is tussen de moeder en Mulch, of West Virginia, of wat er verder maar opvalt.'

'Je hoort van me,' beloofde hij en hing op.

Rechercheur Sergeant nam ons mee voor een etentje in een geweldig steakhouse. Het vlees was heerlijk – we zaten tenslotte in Omaha – maar ik had niet veel honger en sloeg alle alcohol af. Ik had zoveel ballen hoog te houden dat mijn hoofd helder moest blijven.

Aaliyah zag er uitgeput uit toen ze me rond negenen welterusten wenste en zich terugtrok in een van de twee kamers die we in het Hyatt hadden genomen. Ik was ook uitgeput en het leek me het beste haar voorbeeld te volgen; ik wist niet meer zo goed waar ik heen moest of wat voor actie ik verder nog kon ondernemen.

Mulch had me een deadline gegeven voor de video van een dubbele moord. Gelukkig waren Gloria Jones en haar vriend in LA al iets in elkaar aan het zetten. Ik hoefde morgenmiddag alleen maar een plek te vinden waar ik mijn gedeelte van de gefingeerde moorden zou kunnen filmen.

In de tussentijd viel er weinig te doen.

Dat beangstigde me. Zolang ik in beweging was en het onderzoek nieuwe impulsen kreeg, kon ik de situatie van mijn gezin van me afzetten. Maar nu ik in bed lag en naar het plafond staarde overviel die me met een verpletterende kracht.

Ja, er was hoop dat ze nog in leven waren, maar nu Mulch ook achter de Daley-moorden bleek te zitten realiseerde ik me dat hij niet zou aarzelen mijn hele gezin te vermoorden als het zover was. Maar wanneer zou dat zijn? Hoe lang wilde hij me nog aan het lijntje houden? Zou er genoeg tijd zijn om ze te vinden?

Ik overwoog een belofte aan God: ik zou mijn leven als misdaadbestrijder vaarwel zeggen als ik mijn gezin veilig terug zou krijgen. Maar toen herinnerde ik me iets wat Nana Mama me had gezegd toen ik vijftien of zestien was: *Je kunt het niet met God op een akkoordje gooien, Alex. Je kunt blijk geven van je goede bedoelingen, je kunt je het ideale leven voorstellen, maar je kunt niet met Hem onderhandelen. Hij heeft de touwtjes in handen.*

Ik sloot mijn ogen en probeerde me mijn gezin zo helder mogelijk voor de geest te halen. We bevonden ons in de nieuwe aanbouw van het huis. Ik had mijn arm stevig om Brees middel geslagen, en ik rook haar geur alsof ze hier bij me was. Ali hield zich achter een van de nieuwe stoelen schuil en speelde dat hij in een vuurgevecht was verwikkeld. Jannie zat met Damon op de nieuwe bank; ze lachten om hun broertje. In de keuken zag ik een schaduw en...

Mijn mobiel ging over. Het was het kengetal van Texas.

'Ben je er klaar voor?' zei inspecteur Vincente.

## HOOFDSTUK 61

Ik ging rechtop zitten, knipte het licht aan en zei: 'Vertel, J.P. Ik ben er klaar voor.'

'Oké,' zei hij. 'Alice Monahan was dus geboren in Alaska, ze doorliep de Deerfield Academy in Massachusetts en studeerde daarna af in economie op de Rice University.'

'Geen domme vrouw,' zei ik.

'Nee, zeker niet,' zei hij en lachte. 'Daarom zag ik het ook bijna over het hoofd.'

'Wat dan?'

'Nou, op het getuigschrift van Deerfield stond nog haar meisjesnaam,' vervolgde hij, 'en als ik het papier niet opzij had gelegd, had ik niet gezien dat onderaan vermeld stond dat ze daarvóór twee jaar op een middelbare school in Buckhannon, West Virginia, had gezeten! Haar vader was een vooraanstaand geoloog die een tweejarig contract bij een van de mijnen had.'

Mijn hartslag versnelde. Buckhannon! Dat kon toch geen toeval zijn? Dat twee vrouwen die in hetzelfde plaatsje in West Virginia hadden gewoond op zo'n gruwelijke manier waren afgeslacht? Hoe groot was die kans? Eén op de miljoen? Nee, dit was geen toeval. Mulch kende Alice Monahan. Ik was er zeker van, maar ik wilde meer bewijs hebben.

'Wat was de meisjesnaam van mevrouw Monahan?'
'Littlefield.'
'En in welke jaren zat ze op Buckhannon High?'
Het duurde even voordat Vincente het gevonden had, maar toen vertelde hij het me.
'Mulch en zij zouden in dezelfde eindexamenklas hebben gezeten als ze daar gebleven was,' zei ik, en ik zag hoe alle puzzelstukjes in elkaar vielen. 'Ze was een briljante leerling, net als Mulch. Leg hun rapporten naast elkaar, en je zult zien dat ze dezelfde lessen hebben gevolgd.'
'Dus je denkt dat Alice hem pestte en dat hij zo wraak heeft genomen?'
'Dat lijkt me heel goed mogelijk,' antwoordde ik. 'Zij is slim en van goeden huize. Hij is slim en komt van een varkensboerderij. Misschien dat Mulch een psychische leegte voelde nadat hij zijn moeder en haar tweede gezin had vermoord, en dat hij die opvulde met Alice en haar gezin.'
'Net zoals hij zijn aandacht nu op jou en jouw gezin heeft gericht?'
Ik werd nerveus van deze vraag, maar ik antwoordde: 'Om wat voor reden dan ook, J.P.'
'Hé, weet je met wie je het eens over Alice Monahan zou moeten hebben?'
'Nee, met wie dan?'
'Met die kerel van Harvard die dat boek over deze twee zaken heeft geschreven. Hoe heet hij ook alweer?'
'Sunday,' zei ik. 'Marcus Sunday.'

## HOOFDSTUK 62

Sunday nam een slok van zijn dubbele espresso en hield zijn ogen op de weg gericht. Het was al halfelf, hij was zestien kilometer voorbij Little Rock en hij had nog een lange rit voor de boeg. Maar daar zag hij niet tegen op. Het is de rusteloze jager in me, dacht hij. Ik ben gewoonweg zo'n man die geboren is om te jagen en te doden.

Hij was ook als de Griekse filosoof Epicurus, die goed en kwaad aan pijn en genot verbond. Een heerlijke maaltijd was goed, en daarom een genot, terwijl een kater het kwaadaardige vermogen van wijn aantoonde.

Maar zijn ideeën over het genot dat pijn kon geven waren complexer, en tegenstrijdig. Terwijl hij achter het stuur zat moest hij aan Acadia Le Duc denken, aan de pijn die ze zou krijgen en hoe goed dat was.

Beter kon het haast niet.

Er speelde een glimlach rond zijn lippen. Hij wierp een blik op Cochrans laptop, het enige wat hij uit de truck had meegenomen.

Voordat hij de wagen verliet had hij zorgvuldig alle vingerafdrukken in de cabine weggeveegd. Hij had de gordijnen dichtgedaan en gewacht tot het wat drukker op de parkeerplaats werd. Toen stapte hij rustig uit en sloot het portier af, als een vrachtwagenchauffeur die net wakker was geworden. Hij kuierde op zijn gemak naar de kleine supermarkt bij het tankstation en keek ondertussen goed of er camera's hingen.

Die hingen er niet. Sunday verliet het parkeerterrein via het struikgewas, liep nog een paar kilometer door, gooide de Kenworth-pet weg en belde een taxi om hem naar een autoverhuurbedrijf te brengen.

Terwijl hij op de pick-up wachtte die hij had besteld, klapte hij Cochrans laptop open en ging online om zijn bankactiviteiten en zijn opnames te bekijken. In de afgelopen paar uur was er via pinautomaten in Memphis en over de rivier in Arkansas bijna twaalfduizend dollar van vier van zijn bankrekeningen gehaald.

En het werd nog erger. Er was bijna honderdtachtigduizend dollar overgemaakt naar onbekende bankrekeningen in Mexico. Er was maar één persoon op de wereld die hem dit geflikt kon hebben, er was maar één persoon die kopieën van zijn pinpassen kon hebben en de pincodes kon weten, en die zijn rekeningnummers kende en wist hoe ze de bedragen kon overmaken.

Acadia.

Wat een slimme vrouw, wat een gehaaide dievegge.

Hij had gezien dat ze op het vliegveld van Memphis de Malibu bij Avis had afgeleverd, en daarna de rivier was overgestoken om de geldbedragen op te nemen. Maar hoe? Hij nam aan dat ze daarvoor haar eigen creditcard had gebruikt, maar hij kende het kaartnummer helaas niet. Daar was hij flink pissig over. Ze was zo slim om mijn rekeningnummers uit haar hoofd te leren, dacht hij woedend, terwijl ik die van haar nooit heb gecheckt. Wat betekende dat het een pure gok was om haar te vinden, al had hij drie plekken bedacht waar ze mogelijk heen zou kunnen gaan.

Voordat hij er nog eens over na kon denken hoorde hij een mobiele telefoon overgaan. Het was zijn officiële mobiel, het nummer dat hij als misdaadauteur gebruikte. Hij viste hem uit zijn zak en zag dat hij door een onbekend nummer werd gebeld. Hij nam op, misschien was het Acadia wel.

'Marcus Sunday?' klonk een mannenstem.

'Daar spreekt u mee.'

'Sorry dat ik u op dit tijdstip stoor, maar ik kreeg uw nummer van uw uitgever in Los Angeles en...'

'Waar schrijft u voor?' vroeg Sunday. Toen zijn boek net uit was werd hij er constant over gebeld, maar dat was al maanden niet meer zo.

'Ik schrijf nergens voor. Mijn naam is Alex Cross. Kunt u zich mij nog herinneren?'

## HOOFDSTUK 63

De tijd stond drie tellen lang stil voor Sunday, en voor deze ene keer in zijn leven schoten er geen gedachten door zijn hoofd.

'Meneer Sunday?' zei Cross. 'Hallo?'

De tijd begon weer te lopen en hij kon weer nadenken. Een gesprek met Cross? Kijk, dat was nog eens interessant.

'Ik ben er nog, Special Agent Cross,' zei Sunday. 'En natuurlijk herinner ik me u.'

'Ik werk niet meer voor de FBI.'

'Nee?' zei Sunday. O, wat genoot hij van dit duel. 'Dat wist ik niet.'

'Luister, ik begrijp dat u sinds mijn negatieve bespreking van uw boek niet zoveel zin heeft om naar me te luisteren, maar bent u op de hoogte van mijn situatie?'

'Uw situatie?' zei Sunday aanmatigend. 'Nee. Ik was het land uit en ben net terug. Wat is uw situatie dan?'

'Ene Thierry Mulch heeft verschillende mensen in DC en omstreken vermoord en mijn gezin ontvoerd.'

'Jezus,' zei Sunday, 'wat vervelend dat te horen. Dat zou ik mijn ergste vijand nog niet toewensen.'

'Dank u,' zei Cross. 'Hebt u ooit van hem gehoord? Thierry Mulch?'

Rustig blijven, dacht Sunday. Doe alsof je van niets weet. Maar welk spel speelde Cross? Hoeveel wist hij? Hoeveel moest Sunday zeggen? Hij besloot zijn intuïtie te volgen, zijn trouwe bondgenoot in elke situatie.

'Ik geloof niet dat ik ooit van hem heb gehoord, anders had ik zo'n ongebruikelijke naam wel onthouden,' antwoordde Sunday. 'Wie is hij?'

'De zoon van Bea Daley,' zei Cross.

Sunday dacht koortsachtig na over de implicaties van deze uitspraak. Cross was de eerste die deze link had gelegd. Maar dat betekende natuurlijk niet dat Cross een verband zag tussen de namen Mulch en Sunday. Dat wist hij zeker.

'U moet zich vergissen, meneer Cross. De zoon van Bea Daley, Ross, is samen met de rest van het gezin in het huis gevonden.'

'Het blijkt dat Bea al een zoon uit een vorig huwelijk had.'

'Wat? Waar? In Montana?'

'In Buckhannon, West Virginia,' antwoordde Cross. 'Bea heette toen Lydia Mulch. Ze ontmoette Calvin Daley, die indertijd als ingenieur bij een van de mijnen werkte. Ze liep samen met hem weg en liet haar zoon achter. In Montana liet ze officieel haar naam veranderen, waarna ze naar Omaha vertrok om met Calvin te trouwen. Het verhaal dat ze uit Montana kwam was een verzinsel dat ze zelf de wereld in had gebracht.'

'En wat wilt u daarmee zeggen?' zei Sunday afgemeten. 'Denkt u dat die Thierry Mulch het gezin Daley heeft vermoord?'

'Dat denk ik, ja,' zei Cross.

'Maar de moordenaar heeft geen enkel bewijs achtergelaten,' zei Sunday. 'Dus we zullen het nooit zeker weten. Toch?'

'Je zult er geen jury mee overtuigen, als u dat bedoelt,' gaf Cross toe. 'Maar er is meer. Alice Monahan? Haar meisjesnaam was Alice Littlefield.'

'Correct. Geboren in Anchorage, geloof ik.'

'Klopt,' zei Cross. 'Maar voordat ze de Deerfield Academy doorliep zat ze twee jaar in Buckhannon op de middelbare school.'

'Ik… Dat wist ik niet.'

'Het stond in haar dossier,' zei Cross met een zucht. 'Maar tot op heden had iedereen het over het hoofd gezien.'

'Nou…' begon Sunday, die een teleurgestelde toon in zijn stem probeerde te leggen. 'Mijn volmaakte crimineel was uiteindelijk dus toch niet zo volmaakt.'

'O, Mulch was nagenoeg volmaakt,' zei Cross. 'Iedereen geloofde dat hij al tientallen jaren dood was. Wie gaat er nu van uit dat de moordenaar een geest is?'

'En waarvoor belde u me nu eigenlijk precies?'

'Dat weet ik niet, eerlijk gezegd,' antwoordde Cross op vermoeide toon. 'J.P. Vincente suggereerde dat u misschien iets wist dat ons zou helpen Mulch te vinden voordat hij mijn gezin vermoordt.'

'En u weet niet waar die Mulch op het moment is?'

'Ik heb geen idee.'

Cross klonk oprecht gefrustreerd en Sundays schouders ontspanden zich. 'Ik ben bang dat ik u niet kan helpen, meneer Cross,' zei hij vol medeleven. 'Het spijt me zeer, en het spijt me ook te horen van uw… verschrikkelijke, verschrikkelijke situatie.'

'Sorry dat ik u heb gestoord.'

'U hebt me helemaal niet gestoord,' zei Sunday. 'U hebt me in feite een plezier gedaan.'

'Hoezo dan?'

'U hebt me op scherp gezet,' antwoordde hij. 'Ik zal het boek moeten reviseren, om te beginnen zal ik onderzoek moeten doen naar Thierry Mulch en Buckhannon, West Virginia. Zo heette dat plaatsje toch?'

'Correct. Als u dat toch doet, kunt u dan ook de aan mij toegeschreven citaten in het boek rectificeren? Ze zijn niet juist.'

'Zegt u maar wat er moet komen te staan,' zei Sunday. 'En mijn oprechte excuses als ik u verkeerd heb geciteerd.'

Het bleef lang stil voordat Cross zei: 'Excuses aanvaard.'

'Goed. Waar bent u nu, meneer Cross? In DC?'

'Omaha. En u?'

'Ik ben voor een lezing in Memphis. Vorige week was in Philly en hierna moet ik naar Austin,' zei Sunday. 'Mag ik u wat vragen? Zou ik u kunnen interviewen als dit allemaal voorbij is?'

Cross aarzelde, en zei toen: 'Hmm... alleen als het gesprek wordt opgenomen.' Daarna hing hij op.

Sunday negeerde de sneer en grijnsde. Het gesprek had ervoor gezorgd dat de adrenaline door zijn lijf gierde, en hij voelde zich intens tevreden nu hij wist dat Cross geen idee had waar Mulch zich bevond, ook al had hij van alles over diens verleden ontdekt. Het was duidelijk dat Sunday het voor het zeggen had en dat hij iedereen twee, misschien wel drie stappen voor was.

Hij lachte in zichzelf en sloeg even speels met zijn vuist op het stuur, waarna hij plankgas gaf en vooruitschoot door de nacht.

## HOOFDSTUK 64

Ik legde mijn mobiel weg. Het gesprek was de zoveelste poging die op niets uitliep. Waarom had ik Sunday eigenlijk gebeld? Wat had me het idee gegeven dat hij misschien wel eens van de naam Thierry Mulch zou hebben gehoord als de FBI en de politie die niet waren tegengekomen bij het onderzoek naar de Daley- en Monahan-moorden?

*Omdat je je aan elke strohalm vastklampt, Alex.*

Zodra deze zin in mijn hoofd klonk, werd ik woedend. Natuurlijk probeerde ik me aan elke strohalm vast te klampen. Mijn gezin was al tien dagen weg. Ik was al tien dagen een marionet van Mulch, en hij was een wrede marionettenspeler. Ik zou elke strohalm, elke lijn, elke gedachte koesteren die me zou helpen om Bree, Nana Mama, Damon, Jannie en Ali te vinden.

Maar het was bijna middernacht, en ik realiseerde me dat ik niets meer kon doen. Er waren geen strohalmen meer over. Ik zette mijn mobiel uit en viel in diepe slaap.

Kort na drieën werd ik groggy wakker, en ik probeerde om weer in die diepe, donkere onderbreking van de werkelijkheid weg te zinken.

In plaats daarvan raakte ik in een droom verstrikt waarin Mulch eruitzag als de roodbebaarde man die op Ali's school was geweest. Tijdens een sneeuwstorm sloop hij langs het huis van de Daleys met een mes waarmee hij zijn weggelopen moeder zou vermoorden. Het volgende moment waren we in het huis, en hij sloop als een helse Kerstman achter de fonkelende kerstboom langs. Hij liep de trap op en duwde de eerste slaapkamerdeur open, onder het tweepersoonsdekbed waren de contouren van twee lichamen zichtbaar.

Mulch trok het dekbed weg en ik zag de vrouw die nu in het huis van de Daleys woonde. Naast haar lag niet haar zoon, maar mijn zoon Ali, opgekruld in foetushouding. Mulch zette hem het mes op de keel en haalde het in een snelle beweging terug. Het sproeide bloed.

Ik schreeuwde, draaide me om en rende over de gang naar de volgende slaapkamer. Maar op de een of andere manier was Mulch daar al, en hij had Damon en Jannie vermoord. Terwijl ik rende om Bree te beschermen leek de gang alleen maar langer te worden.

Voordat ik er was, liep Mulch de kamer alweer uit. Hij keek glimlachend naar het bloed dat van zijn mes afdroop en wenkte me mee naar de laatste slaapkamer.

Toen ik naar binnen liep stond hij naast mijn grootmoeder, die er precies zo uitzag als op de dag dat ze me was komen ophalen toen ik tien was: die zachte, maar nuchtere gezichtsuitdrukking, de onberispelijke lichaamshouding van een lerares, de blauwe jurk met bijpassende hoed en handtas en de witte dameshandschoenen.

Alsof het doodgewoon was dat Mulch een mes op haar keel had gezet, keek Nana Mama me aan en zei zacht: 'Alex, ben je klaar voor een nieuw leven?'

'Nee,' zei ik.

'Nee?' berispte mijn grootmoeder me vriendelijk. 'Dan heb je het bij het verkeerde eind, jongeman. Als het erop aankomt is dat het verschil tussen mensen. Het gaat erom wat ze denken. Dus ik vraag het je nog een keer: ben je klaar voor een nieuwe manier van denken?'

'Nee!' schreeuwde ik, terwijl het lemmet met een bonzend geluid in haar hals verdween. 'Nee!'

Het bonzende geluid begon zo hard in mijn hoofd te bonken dat ik dacht dat mijn schedel zou openbarsten. Zwetend schrok ik wakker en keek verwilderd de hotelkamer rond. Het was bijna vijf uur in de ochtend.

Ik schrok van een geluid. Er werd op de deur geklopt.

'Ik kom eraan!' riep ik. Ik kwam overeind en realiseerde me dat ik in mijn kleren had geslapen. Ik dacht er maar niet aan hoe ik rook.

Bij de deur gluurde ik door het vissenoog en ik zag Tess Aaliyah staan. Met een moeilijk gezicht hipte ze van het ene been op het andere, net zoals Jannie als meisje altijd deed als ze nodig moest plassen.

Mijn maag draaide zich om. Ik boog mijn hoofd en deed een schietgebedje: alstublieft God, ik weet niet wat voor nieuws ze heeft, maar geef me de kracht om het aan te kunnen.

Toen maakte ik de deur open.

'Hè hè, ik dacht even dat je erin was gebleven,' zei rechercheur Aaliyah opgelucht. 'Neem je je telefoon niet op?'

'Ik had hem uitgezet. Wat is er aan de hand?'

'Mahoney en Sampson hebben je het afgelopen uur proberen te bereiken,' antwoordde ze. 'Eigenlijk wilden zij het je vertellen, maar dat is dus niet gelukt.'

Er verscheen een brede glimlach op haar gezicht. 'Het gezichtsidentificatieprogramma heeft een honderd-procent-match met Karla Mepps gevonden. Mahoney en Sampson denken te weten wie ze is.'

## HOOFDSTUK 65

De gezichten van Ned Mahoney en John Sampson vulden het beeldscherm van Aaliyahs laptop. We zaten in haar kamer en hadden via Skype een gesprek met hen.

'Onze biometrische analyse bleef hangen bij een rijbewijs uit Louisiana,' legde Mahoney uit. 'Ik stuur het zo naar jullie door.'

'Wie is ze?'

'Acadia Le Duc,' zei Sampson. 'Een voormalig verpleegkundige die freelancefotograaf is geworden. Het adres in New Orleans op het rijbewijs is oud en we hebben nog geen huidig adres, maar haar naam duikt ook op in de beveiligde bestanden op Preston Elliots computer. Elliot had kennelijk wat klussen voor Acadia gedaan.'

'Waar?'

'Waarschijnlijk in DC,' zei mijn partner. 'De aantekening erbij luidde: "Acadia. Werk voltooid. Wederdienst nog niet ingewilligd. Kalorama."'

'Wanneer is dat bestand aangemaakt?'

'Drie maanden geleden,' zei Sampson. 'Het is twee weken terug voor het laatst bijgewerkt.'

Ik verwerkte dit en zei: 'Ze was dus vlak voor mijn gezin werd ontvoerd in DC.'

'Daar ziet het wel naar uit,' beaamde Mahoney.

'Hebben we toegang tot haar creditcardgegevens?'

'Nog niet, maar er wordt aan gewerkt.'

'Heeft mevrouw Le Duc een strafblad?' vroeg Aaliyah.

'Niet als volwassene,' zei Sampson. 'Maar haar naam dook op bij de kinderrechter in, eh… Jefferson Davis Parish, Louisiana. Het is een vertrouwelijk dossier.'

'Ik weet niet wat jij vindt, maar we zijn van plan om een nationaal opsporingsbericht voor haar uit te vaardigen,' zei Mahoney. 'Iedere agent in het land zal morgen het gezicht van Acadia Le Duc hebben gezien.'

Eerst leek het me een goed idee, maar toen bedacht ik me.

'Kunnen we niet een dag wachten? En eerst wat meer over Le Duc te weten zien te komen?'

'Waarom?' zei Sampson.

'Ik weet niet wat Mulch zal doen als we de hele wereld vertellen dat we weten wie zijn handlanger is.'

Mijn partner wierp een zijdelingse blik op Mahoney, die zei: 'Goed, dan doen we het op jouw manier.'

'Bedankt. Luister, ik ga achter dat jeugddossier aan. Waar was het ook alweer?'

De FBI-agent keek naar zijn aantekeningen en zei: 'Jefferson Davis Parish. De rechtbank bevindt zich in de grootste plaats daar, Jennings.'

Het Skype-gesprek werd beëindigd met de belofte dat ik mijn mobiel aan zou laten staan en me om het uur zou melden. Ik keek Aaliyah aan en zei: 'Ik rammel van de honger.'

'Anders ik wel,' zei ze.

We liepen de trap af naar het restaurant en ik bestelde vier eieren, toast, bacon, gebakken aardappels en koffie. Aaliyah bestelde havermout en fruit. Terwijl we op het eten wachtten, zocht ik op internet het nummer van het politiebureau in Jennings op. Er werd opgenomen door een telefoniste. Ik vertelde wie ik was en vroeg haar of er nog rechercheurs of agenten werkten uit de tijd dat Acadia Le Duc een vertrouwelijk dossier als minderjarige delinquent had gekregen. Na een lange stilte zei ze dat ik het kantoor van de sheriff van Jefferson Davis Parish moest hebben.

Ons ontbijt arriveerde. Omdat het wel eens een lange, zware dag kon worden werkte ik alles naar binnen voordat ik de sheriff belde. De agent die opnam zei dat ik inderdaad sheriff Paul Gauvin moest hebben, maar hij volgde een trainingsseminar en zou pas over een uur terug zijn. Hij zou de sheriff mijn nummer geven.

Hoewel het nog vroeg was, belde ik vervolgens de griffier van de rechtbank in Jennings, Louisiana. Tot mijn verrassing nam hij op. Omdat ik waarschijnlijk bot zou vangen, aangezien het een vertrouwelijk dossier betrof, vroeg ik hem of hij alle civiel- en strafrechtelijke zaken die op de achternaam Le Duc stonden voor me op wilde zoeken.

Het duurde even voordat hij het had gevonden. 'Er is iets uit eind jaren negentig over het meisje, en dat is een vertrouwelijk dossier. Er zijn twee civielrechtelijke zaken over landsgrenzen die meer dan twintig jaar oud zijn. En dan zijn er nog een paar oude strafrechtelijke zaken die de vader betreffen. Maar Jean is al tijden dood, hij is eind jaren negentig overleden.'

De manier waarop de griffier dat laatste zei – met de nadruk op 'eind jaren negentig' – klonk vreemd, dus ik zei: 'Hoe is hij overleden?'

'Hij is gepakt door zijn krokodillen,' antwoordde de griffier. 'De rest moet u maar aan de sheriff vragen, hij heeft die smerige geschiedenis indertijd afgehandeld.'

De griffier hing op voordat ik nog iets kon zeggen. Ik kon duimendraaien en wachten tot sheriff Gauvin me terugbelde. Toch was er iets met de manier waarop de griffier 'eind jaren negentig' had gezegd, alsof hij wilde laten doorschemeren dat Acadia's vertrouwelijke dossier iets met de gruwelijke dood van haar vader te maken had.

Er zat een verknipte logica in. Thierry Mulch had zijn vader en Preston Elliot per slot van rekening aan de varkens gevoerd. Hoe hadden Mulch en Acadia elkaar ontmoet? Herkende het ene monster het andere – en wat dan, nam hij die in vertrouwen? Ik had het eerder meegemaakt, meestal betrof het mannelijke seriemoordenaars die met jongere handlangers opereerden.

Maar een verbintenis tussen een mannelijk en een vrouwelijk monster? Ik kon me daar geen voorbeeld van voor de geest halen, behalve Bonnie en Clyde natuurlijk. Maar deze vergelijking ging maar gedeeltelijk op, want zij waren bankrovers die moorden pleegden, en dit waren moordenaars die tot ontvoering waren overgegaan.

## HOOFDSTUK 66

Die ochtend om halftwaalf stond Sundays gehuurde pick-up al uren geparkeerd in een zijstraat in Corpus Christi, Texas. De zomer was vroeg begonnen en het was ongenadig heet buiten: dertig graden in de schaduw met een hoge luchtvochtigheid. Sunday had een rothumeur. Hij had de afgelopen dertig uur nauwelijks geslapen, en had sinds Memphis in een fles geplast om tijdens het rijden zo min mogelijk tijd te verliezen. Nu zat hij hier in de brandende hitte, zette om de zoveel minuten de airconditioning aan en moest zich bedwingen om het portierraam niet in te slaan.

Sinds zijn aankomst om tien voor halfzeven was hij af en toe weggedommeld, maar zodra er een auto of voetganger voorbijkwam schrok hij op. Hij wist zeker dat Acadia niet het huis in gegaan was, en dat niemand het huis had verlaten in de vijf uur dat hij de kleine lichtbruine bungalow in de gaten hield.

Het kon natuurlijk zijn dat Acadia al eerder was gearriveerd en de auto in de garage had gezet. En het kon ook nog zijn dat hij de plank volledig missloeg. Hij had drie plekken bedacht waar Acadia mogelijk naartoe zou gaan als ze in de problemen zat, en hij was intuïtief eerst naar Corpus Christi gereden. Hoeveel tijd moest hij het geven?

Hij voelde zich enigszins licht in het hoofd, en hij wist dat dit niet het goede moment was om beslissingen te nemen. Een uurtje slaap zou hem goeddoen, dat moest hij toegeven.

Sunday wilde net het contactsleuteltje in het slot steken om de airconditioning aan te zetten, toen hij in de achteruitkijkspiegel een groene Mini Cooper de straat in zag rijden. Ogenblikkelijk liet hij zich omlaagglijden en wachtte tot hij de Mini voorbij hoorde komen; toen sloop hij snel de auto uit en zette een sprintje in. Hij droeg blauwe shorts, een mouwloos T-shirt, hardloopschoenen, een zonnebril en een zonneklep, die hij er strak overheen had getrokken.

De Mini minderde vaart. Toen hij de oprit van de bungalow op reed ging het grote rolluik van de garage omhoog. Sunday paste zijn tempo aan en inspecteerde met een snelle blik de straat, die er verlaten bij lag in de zinderende middaghitte. Toen de voorkant van de Mini in de garage was, keek hij nog één keer om zich heen en schoot er toen in diagonale richting op af.

De Mini was binnen. Het rolluik kwam weer in beweging en zakte langzaam naar beneden. Sunday dook over de rode laserstraal de garage in en drukte zich tegen de achterbumper.

Sunday hield zijn adem in toen hij het portier aan de bestuurderskant open en dicht hoorde gaan. Hij hoorde voetstappen en een sleutel die in een slot werd gestoken. Hij keek en zag een korte houten trap en een deur die half openstond. Toen het inbraakalarm begon te piepen liep hij snel naar boven.

Er klonk een luide zoemtoon – het inbraakalarm was uitgezet. In een flits stond hij achter haar. Voordat ze kon schreeuwen had hij zijn hand op haar mond gedrukt en haar tegen de muur aan geduwd.

De doodsbange roodharige vrouw in lichtblauw verpleegstersuniform stond met haar rug naar hem toe. Hij drukte zich stevig tegen haar aan en boog zijn hoofd naar haar linkeroor.

'Dag, Jillian,' bromde hij. 'Zit je nachtdienst er weer op?'

## HOOFDSTUK 67

Ze piepte alsof er een zeug werd geslacht, Sunday moest er bijna om lachen. Jillian Green had bij Acadia op de verpleegstersopleiding gezeten en was sindsdien haar beste vriendin.

'Waar is Acadia?' snauwde hij. 'En je kunt maar beter niet liegen of gillen, want dan ga ik je pijn doen. Dat vind ik niet leuk, maar ik zal het doen. Begrijp je me?'

Tranen welden op in Jillians ogen en ze knikte trillend.

'Alsjeblieft, Marcus,' jammerde ze toen hij zijn hand weghaalde en haar omdraaide.

Jillian was mollig en rondborstig – absoluut niet zijn type – maar hij genoot er toch van om zich tegen haar aan te drukken. Hij greep haar bij de hals: 'Waar is mijn meisje?'

'Dat weet ik niet,' zei Jillian wanhopig. 'Ik heb al weken niets meer van haar gehoord.'

'Dat is het foute antwoord,' zei Sunday, die zijn greep verstevigde en haar linkerpink vastpakte. 'Doe het nog eens, en ik breek je pink, en daarna de andere, voordat ik je strottenhoofd verbrijzel. Heb je dat begrepen, Jillian?'

Ze huilde en knikte.

'Doe haar niets aan, alsjeblieft,' snikte ze.

'Haar iets aandoen?' zei hij met gespeelde verbazing. 'Ik ben er absoluut niet in geïnteresseerd om haar iets aan te doen, net zomin als ik erin geïnteresseerd ben om jou iets aan te doen, Jillian. Ik wil alleen maar het geld terug dat ze gisteren van me heeft gestolen. Ik wil dat het op mijn rekening wordt teruggestort, en dan gaan we weer verder. Even goede vrienden. Het is waar dat het al een tijdje niet zo lekker meer liep tussen ons, en dat ze me verlaten heeft is prima, maar ik kan niet toestaan dat ze mijn geld pikt.'

'Beloof je dat je haar niets zult aandoen?'

'Dat beloof ik op het graf van mijn moeder,' verzekerde Sunday haar.

Jillian slikte en zei: 'Net toen ik naar mijn nachtdienst wilde gaan, zo rond middernacht, belde ze om te zeggen dat ze autopech had en niet meer hier zou komen.'

'Oké,' zei hij. 'En waar zou ze dan wél heen gaan?'

'Naar haar appartement in New Orleans,' zei ze, net iets te snel.

Sunday had het direct door. Hij glimlachte en zei: 'Ze is dus naar haar moeder toe.'

De angst viel van Jillians gezicht af te lezen. 'Marcus, nee, ze...'

Hij verstevigde de greep om haar hals weer en zei: 'Stil nu, ik weet genoeg. Ik moet even een paar uur slapen, dat kan hier wel, toch?'

'Dat lijkt me geen goed...'

Hij voerde de druk nog verder op, ze snakte naar adem en knikte.

Sunday liet haar los en volgde haar het huis in. Toen ze door de kleine keuken liepen zag hij haar aarzelen bij het messenblok dat op het aanrecht stond.

'Ik zou er niet eens aan denken, schat,' zei hij.

'Wat? Ik vroeg me af of je honger had.'

Dat had hij, maar het kon wachten. 'Ik kan nu alleen maar aan slaap denken. Ik eet later wel wat, en daarna ben je van me af.'

Ze liepen de gang in. Sunday kon aan haar krampachtige lichaamstaal zien dat ze er niets van geloofde. Maar dat was niet erg. Hij geloofde er zelf namelijk ook niets van.

Jillian bleef staan en gebaarde naar een openstaande deur. 'Ik heb hier een logeerbed,' zei ze.

'Nee zeg,' zei hij en hij duwde haar voor zich uit. 'Ik ging ervan uit dat we samen zouden slapen; dan kan ik zien of je niet opstaat of dat je iemand belt.'

'Maar dat zou ik niet doen,' zei ze met overslaande stem terwijl ze de deur aan het einde van de gang opendeed.

'Hoe dan ook,' zei Sunday, die achter haar aan de slaapkamer in liep – een smaakvol ingerichte kamer met vrouwelijke accenten.

'Ik wil een douche nemen,' zei ze.

'Dat is een goed idee,' zei hij. 'Maar later, erna.'

Jillian draaide zich om, en zonder hem aan te kijken zei ze: 'Erna?'

'Kom op, schat. Trek dat uniform uit en laat Marcus eens zien wat hij heeft gemist, dan zal hij je laten zien wat Acadia heeft gekregen,' zei hij.

'Alsjeblieft, Marcus,' jammerde ze.

'Trek dat uniform uit,' zei hij. 'Of ik scheur het van je lijf.'

Ze keek wanhopig en trok het uniform uit, en daarna haar bh en slip.

'Nou, Jillian. Dit overtreft mijn stoutste verwachtingen,' zei Sunday terwijl hij zijn sportbroek omlaagtrok. 'Je bent een Aphrodite zoals Rubens haar geschilderd zou hebben, blank en voluptueus. Ga nu met je gezicht naar beneden op bed liggen en laat die ouwe Marcus eens met je aan de gang gaan. Je zult zien dat al die spanning tussen ons als sneeuw voor de zon verdwijnt, Jillian. En daarna zinken we samen weg in een heerlijk middagdutje.'

## HOOFDSTUK 68

Tess Aaliyah en Alex Cross checkten iets na twaalven uit en vertrokken naar het vliegveld. Het was een idee van Cross om juist dáár te bivakkeren, en Aaliyah was het eens met deze strategie. Als er ergens in het land een doorbraak in de zaak kwam, dan wilden ze zich zo snel mogelijk kunnen verplaatsen.

Ze bezochten een café in de luchthaven en bleven er bijna vijf uur zitten. Ze dronken koffie, lunchten en bespraken alle aspecten van de zaak. Ze formuleerden vragen die ze beantwoord wilden zien, en lieten al hun verbeelding en onderzoekersinstincten de vrije loop om de ruimte tussen de feiten en vragen over Thierry Mulch en Acadia Le Duc op te vullen.

Hoe meer tijd rechercheur Aaliyah met Cross doorbracht, hoe meer ze hem respecteerde. De gemiddelde mens – of het nu een agent was of niet – die met een druk als deze moest leven zou er allang aan onderdoor zijn gegaan. Maar Cross klaagde niet, ze vond het ongelooflijk hoe hij zijn lot aanvaardde en vriendelijk bleef. Met zijn ervaring en expertise had hij makkelijk een enorme betweter of een opgeblazen kikker kunnen zijn; maar nee, hij was een excellente luisteraar die bescheiden bleef, en zijn enorme lijf leek geen enkele egoïstische cel te bezitten.

Hij bleek ook de opmerkelijke gave te hebben zich te kunnen

opdelen. Hoewel Aaliyah en hij het over dingen hadden die op onverbloemde wijze zijn gezin betroffen, was Cross in staat om afstand te nemen van de rauwe, emotionele kanten van de zaak en het onderzoek rationeel en logisch te benaderen.

Inmiddels was het alweer kwart voor vijf, en Aaliyah ging even naar het toilet. Toen ze terugkwam, zei Cross: 'We blijven hier nog zo'n twee uur, daarna zoeken we een hotel.'

'Hoe zit het met die moordvideo die je moest doorsturen?'

'Gloria Jones zou me bellen zodra ze al het voorbereidende werk hebben gedaan,' antwoordde Cross. 'Even iets anders – hoe is het met je vader? Heeft hij veel last van zijn heup?'

Aaliyah praatte doorgaans niet over haar vader als hij er niet bij was, maar Bernie was een bewonderaar van Cross; hij zou het vast niet vervelend vinden.

'Ik weet niet of je ervan op de hoogte bent, maar de hele rechterkant van zijn bekken is verbrijzeld,' zei ze. 'Na vier operaties is hij er nu redelijk aan toe, maar je kunt zien dat hij er nog steeds last van heeft.'

'Van die heup of van het thuiszitten?'

Ze glimlachte. 'Allebei.'

'Hij was indertijd een geweldenaar,' zei Cross. 'Het moet hem tot wanhoop hebben gedreven. Om niet meer te kunnen werken, bedoel ik.'

'O, in het begin was dat ook zo,' zei Aaliyah. 'Mijn moeder werd gek van hem, en hij heeft een tijdje flink gedronken. Maar toen werd ma ziek, en tot haar dood draaide zijn leven om haar. Dat is nu een jaar geleden.'

'Het spijt me dat te horen. En hoe brengt je vader tegenwoordig zijn dagen door?'

'Hij gaat vaak vissen, hij is in de tuin bezig... en hij heeft een vriendin.'

'Ben jij het daarmee eens?'

Aaliyah hield haar hoofd scheef, peilde hem nog eens en zei: 'Het is dus waar, je bent telepathisch en kijkt dwars door iemand heen.'

Cross grinnikte. 'Nee hoor, ik weet alleen dat je goed op lichaamstaal moet letten.'

'Je zou in Vegas poker moeten gaan spelen.'

'Wil je daarmee zeggen dat je het er niet mee eens bent?'

Mijn god, dacht ze. Hij was echt goed. Vriendelijk, maar vasthoudend.

'Ik heb haar maar één keer ontmoet,' antwoordde Aaliyah. 'Ze is aardig. Maar… hoe moet ik het zeggen… Ik wil niet meer dat mijn vader ongelukkig is.'

'Dat is volkomen begrijpelijk,' zei Cross. 'En het is niet makkelijk voor je. Hij probeert de draad weer op te pakken, terwijl je hem niet meer dagelijks meemaakt.'

Zo had Aaliyah het nog niet bekeken, maar ze knikte. Ze realiseerde zich dat Cross naast zijn ruime emotionele intelligentie ook een goed analytisch vermogen had.

Om halfzes klonk zijn mobiel. Cross nam op, luisterde en zei: 'Ja, sheriff, u spreekt met Alex Cross. Wat kunt u me vertellen over Acadia Le Duc?'

Hij luisterde weer en zei: 'Ik heb begrepen dat het een vertrouwelijk dossier is. Maar u moet weten dat de FBI en DC Metro Police haar als een medeplichtige beschouwen in een ontvoering en een reeks moorden.'

Cross knikte naar Aaliyah en luisterde vervolgens bijna een kwartier lang. Uiteindelijk zei hij: 'Nee, ik wilde vragen of u daarmee wilt wachten tot ik ter plekke ben, maar het lijkt me een goed idee om in de tussentijd het huis in de gaten te houden. Als ik enig idee heb van onze verwachte aankomsttijd, dan laat ik het u weten.'

Hij hing op. Cross leek weer vol energie te zijn en zei: 'We moeten zo snel mogelijk naar Jennings, Louisiana.'

## HOOFDSTUK 69

Marcus Sunday werd uitgerust wakker. Hij lag naakt op het bed in de slaapkamer van Jillian Greens bungalow in Corpus Christi, en voelde dat zijn geslachtsdeel nog steeds aangenaam verdoofd was. Hij keek op zijn horloge, gaapte en stond op.

Hij liet een puinhoop achter op het bed. Het dekbed lag in een knoedel en in het onderlaken zaten lange scheuren, alsof ze door nagels waren opengereten. Hij duwde de badkamerdeur open en rook bleekmiddel. Acadia's hartsvriendin lag tot aan haar hals in de gevulde badkuip. Haar ogen puilden nog steeds uit hun kassen – zo was het ook geweest nadat hij haar van achteren had genomen en vervolgens met zijn riem had gewurgd. Hij hield zijn hoofd scheef en keek er goedkeurend naar.

Het scheen dat wurgseks bij sommige vrouwen een sterker orgasme teweegbracht, en het leek hem een boeiend experiment. Jillian had het ruimschoots bewezen, dacht hij. Toen ze haar hoogtepunt bereikte, schokte haar lichaam onvoorstelbaar voordat ze de geest gaf.

Sunday zette de douche aan, wachtte tot het water warm was en stapte in de badkuip met de dode vrouw erin. Hij lette niet op haar en waste zich van top tot teen met antibacteriële zeep.

Toen hij klaar was, duwde hij haar hoofd onder het bleekwater. Na drie minuten trok hij de stop eruit, stapte op de badmat en liet zich drogen, terwijl hij Jillians lichaam met koud water afspoelde. Hij hield de douchekop vast met een washandje, dat hij daarna ook gebruikte om de knoppen van de mengkraan af te vegen. Hij gooide drie capsules Drano in de afvoer en nam het washandje en de badmat mee naar de slaapkamer.

Sunday haalde al het beddengoed af en stopte het in de wasmachine. Voordat hij deze op een kort, heet wasprogramma zette, deed hij er een kopje Glorix bij. Hij veegde de knoppen van de wasmachine schoon en pakte de stofzuiger. Hij zoog de looproute van de badkuip naar de slaapkamer en trok zijn hardlooptenue weer aan. Toen liep hij al stofzuigend door de keuken naar de garage.

Nadat hij de stofzak eruit had gehaald, poetste hij de stofzuiger af met het natte wasgoed en zette het apparaat in een hoek, alsof het er altijd al had gestaan. Hij drukte met het wasgoed op de knop van het rolluik, en liet dat helemaal omhooggaan. Er reed een jongen op een fiets voorbij, maar die lette niet op hem.

Sunday drukte nogmaals op de knop en zette een sprintje in. Eerst het trapje af, langs de Mini Cooper en vervolgens sprong hij over de rode laserstraal.

Binnen dertig seconden zat hij achter het stuur van zijn gehuurde pick-up. Bij een rustplaats aan de I-10 dumpte hij het wasgoed en de stofzuigerzak in een afvalcontainer, waarna hij in oostelijke richting verder reed.

## HOOFDSTUK 70

Het zuidoosten van Texas werd die avond geteisterd door een gigantisch noodweer. We hadden vertraging bij het opstijgen en landen, en we stapten pas om acht uur uit de jet van United Airlines die ons naar Houston had gevlogen. De vlucht leek wel een rodeo, en er werd voor tornado's gewaarschuwd in de regio's Oost-Texas en West-Louisiana, wat helaas precies het gebied was waar we heen moesten.

'Ik hoop maar dat dit geen vruchteloze onderneming wordt,' zei Aaliyah toen we in de striemende regen in de gehuurde Jeep Cherokee het vliegveld verlieten.

'Het is de enige kans die we op het moment hebben,' zei ik. 'Zet Jennings even in je gps.'

Dat deed ze, en er werd vermeld dat we nog zo'n tweehonderdvijfentachtig kilometer voor de boeg hadden. Gelukkig reden we voor het grootste gedeelte over de I-10. Theoretisch gezien zouden we er om halfelf kunnen zijn.

Maar door de storm en de regen konden we niet zo hard rijden. Zouden we iets vinden? Was het de moeite waard om met alle tornadowaarschuwingen dit risico te nemen?

Na wat sheriff Gauvin me over de telefoon had verteld dacht ik nog steeds van wel. Gauvin was net agent toen Acadia Le Duc 's nachts belde om het dodelijke ongeluk van haar vader te melden. Net als de vader van Thierry Mulch had Jean Le Duc een slechte reputatie op het gebied van alcohol en geweld. Hij had zijn vrouw en dochter verschillende keren mishandeld, maar ze hadden allebei geweigerd om tegen hem te getuigen.

Het was een nacht vol zware regenval geweest, en de moeder had een vers blauw oog toen Gauvin en de sheriff 's ochtends bij een houten huis aan de rand van de moerassen aankwamen. Acadia en haar moeder zeiden dat Jean Le Duc de avond daarvoor verschrikkelijk dronken was geworden en zijn vrouw in elkaar had geslagen voordat zij en haar dochter zich wisten te verschansen in de raamloze achterkamer, hun gebruikelijke toevluchtsoord om aan zijn aanvallen te ontsnappen.

Ze beweerden dat ze daar bijna de hele nacht hadden gezeten. Op een gegeven moment ging Acadia op zoek naar haar vader, die niet in het huis, noch in de schuur bleek te zijn. Ze liep naar de steiger en verwachtte hem in zijn moerasboot aan te treffen, iets wat vaak genoeg was voorgekomen. Maar toen hoorde ze tumult in het afgesloten stuk moeras waar haar vader zijn krokodillen hield.

'Zijn rechterarm, dat was alles wat er nog van hem over was. Gelukkig had hij daar een tatoeage op zitten, zodat we hem konden identificeren,' had Gauvin gezegd. 'Dat en andere bewijzen, waar ik nu niet op zal ingaan, leidden tot onze conclusie dat Acadia en haar moeder, of Acadia in haar eentje, de oude Jean vermoord moesten hebben en hem aan de krokodillen hadden gevoerd. We hebben het nooit kunnen bewijzen, maar de meeste mensen hier zeiden: "Opgeruimd staat netjes."'

Na haar diploma verliet Acadia Jennings en vertrok naar

New Orleans om aan Loyola een verpleegkundige opleiding te volgen. Dat was alweer een tijd geleden, maar de sheriff zag haar een paar keer per jaar als ze haar moeder bezocht.

'Dus de moeder weet hoe ze haar kan bereiken?' had ik gevraagd.

'Ik denk het wel,' zei hij.

'Als ze in de problemen zat, waar zou ze dan heen gaan? Naar haar moeder?'

'Dat zou goed kunnen,' zei Gauvin.

'Hoe ziet het huis van de Le Ducs eruit?'

'Het huis zelf is een puinhoop, maar er staan schuren naast en ze hebben veel land,' zei de sheriff. 'En het is ook nog eens op de Bayou des Cannes. Een geïsoleerd gebied. Er is geen ander huis binnen een straal van een kilometer, misschien wel meer.'

Met andere woorden, het was een prima plek voor een waanzinnige als Mulch om vijf mensen verstopt te houden. De sheriff bood aan om aan Acadia's moeder te vragen of hij er even rond mocht kijken, maar ik verzocht hem dat niet te doen, want het kon dus zijn dat mijn gezin er werd gegijzeld. In plaats daarvan vroeg ik hem om de toegangsweg naar het huis in de gaten te houden.

Iets na tienen begon het minder hard te regenen, en mijn verkrampte greep om het stuur ontspande zich enigszins. De regen was met bakken uit de hemel gevallen, en ik moest mijn ogen samenknijpen om niet door het natte wegdek verblind te worden. Toen hoorde ik mijn mobiel klinken.

## HOOFDSTUK 71

Het was Ned Mahoney. Ik nam op en zette de speaker aan.

'Alex?' zei Mahoney. 'Waar zijn jullie nu?'

Ik wierp een zijdelings blik op Aaliyah. Ze zei: 'Ongeveer zestien kilometer ten westen van Beaumont.'

'Jouw suggestie dat ze op weg naar haar moeder was zou goed kunnen kloppen,' zei Mahoney. 'We hebben haar creditcardtransacties kunnen inzien. Ze heeft ongeveer vijf uur geleden in Narchitoches getankt. Vier uur daarvóór had ze in Texarkana getankt en proviand ingeslagen. Ze rijdt in een blauwe 2014 Dodge Avenger-huurauto, en in jullie richting dus.'

Hoewel het weer regende, trapte ik het gaspedaal dieper in.

'Zijn er beveiligingsbeelden van tankstations?' vroeg Aaliyah.

'We hebben ze aangevraagd,' zei Sampson.

Ik zei: 'Kan het autoverhuurbedrijf de gps van de auto niet checken?'

'Dat hebben we ook al gevraagd,' zei Mahoney. 'Hertz wil het verzoek inwilligen, maar dan moet er wel een opsporingsbevel zijn. Daar wordt op het moment aan gewerkt.'

'En waar was ze vóór Texarkana?' vroeg ik.

'Ze heeft de afgelopen maanden aardig wat tijd in DC doorgebracht,' zei Sampson. 'Vooral in Kalorama en omstreken.'

'Hebben we ook een huisadres?' vroeg Aaliyah.

'We hebben niets onder haar naam gevonden.'

'En is ze ook nog op plekken buiten DC geweest?' vroeg ik.

'O, op veel plekken,' zei Mahoney. 'Ze was afgelopen dinsdag in een crime & mystery-boekwinkel in Philadelphia, en vrijdag op het vliegveld van St. Louis. Op zaterdag zat ze weer oostelijker; ze had de rekening betaald in een restaurant in Cumberland, Maryland.'

'Wacht even,' zei Aaliyah. 'Op welk tijdstip heeft ze die rekening betaald?'

Het was even stil voordat Sampson zei: 'Om twaalf minuten over tien. Ze betaalde achttien dollar en nog iets bij, eh… Café Mark in Baltimore Street.'

'Dat ligt op nog geen dertig kilometer van Frostburg,' zei Aaliyah. 'En het klopt met de tijd waarop Claude Harrow is vermoord en zijn huis is afgebrand.'

'Daar moest ik ook aan denken, Tess,' zei Sampson.

'Hebben jullie al iemand van dat café gesproken?' vroeg ik.

'Ze zijn gesloten tot morgenochtend zeven uur,' zei Mahoney.

'Heeft ze nog andere uitgaven gedaan?' vroeg Aaliyah.

'Eh… ja,' zei Sampson. 'Later op die zaterdagmiddag heeft ze zestig dollar uitgegeven bij de Harris Teeter-supermarkt op Kalorama Avenue, en zevenendertig dollar bij Secondi, een tweedehandsklerenzaak op Dupont Circle.'

'Op loopafstand van Kalorama,' zei ik.

'Makkelijk,' beaamde Mahoney.

'Misschien dat Mulch ze daar wel ergens vasthoudt,' zei Aaliyah.

Het was goed mogelijk. Acadia Le Duc was er de afgelopen paar maanden telkens weer teruggekeerd om haar creditcard te gebruiken. Het was duidelijk dat ze in die wijk moest hebben gewoond. Met Mulch? Waarschijnlijk wel. Maar waarom was ze naar St. Louis afgereisd? En waarom was ze nu in Louisiana?

'En afgelopen zondag?' vroeg Aaliyah.

'Ze heeft haar creditcard toen niet gebruikt, maar gisteren had ze het druk,' zei Sampson. 'Ze betaalde een vroeg ontbijt bij Reagan National-autoverhuur in Memphis, en huurde ongeveer vier uur nadat ze er was aangekomen de blauwe Dodge bij het vliegveld. Gisteravond tankte ze en nam een kamer bij de Hampton Inn in Fort Smith, Arkansas, en daarna niets meer tot het tankstation in Texarkana.'

Het laatste gedeelte van zijn opsomming hoorde ik al nauwelijks meer. Mijn gedachten keerden terug naar de afgelopen vierentwintig uur, en mijn handen begonnen te trillen.

'John,' zei ik terwijl ik mijn stem onder controle probeerde te houden. 'Nog een keer. Zei je nou dat ze een auto had gehuurd bij het vliegveld van Mémphis? En dat ze iets had gekocht bij een crime & mystery-boekwinkel in Philadelphia?'

'Klopt allebei,' zei mijn partner.

Ik sloeg een hand voor mijn mond, en de auto maakte zo'n zwieper dat ik het gas moest loslaten om bij te remmen.

'Alex!' riep Aaliyah uit. 'Wat doe je allemaal?'

'Ik denk dat ik weet wie Thierry Mulch is,' zei ik. 'Of wie hij nú is, in ieder geval.'

'Wát? Wie?' klonken drie stemmen in koor.

'Marcus Sunday,' zei ik, en ik voelde een onvoorstelbare woede opkomen. 'Die kerel van Harvard die *De volmaakte crimineel*, dat boek over de Daley- en Monahan-moorden, heeft geschreven. Jezus christus, die ziekelijke klootzak schreef over zichzelf!'

# DEEL VIER

## HOOFDSTUK 72

Acadia Le Duc had haar aankomst zo gepland dat het regende en aardedonker was toen ze op de I-10 de afslag naar de Evangelina Highway nam. Ze reed in noordelijke richting om Jennings heen, sloeg toen een modderig dijkweggetje in, waar ze nog een paar honderd meter op doorhobbelde, en parkeerde toen de Dodge op de plek waar een rijstveld overliep in een moeras.

Toen Acadia een meisje was had ze urenlang rondgezworven in deze moerassen. In de stromende regen stapte ze zelfverzekerd uit de auto en liep zonder enig licht de wirwar van struiken in. Het was net als op de nacht dat ze door het bos achter Damons studentenhuis bij Kraft School liep: ze zag zichzelf als de panter die op haar arm was getatoeëerd, en oriënteerde zich op haar gevoel en op de gezwollen beken die uitmondden in de Bayou des Cannes.

De panter bewoog zich soepel langs groepjes met mos begroeide cipressen en sloop langs de zwarte tupelobomen en oude dennenboomplantages die volledig door kudzu waren overwoekerd. Ze baande zich een weg door het riet en wist precies waar ze moest lopen om niet in de zuigende modder weg te zakken. De regen viel onophoudelijk naar beneden, maar hij overstemde alle andere geluiden, en dat was goed.

Terwijl Acadia doorliep moest ze aan Marcus Sunday denken. Er was bijna dertig uur verstreken sinds ze van hem was weggelopen. Hoe zou hij het opnemen? Slecht, daar was ze zeker van, vooral als hij erachter was gekomen dat ze een paar van zijn rekeningen had geplunderd. Als ze al een risico en een bedreiging voor hem vormde, dan was ze dat nu in het kwadraat.

Acadia wist niet alleen alles van de Cross-ontvoering en de twee moorden die Harrow voor Sunday had gepleegd, ze kende ook Sundays hele verrotte levensverhaal. Hoe hij het geld dat hij van het mijnbedrijf had ontvangen na de verkoop van zijn vaders varkensboerderij had laten 'verdwijnen'; hoe hij een nieuwe identiteit had weten te creëren nadat hij zijn eigen dood in scène had gezet; en ze wist zelfs hoe hij zijn academische getuigschriften op dusdanige wijze had weten te vervalsen dat hij op Harvard werd toegelaten.

Acadia wist ook hoe Sunday de dood van zijn moeders nieuwe gezin had gepland. Hij had haar gedetailleerde beschrijvingen gegeven hoe hij ze een voor een had vermoord. Hetzelfde gold voor de slachting bij het gezin Monahan in Texas. Kortom, ze wist eenvoudigweg te veel.

Marcus was de slimste man die ze kende, iemand die zichzelf opnieuw had uitgevonden. Een buitenstaander die zijn eigen regels had opgesteld, en waarvan de belangrijkste zijn eigen overleving was. Nee, hij zou naar haar op jacht gaan, eerder vroeg dan laat.

Er restten haar dus een paar opties. Moest ze na vanavond haar vlucht voortzetten? Naar Mexico vertrekken en daar het overgemaakte geld innen? Of moest ze de politie informatie verstrekken, misschien Alex Cross zelf wel, en in ruil voor strafvermindering en getuigenbescherming een deal met ze sluiten? Of moest ze hun zoveel vertellen dat ze Sunday konden pakken en het gezin bevrijden, en dat zij een andere identiteit zou krijgen? Marcus had bewezen dat zoiets mogelijk was, toch?

Acadia liep nu al een uur door het moerasland, en ze had nog steeds niet kunnen besluiten wat ze zou doen. De regen nam in hevigheid af. Toen ze een zwak lichtschijnsel voor zich zag opdoemen hield ze haar pas in en sloop voorzichtig verder. Na elke stap wachtte ze om naar geritsel of gekraak in het bos te luisteren. Ze snoof de lucht op om vreemde geuren op te merken, maar ze rook alleen maar ozon en het frisse parfum van de regen. Wat er wel gebeurde was dat de smaak van oude en nare herinneringen sterker werd naarmate ze dichterbij kwam.

Langzaam maar zeker kwam het huis tevoorschijn. De plek waar Acadia was geboren en getogen, de plek waar ze zich gedwongen had gevoeld haar vader te vermoorden. Het houten huis was omgeven door hoog onkruid, en het leek vanaf het stenen fundament enigszins voorover te hellen. Het dak was ingezakt, en het was een wonder dat de met vliegengaas omgeven veranda nog overeind stond. Ergens links in de duisternis hoorde ze de oude steiger piepen en kraken.

Acadia sloop verder en zag licht achter de versleten gordijnen. Ze hoorde een radio die op een gospelstation stond afgestemd, en een tv waaruit de herkenningsmelodie van CSI schalde, haar moeders favoriete tv-serie.

Ze bleef tien minuten achter een boom staan om het huis en het erf in de gaten te houden. De oude Ford-pick-up stond onder de grote cipres geparkeerd. Rond het kale lichtpeertje onder de dakrand van de veranda fladderden enkele motten.

De wind draaide. Acadia trok haar neus op toen ze de geuren van stinkend water en rottend vlees uit het moeras rook. Het was jaren geleden, maar haar moeder voerde nog steeds de krokodillen die zich aan haar vader te goed hadden gedaan.

'Waarom niet?' zei ze altijd. 'We hebben onze vrijheid aan die beesten te danken. Dan mag ik wel iets terugdoen, toch?'

Zij had zich op haar beurt nooit meer in de buurt gewaagd van het binnenwater waar haar vaders speeltjes die oude klootzak aan stukken hadden gescheurd. In de jaren daarop was ze bijna overal geweest op het terrein van bijna negen hectare dat het huis omgaf, maar nooit – nee, nooit meer daar. Hoewel ze van nature niet bijgelovig was beschouwde ze dat gedeelte van het moeras sinds die fatale nacht als vervloekt.

Ze hoorde het geraas van de radiodominee die een preek over de redding van de ziel afstak, en daartegenin het geratel van Gill Grissom over een röntgenanalyse. Maar boven alles uit hoorde ze het gekletter van potten en pannen; haar moeder was kennelijk aan het afwassen na een late maaltijd voor de tv.

Acadia bleef nog langer in het donker staan en pijnigde haar hersens of ze ooit over dit huis had gesproken met Sunday. Misschien één keer. Misschien tijdens die stomdronken nacht in de French Quarter waarop ze elkaar hadden ontmoet, maar daarna nooit meer. Daar had ze op gelet. Ze had hem altijd verteld dat ze ten noordwesten van Slidell, bij de oostgrens van Louisiana, was opgegroeid.

Er moest iets heftigs plaatsvinden bij CSI, want de muziek van de tv begon opeens griezelig te klinken. Toen hoorde ze haar moeder hoesten en kuchen. Het was genoeg om Acadia eindelijk de moed te geven om achter de bomen vandaan te komen en over het erf naar het huis te lopen.

Acadia duwde de kruk omlaag en de hordeur van de veranda zwaaide open. Ze verwachtte dat Mercury, haar moeders geliefde pitbull, op haar af zou komen. Maar in plaats daarvan hoorde ze gesnurk, de oude hond bleek op zijn strobed in de hoek liggen.

'Nou, aan jou heb je wat,' zei ze.

Mercury gromde in zijn slaap, zuchtte en liet een wind. De deur van het huis stond op een kier.

'Ma?' riep Acadia, terwijl ze hem voorzichtig verder openduwde. Ze zag de afwas in het afdruiprek op het aanrecht staan.

Ze liep over de ruwhouten planken naar binnen en trof haar moeders luie stoel leeg aan; wel lag er het laatste nummer van *People*, opengeslagen bij de kruiswoordpuzzel. Op het tv-tafeltje voor de stoel stonden een paar lege blikjes cola light, en naast de asbak lag een open pakje Pall Mall. csi was onderbroken door een reclame voor wasverzachters; de radiodominee was inmiddels bij eeuwige hel en verdoemenis voor alle zondaars beland.

'Mama!' riep Acadia, nu iets harder. 'Ik ben het.'

Haar moeders zwakke stem klonk vanuit de slaapkamer. 'Ik ben hier, schat. Kun je me even helpen? Met al die regen speelt mijn artritis altijd op.'

'Ik kom eraan,' zei Acadia. Ze liep langs stapels oude kranten, oude nummers van *People* en een grote plastic tas met lege blikjes cola light.

In het halletje rook het naar ouderdom. Ze manoeuvreerde zich langs nog meer stapels oude tijdschriften en kartonnen dozen vol beschimmelde schatten die haar hamsterende moeder weigerde weg te gooien. Acadia duwde de slaapkamerdeur open, stapte naar binnen en keek naar links.

Ze verwachtte dat haar moeder haar nachtpon aan het

dichtknopen was. Maar in plaats daarvan lag ze op bed; haar armen, borst en enkels waren met duct-tape omwikkeld, zodat ze zich niet kon bewegen. 'Sorry, schat, hij zei dat hij me dood zou schieten als ik niet meewerkte,' jammerde de oude vrouw.

Voordat Acadia weg kon rennen voelde ze de koude loop van een pistool tegen haar achterhoofd drukken.

'Geen beweging, liefje,' fluisterde Sunday achter haar. 'Ik vond deze revolver in de kast, en ik geloof niet dat de veiligheidspal nog werkt.'

Hij duwde haar naar een luie stoel en zei: 'Geef het maar toe: dit was het laatste wat je had verwacht, hè? Maar je moet nooit vergeten dat ik hier de slimste ben, Acadia. Ik onthou alles. Op die eerste nacht zei je dat je vlak bij Jennings in Jefferson Davis Parish was opgegroeid, terwijl je daarna altijd zei dat het Slidell was. Ha. Zoiets noemen ze een onfeilbaar geheugen.'

'Marcus,' begon ze. 'Ik kon niet…'

De kolf van de revolver raakte Acadia hard achter haar oor. Voordat het donker werd zag ze vallende sterren.

## HOOFDSTUK 73

Hoewel de stormen waren afgenomen, en Tess Aaliyah meer dan honderd kilometer per uur reed, zou het nog steeds minstens vijftig minuten duren voordat we bij Jennings, Louisiana, waren. Ik hield Aaliyahs mobiel bij mijn oor en zei: 'Zijn we er klaar voor?'

'Ja,' zei Mahoney. 'Gebruik al je psychologische kwaliteiten en hou hem zo lang mogelijk aan de lijn, dan kunnen mijn mannen hem ondertussen proberen te traceren.'

'Ik zal mijn best doen,' zei ik en gaf de mobiel terug aan Aaliyah.

Ik pakte de mobiel met beltegoed die ik nog met Ava in West Virginia had gekocht en hoopte maar dat de technici van de FBI, die opsporingssoftware gebruikten die mijn pet ver te boven ging, de drie dichtstbijzijnde zendmasten zouden vinden om Sunday te lokaliseren.

Ik had me het afgelopen kwartier het hoofd gebroken over het gesprek dat ik moest voeren met de man die mijn gezin had ontvoerd. Hoe hij ook mocht heten, Mulch of Sunday, het was een duivel die niet zou aarzelen om tot moord over te gaan. Toen ik zijn nummer intoetste was ik zenuwachtiger dan ooit.

Nadat de telefoon drie keer was overgegaan nam Sunday op.

Hij gaapte en zei: 'Meneer Cross, bent u dat?'

'Sorry dat ik u weer stoor, meneer Sunday,' zei ik. 'Heb ik u wakker gemaakt?'

'Ik stond net op het punt om het licht in de hotelkamer uit te doen,' antwoordde hij. 'Ik heb een drukke dag morgen.'

'In Austin?'

'Inderdaad. Bent u nog steeds in Omaha?'

'Ik ben weer terug in DC, en nogmaals, sorry dat ik u stoor, maar ik zou uw hulp kunnen gebruiken.'

'Maar natuurlijk,' zei Sunday en hij gaapte nog eens. 'Waarmee kan ik u helpen?'

'Weet u, ik was destijds iets te snel met mijn oordeel over uw boek,' zei ik. 'En ik wil me daar nogmaals voor excuseren. Ik weet dat we van mening verschillen over de citaten die u mij hebt toegeschreven, maar ik heb vanavond uw boek er nog eens bij gepakt en ik ben diep onder de indruk van hoe goed u in het hoofd van de volmaakte crimineel bent gekropen. In het hoofd van Thierry Mulch, weten we nu.'

Er viel een stilte, en ik hoorde op de achtergrond iets wat als gospelmuziek klonk voordat hij zei: 'Dat is ongekende lof uit uw mond, meneer Cross. Dat vind ik fijn om te horen, dank u wel.'

'Geen dank. Maar goed, nu u heeft kunnen nadenken over de achtergrond van Mulch, vroeg ik me af of u tot een dieper inzicht van zijn karakter bent gekomen, en wat hij met mijn gezin zou hebben kunnen gedaan?'

Er klonk een volgende en langere stilte, voordat Sunday zei: 'Ja, weet u, sinds u me hebt verteld dat Thierry Mulch mijn volmaakte crimineel is heb ik aan niets anders kunnen denken.'

'En?'

'Ik wil niet zelfingenomen klinken, maar ik geloof dat ik hem behoorlijk accuraat heb neergezet.'

'Wat bedoelt u daarmee?'

'Ik heb in mijn boek onomwonden gesteld dat de volmaakte crimineel in feite een existentialist is. Iemand die gelooft dat er geen intrinsiek goed en kwaad bestaat, dat er geen sluitende morele code bestaat in de wereld.'

'Dat heb ik gelezen, ja,' zei ik terwijl ik een blik op Aaliyah wierp, die haar mobiel van haar oor wegnam om ermee te gebaren dat ik door moest gaan. 'Denkt u dat Mulch een existentialist is?'

'Dat denk ik zeer zeker,' zei Sunday. 'Denk maar eens aan alle drastische acties die hij door de jaren heen heeft ondernomen. Hij heeft zijn vader vermoord om zich van hem te bevrijden en zichzelf te verrijken, daarna heeft hij zijn eigen dood in scène gezet. Hij heeft het nieuwe gezin van zijn moeder uitgemoord, en vervolgens het gezin van die vrouw van wie u vertelde dat hij bij Mulch op de middelbare school had gezeten?'

'Alice Littlefield,' zei ik.

'Ja, dus het zou veel te simpel zijn om deze man als een krankzinnige af te doen,' zei Sunday, die klonk alsof hij op een academisch symposium stond te oreren. 'Integendeel, ik denk dat deze drastische acties aantonen dat deze man uiterst scrupuleus en bedachtzaam is, maar vervolgens meedogenloos handelt. Hetgeen betekent dat hij weet dat hij niet volgens gangbare normen functioneert, en dat hij denkt dat een moreel universum een farce is. Zijn daden zijn simpelweg een middel om een doel te bereiken. Er is geen goed en er is geen kwaad. Er zijn alleen maar instrumenten om plannen te verwezenlijken.'

Ik zweeg en keek naar Aaliyah. Ze schudde haar hoofd.

'Interessant,' zei ik. 'En wat zouden die plannen en doelen dan precies inhouden?'

Na een moment van stilte zei Sunday: 'Dat weet ik niet. Misschien dat we hem dat kunnen vragen als u hem op een dag te pakken krijgt.'

'Daar kijk ik naar uit.'

'Anders ik wel,' zei Sunday. 'Nu, meneer Cross. Ik heb morgen een lange dag, en ik heb mijn slaap nodig.'

'Mag ik u nog één vraag stellen?'

Hij zuchtte en zei: 'Nou, eentje dan.'

'Bent u tijdens uw onderzoek ooit de naam Acadia Le Duc tegengekomen?'

## HOOFDSTUK 74

Marcus Sunday wierp een blik op Acadia Le Duc, die bewusteloos aan zijn voeten lag, en sloot zijn ogen. Hij haalde diep adem en zei: 'Zo'n naam zul je niet snel vergeten. Nee, eerlijk gezegd is dit de eerste keer dat ik die naam hoor.'

'Hé,' zei Cross. 'Maar dat is vreemd.'

'Wat is vreemd?' zei Sunday, die zijn ogen weer had geopend.

'Nou, u zei bij ons eerste gesprek dat u vorige week een signeersessie in Whodunit Books in Philadelphia had gehad, en volgens haar creditcardtransacties was Acadia Le Duc daar aanwezig,' zei Cross. 'Ze heeft zelfs een boek van u gekocht.'

Sunday moest zich bedwingen om Acadia geen schop tegen haar hoofd te geven en zei: 'Er waren die avond minstens vijfentwintig mensen. Wie is ze dan?'

'Ze is de handlanger van Mulch,' zei Cross. 'We hebben sterke bewijzen dat ze betrokken was bij de ontvoering van mijn zoon Damon, en we hebben enkele duidelijke foto's van haar. Morgenochtend komt het landelijk op het nieuws.'

Sunday weigerde toe te geven aan de vlijmscherpe pijnscheut in zijn hoofd en dwong zichzelf geschokt te klinken. 'Dus, wat, u denkt dat die mevrouw Le Duc namens Mulch mijn lezing in Philadelphia heeft bijgewoond?' vroeg hij.

Het bleef even stil voordat Cross zei: 'Dat zou goed mogelijk zijn, denkt u niet? U schrijft een boek over Mulch. Hij wil weten wie u bent, misschien wil hij u wel iets aandoen. Dus stuurt hij Acadia, of misschien dat hij er zelf ook wel was.'

Sunday kon alweer bijna glimlachen. Zo ging het gesprek weer de goede kant op. 'Dus u denkt dat Mulch die avond tussen het publiek kan hebben gezeten, recht voor mijn neus?'

'Waarom niet?' zei Cross. 'De lezing ging per slot van rekening over hem. U weet hoe ijdel criminelen van zijn kaliber kunnen zijn, ze denken altijd dat ze te slim zijn om gepakt te worden.'

Ik bén ook te slim om gepakt te worden, klootzak, dacht Sunday. Toen zei hij: 'Zou ik gevaar lopen?'

'Mulch en Le Duc zouden u mogelijk in de gaten kunnen houden. Misschien zijn ze al voorbereidingen aan het treffen om u te ontvoeren of te vermoorden.'

Sunday liet een zenuwachtig lachje horen. 'Serieus?'

'Serieus,' beaamde Cross. 'Waar was uw lezing in Memphis?'

Sunday was een moment lang volkomen uit het veld geslagen, maar toen wist hij een naam van de vorige dag uit zijn geheugen op te vissen. 'Booksellers in Laurelwood. God, ik heb zoveel van die lezingen dat ik het niet meer weet. Denkt u dat een van hen dáár gisteravond ook aanwezig was?'

'Acadia Le Duc zou er geweest kunnen zijn,' zei Cross. 'Ze is er gistermorgen vanuit DC naartoe gevlogen en heeft bij het vliegveld van Memphis een auto gehuurd.'

'Mijn god,' zei Sunday. Het was voor het eerst sinds hij Atticus Jones na zijn zogenaamde dood van zich af had moeten schudden dat hij het gevoel had dat ze hem op de hielen zaten. 'Zal ik de rest van de signeertour afzeggen?'

'Nee,' zei Cross. 'Ga gewoon door. De FBI zal agenten naar uw lezingen sturen. Waar is het in Austin, en wanneer precies?'

Acadia kreunde, ze lag nog steeds op de vloer. Sunday had knallende hoofdpijn. Hij dacht dat hij overal rekening mee had gehouden, maar Cross' vragen brachten hem van zijn stuk en dwongen hem bij elke wending in het gesprek tot improvisatie. Hij had gisteravond geen lezing gegeven, en er waren geen toekomstige data. Toen zag hij opeens een uitweg.

'Die lezing was vanavond,' zei hij. 'Ik heb nu niets staan tot vrijdagavond in LA, en dat is bij boekhandel Diesel in Brentwood.'

Acadia kreunde nog een keer, en Sunday kreeg het gevoel dat hij moest opschieten.

'Boekhandel Diesel in Brentwood,' herhaalde Cross, alsof hij het opschreef.

Opeens realiseerde Sunday zich dat hij al bijna tien minuten aan de telefoon zat, en zijn achterdocht groeide al snel uit tot de overtuiging dat ze hem probeerden te lokaliseren.

Hij imiteerde ruisgeluiden met zijn stem en zei: 'Meneer Cross?'

Hij maakte nog hardere ruisgeluiden en verbrak de verbinding. Direct daarna maakte hij zijn mobiel open en haalde de batterij eruit.

Ondanks de merkwaardige wending die Cross aan de gebeurtenissen had gegeven, besefte hij dat er een gerede kans bestond dat de rechercheur hem inmiddels als Thierry Mulch had ontmaskerd, wat er wederom op wees dat de tijd begon te dringen.

Het was tijd om het zinkende schip te verlaten, besloot hij, tijd om zijn biezen te pakken. Hij knielde neer om Acadia onder haar oksels omhoog te tillen. Ja, het was tijd om de persoon Marcus Sunday met al zijn ellendige obsessies op te doeken.

## HOOFDSTUK 75

Acadia registreerde lichtflitsen, druppels op haar gezicht en de huilende wind die overal om haar heen blies. Ze had knallende koppijn en had het vage idee dat ze in iets kouds en slijmerigs lag.

Ze opende haar ogen en zag alleen maar verschillende tinten duisternis. Toen probeerde ze te bewegen, en ze voelde paniek opkomen. Haar polsen waren boven haar hoofd vastgebonden en ze kon haar enkels ook niet bewegen. Ze probeerde te roepen, maar er zat een prop textiel in haar mond.

Waar ben ik? Hoe ben ik hier terechtgekomen?

Ondanks het gebonk in haar hoofd herinnerde ze zich de angst van haar moeder, en dat Sunday haar verteld had van de revolver zonder veiligheidspal.

Waar is hij? Waar ben ik?

Er verscheen een bliksemflits, waarna er een donderslag volgde. De wind draaide en bracht een misselijkmakende stank mee. Acadia wist nu precies waar ze was.

Ze sloot haar ogen en schreeuwde aan één stuk door.

Ze wist wat gepijnigde en schrille geluiden door de prop heen te produceren, maar ze werden door de wind gedempt. Het klonk niet harder dan een fluitende ketel in een ander gedeelte van het huis, de voorbijgaande toon van een trein in de verte – iets wat op een donkere en stormachtige nacht nauwelijks te horen viel.

Het kon Acadia niets schelen dat niemand haar hoorde. Ze gilde en trok aan haar boeien tot de huid van haar polsen en enkels rauw aanvoelde en er een knoop in haar buik zat. Ze liet zich terugvallen op het modderige strandje aan de rand van het moeras, de voederplaats van haar vaders krokodillen, en begon te snikken.

Ze hoorde iets kraken, en een gedempt licht viel van achteren over haar heen. Het kwam dichterbij en werd sterker. Acadia trok aan haar boeien, ze gooide haar hoofd in haar nek om naar achteren te kunnen kijken en zag Marcus Sunday, die de twee stormlantaarns van haar moeder vasthield.

Sunday hing ze aan het prikkeldraad dat tussen twee palen was gespannen. Dezelfde palen waar haar polsen aan waren vastgebonden. Ze keek naar haar voeten, en zag dat haar enkels aan twee andere palen dichter bij het water vastzaten.

'Je moeder zei me dat er licht moest komen,' zei Sunday, die nu rechts van Acadia stond. 'Licht en bloed.'

Hij haalde een knipmes tevoorschijn, klapte het open en knielde naast haar neer. Toen hij het doffe lemmet over haar ribbenkast en langs een van haar borsten liet gaan, schudde Acadia wild heen en weer.

'Je moeder is wel een flapuit, zeg,' vervolgde Sunday. 'Grappig dat sommige mensen zo reageren op een succesauteur, ze beginnen je opeens allemaal rare dingen over zichzelf te vertellen.'

'Doe haar alsjeblieft niets aan,' probeerde Acadia door de prop heen te zeggen.

'Wat zeg je daar?' zei Sunday. 'Ik kan je niet verstaan.'

Ze schreeuwde zo hard dat haar gezicht rood aanliep en de aders bij haar slapen opzwollen.

'Ook dat heb ik niet verstaan,' zei Sunday geamuseerd. 'Maar ik begrijp wat je bedoelt, liefje, en al je gesmeek voor je moeder en jezelf laat me eerlijk gezegd helemaal koud. En ik wil je flinterdunne excuses en smeekbedes ook eigenlijk niet horen. Jullie moeten alle twee verdwijnen, zodat ik verder kan.'

Hij gebaarde naar het moeras en het strandje waarop ze vastgebonden lag. 'En dit kleine tableau? Een smaakvol cadeau, waarvan ik de ironie altijd zal blijven koesteren.'

Acadia lag hijgend in de modder, ze gilde het uit en kronkelde van de pijn toen hij het mes bij haar navel zette en een snee van zo'n zes centimeter naar beneden maakte. Het bloed kwam direct tevoorschijn.

'Kun je het je voorstellen?' vroeg Sunday. 'Hoe ze de wond als eerste te lijf zullen gaan?'

Op dat moment werd Acadia volkomen hysterisch, ze gilde en huilde in angstige uitbarstingen, die een minuut lang doorgingen en haar versuft achterlieten.

'We hadden samen verder kunnen gaan, jij en ik,' zei Sunday terwijl hij het mes opborg. 'Nog veel verder. Maar jij hebt de zaak op de spits gedreven, liefje, en daar lig je nu en de lievelingetjes van je dode vader zullen er zo wel aan komen. Je zult nog veel plezier aan ze beleven.'

'Nee, Marcus,' probeerde Acadia door de prop heen te zeggen. 'Alsjeblieft!'

Maar Sunday snoof en liep weg zonder om te kijken.

De minuten leken uren te duren, er was niets anders dan het gehuil van de wind en de regen. Toen ging de wind liggen, de regen nam af tot gemiezer en de maan kwam tussen de wolken tevoorschijn.

'Help!' schreeuwde Acadia door de prop heen. Ze wist er een

langgerekte jammerklacht van te maken. 'Ma!'

Ze zweeg, ze ademde met korte stoten door haar neus en spitste haar oren.

*Zwiep.*

*Blup.*

*Plop.*

*Zwiep.*

Acadia kende deze geluiden al haar hele leven lang: het zwiepen van de gepantserde staart tegen de moerasplanten, de *blup* van een drie meter lang lijf dat onderdook, en de *plop* van een monster dat weer boven water kwam. Elk geluid sneed dieper in haar dan Sundays mes.

*Zwiep.*

*Zwiep.*

*Zwiep, blup.*

Het laatste geluid benam haar de adem.

Acadia strekte zich uit en tilde haar hoofd op. Ze kon zien dat het troebele water in beweging was, als melk die in koffie werd gegoten.

*Plop.*

De prehistorische kop kwam als eerste boven water.

# HOOFDSTUK 76

Iets na elven scheurden Tess Aaliyah en ik over de Evangelina Highway achter de zwaailichten van de patrouillewagen van sheriff Paul Gauvin aan. We reden in noordelijke richting en hadden Jennings achter ons gelaten. Achter ons reden nog drie patrouillewagens, elk met twee agenten, en er was zelfs ook nog een politiehond mee. Geen van de wagens had zijn sirene aan.

We hadden genoeg reden voor deze heimelijke haast. Ik had Sunday lang genoeg aan de telefoon weten te houden, en de FBI had zijn nummer gelokaliseerd; hij bevond zich binnen een straal van negen kilometer van Acadia Le Ducs ouderlijk huis. Nu was er geen twijfel meer mogelijk. Sunday was Mulch, de man die verantwoordelijk was voor verschillende moorden, alsmede voor mijn lijden en dat van mijn gezin. En het was duidelijk dat Acadia Le Duc zich ook in dit gebied bevond. Autoverhuurbedrijf Hertz had de gps-locator ingeschakeld, en haar wagen binnen een straal van vijf kilometer van het huis gelokaliseerd.

Als Sunday en Le Duc elkaar in een afgelegen huis in de Bayou des Cannes troffen, dan leek het ons logisch dat Bree, Damon, Jannie, Ali en Nana Mama daar werden vastgehouden.

'Gaat het, Alex?' vroeg Aaliyah.

Ik schudde mijn hoofd en zei: 'Als ik had geweten dat hij hier was toen ik belde, dan was ik nooit over Acadia begonnen. Het zou kunnen dat ik mijn hand heb overspeeld.'

'Je moest hem zo lang mogelijk aan de lijn houden,' zei ze. 'Je hebt het goed gedaan. We weten nu dat hij hier is.'

'Maar wat is hij aan het doen?' vroeg ik. 'Wat voeren Acadia en hij daar uit?'

Voordat Aaliyah me kon antwoorden zette sheriff Gauvin zijn zwaailicht uit en remde af om een modderige landweg in te slaan die door een bos leidde. Na drie kilometer stopte hij naast een nieuw model Ford pick-up en stapte uit. Gauvin was een lange, tanige man van halverwege de vijftig, en met zijn flaporen en cowboyhoed leek hij op de Hollywood-versie van een zuidelijke redneck-agent.

Maar Gauvin trad me onbevangen tegemoet, en uit de korte gesprekken die ik met hem had kon ik opmaken dat hij niet kortzichtig was. Hij was slim, onderlegd en niet gevoelig voor rangen en standen. Hij en zijn mannen wilden me graag helpen mijn gezin terug te vinden, en als ze Acadia Le Duc dan ook nog eens konden inrekenen, dan was dat prima.

Aaliyah en ik stapten uit en liepen naar de sheriff, die met de undercoveragent in de pick-up praatte.

'Tony zegt dat er niemand voorbij is gekomen sinds hij hier staat,' zei Gauvin.

'Erg rustig hier,' beaamde de agent. 'Op de wind en de regen na dan.'

'Dus ze hadden er al op gerekend dat de weg in de gaten zou worden gehouden,' zei Aaliyah.

'Daar ziet het wel naar uit,' zei de sheriff. 'Vanaf de plek waar Acadia de huurauto heeft achtergelaten is het niet makkelijk om bij het huis te komen – alleen maar ontoegankelijk moerasland.'

'Maar we hebben dus geen idee hoe Sunday het huis heeft bereikt,' zei ik.

'Het zou kunnen dat hij een moerasboot heeft gebruikt,' zei Gauvin. 'Er loopt een arm van de bayou vlak langs het huis, maar je moet wel weten wat je doet als je er op een nacht als deze heen vaart.'

Er stapten vijf agenten uit, het waren allemaal frisse, jonge dienders met kogelvrije vesten en geweren. Ik vroeg me af hoeveel training ze hadden gehad en zei: 'Niemand lost een schot, tenzij je er opdracht voor krijgt. Het kan zijn dat mijn gezin zich in het huis bevindt, en ik wil niet dat iemand per ongeluk wordt neergeschoten.'

Enkelen van hen keken beledigd, maar dat kon me niets schelen. Ondanks de gekwetste ego's moest ik het ze even zeggen. De zesde agent was een vrouw die Shields heette, en ze hield een stevige Duitse herder – Maxwell genaamd – kort aan de riem. Ik hield van politiehonden. Ze hadden me meer dan eens het leven gered.

'Het bandenspoor dat naar het huis van Le Duc leidt begint na zo'n honderd meter,' zei Gauvin. 'Het lijkt me het best als we er als groep heen lopen, en ons dan verspreiden om het huis te omsingelen.'

Het leek me een goed plan, dus ik knikte en nam een walkietalkie in ontvangst. We liepen zwijgend over de weg, tot agent Shields en Maxwell ons voorgingen over een modderig bandenspoor. De bomen en struiken ruisten in de straffe wind en besproeiden ons met regendruppels terwijl we achter elkaar en zonder verlichting naar het houten huis toe liepen. Toen we licht door de bladeren zagen schijnen stopten we, en Gauvin begon zijn mannen te instrueren. Vier van hen moesten vanaf hier met een boog om het huis heen lopen, twee van hen moesten bij de achterkant posten, terwijl de andere twee door moesten lopen naar de andere kant van het erf.

'Voorlopig houden jullie alleen de boel in de gaten,' sprak de sheriff met gedempte stem. 'Meer niet. Je observeert, en als je iets ziet, dan meld je het me. Is dat duidelijk?'

De vier agenten knikten alsof ze nog nooit zoiets spannends hadden gedaan. Toen ze vertrokken stak Maxwell zijn snuit in de wind en begon zachtjes te janken.

'Wat is er, jongen?' zei agent Shields.

Maxwell hijgde en jankte toen weer.

'Er is iets wat hem niet bevalt,' zei Shields.

'Dan bevalt het mij ook niet,' zei Gauvin, die zich direct omdraaide en in de richting van het huis begon te lopen. Shields, Maxwell, Aaliyah en ik volgden hem.

Hij hield zijn pas in toen het huis en het erf in zicht kwamen. Er viel niets te zien op het doorweekte erf, dat naar modder en verrotting rook. Vanuit het huis – misschien dat er een radio aanstond – klonk de stem van een dominee die aan het declameren was over hel en verdoemenis. De deur van het huis stond op een kier open. Er waren verschillende bijgebouwen, de meeste schuren, die eruitzagen alsof ze elk moment konden instorten. Maar je kon er ook mensen in vasthouden, dacht ik. Al leek het huis me daarvoor de aangewezen plek.

De sheriff en ik stonden met getrokken pistool voor de met gaas omspannen veranda. Er kwamen berichten binnen via de walkietalkie. De agenten observeerden de ramen – waar geen gordijnen voor hingen – en hadden tot nu toe geen enkele beweging gezien.

'Marcus Sunday en Acadia Le Duc!' riep ik met luide stem. 'Jullie zijn omsingeld! Gooi je wapens op de grond en geef je over!'

Het enige wat we hoorden was de radio.

Gauvin en ik keken toe hoe agent Shields de hordeur van de veranda openduwde en Maxwell naar binnen stuurde. Hij aarzelde even op de veranda en liep toen het huis in. Tien seconden later hoorden we een woest geblaf.

'Hij heeft iets gevonden,' zei Shields.

Gauvin, Aaliyah en ik liepen de veranda op, de agent volgde ons.

In een hoek van de veranda lag een versufte pitbull.

We liepen het huis in en kwamen in een rattenhol terecht waarin het looppad werd gevormd door stapels *People* en bergen lege colablikjes.

Het geblaf leidde ons naar een verlichte deuropening, waarachter we Maxwell bij een met bloed doordrenkt bed aantroffen. De keel van Acadia Le Ducs moeder was van oor tot oor doorgesneden, op dezelfde manier als waarop Mulch zijn moeder had vermoord.

Shields gaf Maxwell een streng commando en het geblaf stopte.

Over de herrie van de radio heen hoorden we het afgrijselijke geschreeuw van een vrouw.

# HOOFDSTUK 77

In situaties waarin ieder weldenkend mens het gevaar ontvlucht, treden wetshandhavers het juist tegemoet. Vanavond was het niet anders.

Maar ik had er meer belang bij dan de anderen, dus ik rende bijna over Shields en Aaliyah heen om buiten te komen. Ik kon alleen maar aan Bree, Damon, Jannie, Ali en Nana Mama denken. Ik sprong de veranda af, passeerde het erf en sprintte in de richting van de bayou. Het geschreeuw stopte abrupt, waarna er een aanzwellend gejammer klonk.

Ik stormde langs de agenten – die voorzichtig op de geluiden af waren gekomen – en rende om een bosje cipressen heen, om bij een aflopend en verborgen stuk erf aan te komen dat op een oude steiger uitkwam. Rechts van me zag ik twee lichtkegels bij het binnenwater.

Het was alsof ik tegen een onzichtbare muur aan liep. Ik stond aan de grond genageld toen ik in het licht van twee gaslantaarns het meest schokkende tafereel zag dat ik ooit had gezien. Het was zo afgrijselijk dat ik een moment stokstijf bleef staan, met open mond, niet in staat om het te verwerken of te handelen.

In het zachte licht zag ik een krokodil bij Acadia Le Duc zitten. Ze kronkelde, schreeuwde en trilde alsof ze onder stroom stond. Het beest had een flinke hap uit haar rechterdij genomen.

Een tweede monster bewoog zich traag om het eerste heen en leek zijn eigen plek te zoeken. Een derde krokodil kroop over het strand in de richting van haar voeten.

Maxwell sprong de helling af en begon woest tegen de eerste krokodil te blaffen. Het reptiel stond net op het punt om een volgende hap te nemen, maar in plaats daarvan hief het zijn kop op naar de hond, opende zijn bloederige bek en liet een gesis horen dat klonk als een tiental gealarmeerde slangen.

De Duitse herder aarzelde niet en stond klaar om aan te vallen; hij gromde en blafte en liet zijn tanden zien. Ik dacht even dat de krokodil zich zou terugtrekken.

Maar toen de politiehond hem vanaf de zijkant naderde en binnen zijn bereik was, haalde de krokodil vliegensvlug uit met zijn gepantserde staart, en het was alsof een zweep van honderd kilo Maxwells kop en bovenlijf een zwieper gaf.

Het was net een boxer die knock-out werd geslagen. Was de hond het ene moment nog volop in de aanval en leek hij de krokodil te verjagen, het volgende moment lag hij stuiptrekkend en versuft in de modder.

Wat er toen gebeurde zal voor altijd in mijn geheugen gegrift staan.

Sheriff Gauvin, zijn agenten, Shields en Aaliyah arriveerden allemaal op hetzelfde moment. Ze stonden allemaal aan de grond genageld, en de ontzetting stond op hun gezichten geschreven.

'Max!' riep Shields uit, en ze wilde naar hem toe lopen.

Maar sheriff Gauvin was sneller. Hij trok een pompgeweer uit de handen van een van zijn agenten en liep naar voren. 'Iedereen naar achteren, en niemand schiet, tenzij ik het zeg,' riep hij.

De sheriff van Jefferson Davis Parish hield het geweer in de aanslag, de kolf tegen zijn wang, en liep behoedzaam op de tweede krokodil af; het beest had eerst Acadia willen pakken, maar nu kroop hij naar Maxwell toe. Gauvin liep voorovergebogen en sneed het reptiel de pas af. Hij stak het jachtgeweer snel met zijn rechterhand in het oog van de krokodil en haalde de trekker over om een vuistgroot gat in de kop van het beest te pompen.

De krokodil maakte een machtige slag met zijn hele lijf, en ik dacht dat hij Gauvins benen zou breken, of nog erger. Maar de sheriff was snel voor een man van in de vijftig; hij sprong hoog over het creperende reptiel heen. Hij herlaadde het geweer en knielde vlak voor de eerste krokodil neer, die nu op Acadia Le Duc zat.

Net als bij de politiehond reageerde de eerste, grotere krokodil ongelooflijk snel. Hij hief zijn kop naar de sheriff, opende zijn bek om hard te sissen en haalde met zijn staart naar Gauvin uit.

De sheriff sprong weer omhoog en kwam neer vlak naast het enorme reptiel van driehonderd kilo, dat zijn bek weer opende en met zijn kop en bovenlijf de aanval voortzette. De klap vloerde Gauvin, maar voordat hij viel wist hij nog net de loop van het geweer in de bek van de krokodil te steken.

De kaken van het beest klapten dicht, en de trekker van het geweer bevond zich nog net voor de bloederige rij tanden. Het monster schudde zijn kop heen en weer, en Gauvin verloor zijn greep op het wapen.

De kolf van het geweer stak uit de bek van de krokodil terwijl hij naar Gauvin toe kroop. De enorme nagels op zijn voorpoten trokken bloederige strepen over de benen van de sheriff, die zijn armen naar het geweer uitstrekte. Hij wist zijn duim achter de trekker te krijgen en duwde die met al zijn kracht naar voren.

Het schot blies de complete ruggengraat van het reptiel eruit. Het beest kwam boven op Gauvin terecht, en maakte het geluid van een lekgestoken band.

## HOOFDSTUK 78

In al mijn jaren bij de politie had ik nog nooit een verwonding gezien die er zo gruwelijk uitzag als deze. De tanden van de krokodil waren als een zaag door Acadia Le Ducs dij gegaan, er waren een paar flinke happen uit genomen en haar dijbeen was verbrijzeld. Het versplinterde bot was zichtbaar, en bij elke hartslag gulpte het bloed uit de wond.

'Dat is slagaderlijk bloed!' riep ik terwijl ik me naar haar toe haastte. Ik pakte een lap stof die naast haar in de modder lag en drukte die stevig op de wond, terwijl ze jammerde, trilde, en haar ogen uit haar hoofd puilden.

'Er is een ambulance onderweg, Acadia,' zei ik. 'Je gaat het halen.' Vanuit mijn ooghoek zag ik de derde krokodil in het water glijden.

Acadia keek me aan alsof ik van een andere planeet kwam. 'Probeer je me te redden? Na alles wat er gebeurd is?' wist ze met moeite uit te brengen.

'Waar is Sunday?' vroeg ik. 'Waar is mijn gezin?'

Haar ogen werden glazig en ik schudde haar door elkaar. 'Blijf erbij, Acadia. Waar is mijn gezin?'

Ze had een van haar polsen weten los weten te wringen en moest verschrikkelijk veel pijn hebben, want ze greep me met een verrassende kracht bij mijn arm. De panter van haar tatoeage leek zich schrap te zetten. Ik keek haar aan en zei vriendelijk: 'Zeg me waar Sunday mijn gezin verborgen houdt. Zijn ze hier?'

Ze zei niets.

'Zeg me waar ze zijn,' drong ik aan.

Ze bleef zwijgen, maar hield mijn blik vast.

'Acadia,' zei ik met trillende stem, 'je kunt verlossing vinden. Je kunt laten zien dat er nog iets goeds in je zit.'

Ze knipperde met haar ogen, waarna haar blik verzachtte. Ik dacht even dat ze het me zou vertellen.

Toen fluisterde ze: 'Marcus zegt dat er geen verlossing is, Cross. Er bestaat geen absolute moraal. Marcus is een solitair universum...'

Ze probeerde op mij te focussen; haar kin bewoog in schokkerige cirkels. 'Dood me,' fluisterde ze. 'Ik kan niet in een gevangenis leven, Cross. Neem wraak. Laat zien dat je een solitair universum bent.'

Ik staarde haar geschokt en ongelovig aan. Dit was wat Sunday met al zijn waanzin had bereikt: hij had zijn handlanger aan de krokodillen gevoerd, en toch verdedigde ze nog steeds zijn denkbeelden en vroeg ze me of ik haar leven wilde beëindigen.

'Geen sprake van,' zei ik. 'Je zult boeten voor je misdaden. Maar als me vertelt waar...'

Ze knarsetandde, sloot haar ogen en haar gewonde been begon haast elektrisch te trillen. Ze gilde en gilde, tot ze van pijn het bewustzijn verloor. Haar hoofd viel naar één kant.

Ik schudde haar nogmaals door elkaar.

'Waar is mijn gezin?' schreeuwde ik uit. 'Zeg me waar hij mijn gezin verborgen houdt!'

Ik wilde de lap stof van haar wond af halen en haar dood laten bloeden; ik wilde dat de wereld van haar verlost was. Maar in plaats daarvan sloeg ik haar, en nog een keer, ze moest wakker blijven.

Ik voelde een hand op mijn schouder en keek verward op. Aaliyah stond naast me en zei: 'Dit zal ons geen goeddoen als haar zaak voorkomt.'

Na een paar minuten arriveerden er brandweerauto's en ambulances met paramedisch personeel. Ze gingen direct met Acadia en sheriff Gauvin aan de slag. Toen ik de naald van de morfine-injectie in haar arm zag verdwijnen, wist ik dat het nog uren, zo niet dagen kon duren voordat Sundays liefje weer aanspreekbaar was.

Ik voelde me verdoofd, het leek allemaal langs me heen te gaan.

Agent Shields knielde bij Maxwell neer en aaide de hond over zijn kop; het dier was bijgekomen, maar leek niet te kunnen lopen.

'Wat ben je toch een dappere jongen,' sprak Shields hem toe met een kinderstemmetje. 'De dapperste hond die er is.' Maxwell kwispelde met zijn staart.

Het ambulancepersoneel rolde de krokodil van sheriff Gauvin af. Hij was bij bewustzijn, maar had veel pijn. Ik wilde naar hem toe gaan, hem een hart onder de riem steken, maar ik kon het niet omdat Sunday mijn gedachten beheerste.

'Sunday was hier om schoon schip te maken,' zei ik. 'Hij zal hetzelfde met mijn gezin hebben gedaan. Waarschijnlijk heeft hij ze al ergens aan de varkens of krokodillen gevoerd.'

'Dat weten we niet, Alex. We weten niet eens of ze hier wel zijn,' zei ze, maar ik zag mijn wanhoop op haar gezicht weerspiegeld.

We doorzochten alle bijgebouwen. Tussen de bergen waardeloze rotzooi vonden we niets wat erop wees dat mijn gezin hier ooit verborgen was gehouden.

Het ambulancepersoneel duwde de brancard met Acadia Le Duc naar boven; op dat moment haatte ik haar vanuit het diepst van mijn hart, en ik wenste haar het ergste toe. Ik liep naar de brancard waar sheriff Gauvin op lag.

'Een paar gebroken ribben,' zei hij met schorre stem. 'Ik voelde het al toen het beest boven op me viel.'

'Dat was de dapperste daad die ik ooit heb gezien,' zei ik. En iedereen om me heen mompelde instemmend.

'Ach, er kwam wat geluk bij kijken voor deze ouwe jongen,' zei Gauvin. 'Als kind mocht ik mee op krokodillenjacht. Je leert hun zwakke plekken kennen.'

Terwijl hij naar een ambulance werd gereden, keek ik op mijn horloge. Het was na twaalven, en ik was al op de been sinds Aaliyah me in de kleine uurtjes van de ochtend had gewekt. Ik wilde nog energie uit mijn woede putten, maar het ging niet meer. De emotionele en fysieke uitputting begon haar tol te eisen.

'Ik trek het niet meer,' zei ik tegen Aaliyah. 'Ik heb slaap nodig.'

Ze keek me bezorgd aan en zei: 'Ik weet zeker dat een van de agenten je wel naar een motel wil brengen. Maar iemand zal het onderzoek op deze plaats delict moeten afronden en DC op de hoogte moeten brengen.'

'Je hebt genoeg gedaan,' zei ik.

'Rechercheur Cross, we zijn nog niet klaar met deze zaak.' Aaliyah probeerde enthousiasmerend te klinken. 'Nog lang niet. Eén telefoontje, en de FBI vaardigt een nationaal opsporingsbericht voor Sunday uit. Uiteindelijk zal iemand hem herkennen.'

'"Uiteindelijk" is waarschijnlijk te laat,' zei ik somber. 'Zoals ik al zei: Mulch is schoon schip aan het maken. Als hij ze al niet heeft vermoord, dan is hij nu naar ze onderweg om het te doen.'

'Geef de moed niet op,' zei Aaliyah, 'en sms me even waar we overnachten.'

Ik beloofde dat ik een kamer voor haar zou regelen en strompelde naar onze huurauto. Het regende weer, maar dat kon me niets schelen. Mulch was hier geweest, had zijn vuile zaakjes geregeld en was weer vertrokken. Waarschijnlijk per moerasboot, en nu was hij waarschijnlijk op weg naar de plek waar hij Bree, Damon, Jannie, Ali en Nana Mama verborgen hield.

Voor het eerst sinds ik Damons kamer op Kraft had verlaten werd ik door angst overmand. Die verlamde me, en ik had het gevoel dat ik nog liever wilde sterven dan dat ik nog een keer voor de duistere afgrond van Sundays wereld zou moeten staan.

# HOOFDSTUK 79

Vanaf de overkant van de zijarm van de bayou had Marcus Sunday bijna alles gezien met zijn nachtkijker. Hij had genoten toen hij de beroering in de modderige water zag, en hield zijn adem in toen de eerste krokodil op Acadia afkroop.

De uitdrukking op Acadia's gezicht toen de krokodil aanviel was het wachten dubbel en dwars waard geweest. Zoiets moois zag je maar zelden. Maar vlak voordat het reptiel de eerste hap uit haar dijbeen nam wist ze de prop textiel uit te spugen.

Zijn fascinatie groeide toen hij Acadia hoorde gillen en haar zag kronkelen. Hij begreep opeens waarom in het oude Rome het Circus Maximus vol zat wanneer de gladiatoren tegen wilde beesten moesten vechten.

Hij kon zijn ogen niet van het bloederige drama afhouden, en Sunday bedacht dat hij in de verkeerde tijd was geboren, en dat het een bijzondere piekervaring was dat hij dit hier en nu kon aanschouwen.

Maar toen waren Cross, de politiehond en een legertje agenten schijnbaar uit het niets verschenen, en daar schrok hij toch wel van. Hij realiseerde zich hoe dicht ze hem op de hielen zaten, en dat hij al gepakt had kunnen zijn voordat hij dit vermakelijke experiment had kunnen organiseren.

Toen viel de hond de krokodil aan; hij kreeg een klap van de gepantserde staart en werd tegen de grond gesmakt. Er verscheen een oudere politieman ten tonele, die als een soort ninja tekeerging en de hond en Acadia redde. Sunday bewonderde zijn snelle acties, zijn elan en kordaatheid, maar hij was ervan overtuigd dat het allemaal voor niets was. Als er zo'n hap uit je dijbeen was genomen, kon zijn liefje dat eenvoudigweg niet overleven, toch?

Maar zijn zelfvertrouwen kreeg een flinke knauw toen Cross de lap textiel op haar wond drukte en vervolgens met haar leek te praten. Hoe langer hij bij haar zat, hoe dieper de paranoia zich een weg in Sundays brein groef.

Wat zei Acadia tegen hem?

En kon ze eigenlijk wel iets zeggen?

Sunday zag dat Acadia's hoofd naar één kant viel. Was ze dood? Hij kon het niet zien. Hij liet de nachtkijker zakken. Cross was zo'n dertig, misschien veertig seconden bij haar geweest. Had Acadia in die tijd alles eruit gegooid en hem verteld waar zijn gezin zich bevond?

Het zou kunnen, besloot hij. Maar had ze het ook gedaan? Kon ze eigenlijk nog wel praten?

Sunday hield de nachtkijker weer voor zijn ogen en concentreerde zich op Cross. Hij verwachtte een ongeduldige reactie, een teken dat hij snel ergens anders heen moest. Maar in plaats daarvan liep er een vrouw naar hem toe, terwijl Cross verslagen naar Acadia bleef kijken.

Sunday glimlachte zuinig.

*Mooi, hij weet het niet. Dan krijgen we nu de finale.*

Maar hoe kon hij dit het best aanpakken?

Er klonk een waarschuwende stem in zijn hoofd die hem zei dat Acadia waarschijnlijk had onthuld dat Marcus Sunday in werkelijkheid Thierry Mulch was, of Cross er nu verslagen bij stond of niet. Maar daar maakte hij zich eigenlijk niet druk om.

Als schrijver wist hij dat namen slechts namen waren. Je kon ze veranderen wanneer je wilde, want het waren de daden die de personages maakten, niet hoe ze genoemd werden. Zijn dode moeder was daar een voorbeeld van.

Dezelfde waarschuwende stem zei Sunday om schoon schip te maken en een nieuwe identiteit aan te nemen. Geen grootse finale; laat het gezin Cross maar gevonden worden, of laat ze sterven. In het grotere geheel maakte het niet veel uit.

Maar dat ging niet op voor dit project. Het maakte heel veel uit. Hij had het uitgangspunt van dit spel bedacht. Hij had met alles rekening gehouden – nou ja, bijna alles. Zeker, er waren wat hobbels in de weg geweest, maar hij liep nog steeds op schema. Het scheelde misschien een paar dagen, maar hij had bereikt waar hij wilde zijn.

Maar hoe moest hij het tot een bevredigend einde brengen?

Toen hij zich voorstelde hoe het containerschip bij hoogwater richting New Orleans voer, speelde hij even met het idee om ernaartoe te gaan, de container open te maken en luchtbellen in de intraveneuze slangen te schieten. Maak ze allemaal af, laat Cross maar voor de rest van zijn leven dit verdriet hebben. Terwijl hij een nieuwe identiteit zou aannemen. Hij had het geld en de benodigde documenten al klaarliggen. Waarom zou hij nog meer risico nemen? Het was een plezierig spel geweest, en nu was het tijd om verder te gaan.

Sunday stond op het punt om het zo te laten lopen. Hij wilde zijn mobiel al pakken om de gps-coördinaten van de heenweg op te zoeken; daarna zou hij met de gestolen moerasboot naar zijn huurauto varen en naar New Orleans rijden.

Maar toen zag hij aan de overkant van de waterarm zwaailichten naderen. Er reed een ambulance het erf op, en de situatie werd chaotisch. Ambulancepersoneel rende op Acadia af en ging direct met haar aan de slag. Ze leefde dus nog.

Cross en de vrouw waren nu de schuren aan het doorzoeken.

Sundays grijns was teruggekeerd. Dit verklaarde alles.

Cross weet niet waar zijn vrouw, kinderen en grootmoeder zijn, want Acadia heeft het hem niet verteld. Let op: hij gaat nu als een gek de plaats delict uitkammen. Een verloren ziel die niet weet waar hij het moet zoeken.

Er verscheen een volgende patrouillewagen op het erf, gevolgd door een wagen van de Louisiana State Troopers. Nog even, en het zou er één grote kermis worden. Het onderzoek zou uit zijn handen glippen. Hij zou mentaal, spiritueel en emotioneel de weg kwijt zijn. Geïsoleerd en verloren zou hij ronddwalen. Net als op de nacht voor Pasen.

Als een zombie.

Sunday keek op zijn horloge. Het was na twaalven. Hij moest weer aan het schip denken, dat op de gezwollen voorjaarsvloed naar het zuiden opstoomde. Hij richtte de nachtkijker weer op Cross; hij zag dat de rechercheur weer met de vrouw stond te praten. Hij wekte de indruk aan het eind van zijn Latijn te zijn. Een man die bang was voor het verlies dat hem te wachten stond, iemand die zich aan elke laatste strohalm zou vastgrijpen.

Zolang er nog hoop was.

Hoop op wat?

Welke laatste strohalm?

Toen zag hij het ineens voor zich, als een bliksemslag.

In een oogverblindend moment van inzicht wist hij eindelijk hoe hij dit spel, en de geschiedenis van Alex Cross, zou beëindigen.

# HOOFDSTUK 80

Toen ik over het bandenspoor terugliep naar de onverharde weg die naar de Bayou des Cannes leidde, begon de wind weer aan te wakkeren. Het regende ook alweer een tijd, en in de verte hoorde ik het grommel van nieuwe onweersbuien. Tegen de tijd dat ik de Jeep startte om naar Jennings te rijden schoten de bliksemschichten door de nachtelijke hemel.

Bij elke donderslag had ik het gevoel dat mijn hoofd bijna doormidden spleet. Ik moest water drinken. Ik moest een paracetamol nemen. Ik moest…

Mijn mobiel met beltegoed klonk, het was een sms. Ik reed over de Evangeline Highway en naderde de hoofdstad van Jefferson Davis Parish. Toen ik voor een stoplicht moest wachten pakte ik de mobiel en las het bericht.

*Ga naar New Orleans*, stond er. *Alleen. Je hebt tot 4.30 uur om de Big Easy te bereiken. Meld je aankomst op de Casual Encounters-pagina van Craigslist, bij 'Vrouw zoekt man'. Doe wat ik zeg, en je zult je gezin levend terugvinden. Probeer niet slim te zijn en de politie er op wat voor manier dan ook bij te betrekken, want dan zul je ze dood terugvinden. Dit is je laatste strohalm, Cross. Verknal het niet nu je zo dicht bij je doel bent. Overigens, na je antwoord zal deze mobiel worden vernietigd.*

Eigenlijk had ik zin om mijn eigen telefoon te vernietigen. Ik was uitgeput. Ik was al het gemanipuleer moe. Ik wist niet of ik dit nog langer zou weten vol te houden.

Maar toen ik het bericht voor de tweede en derde keer las, bleef ik telkens hangen bij de zin 'Dit is je laatste strohalm, Cross'. Het was alsof Sunday een uitgehongerde hond die aan de ketting lag een stuk worst voorhield. Ik had genoeg van alle wreedheid; ik wist dat ik niet bij de worst kon komen, maar probeerde het toch.

Ondanks de woede, de moeheid en de afkeer greep ik me toch vast aan die laatste strohalm. Het was een beter alternatief dan deze doodswens.

*Ik ben onderweg, Sunday*, sms'te ik terug. *Alleen.*

## HOOFDSTUK 81

Ik kocht twee broodjes ham-kaas en drie bekers koffie in het 24-uurs tankstation bij de oprit naar de I-10.

De broodjes smaakten alsof ze al een paar dagen geleden waren gesmeerd en de koffie was oud en bitter, maar ik dwong mezelf het allemaal naar binnen te werken, terwijl ik in de stromende regen in oostelijke richting reed. Bevond mijn gezin zich in New Orleans? Had Sunday ze in deze stad verborgen gehouden? En waarom daar?

Sommige acties van Mulch leken even willekeurig als wreed. Maar misschien kwam dat ook door mijn gebrek aan informatie. Wat waren zijn drijfveren? Hij was zijn ouderlijk milieu ontvlucht met miljoenen dollars, en had vervolgens zijn leergierigheid bevredigd met een doctoraalexamen op Harvard. Sunday had het comfortabele leven van een academicus kunnen leiden.

Maar in plaats daarvan had hij zijn moeder afgeslacht omdat ze haar verleden was ontvlucht; en daarna Alice Monahan en haar hele gezin, om redenen die me nog steeds niet duidelijk waren. Vervolgens had hij het lef om over deze seriemoorden een boek te schrijven, waarin de moordenaar als de volmaakte crimineel werd bestempeld, omdat hij geen sporen had achtergelaten en nooit was gepakt.

Het gekke was dat hij daar nog mee had kunnen wegkomen, als hij niet besloten had, om wat voor verknipte reden dan ook, om mij en mijn gezin als doelwit te kiezen voor zijn moordlustige wraakgevoelens. Daar begreep ik nog steeds niets van, en het knaagde aan me terwijl ik van Lafayette naar Baton Rouge reed.

Op een paar telefonische interviews na had ik geen enkel contact met deze man gehad. Goed, ik had wel een zure recensie in de *Post* – oké: een negatieve recensie – over zijn boek geschreven. Maar toch, waarom ik?

Misschien dat hij me vanwege mijn reputatie als een bedreiging zag. Misschien dat hij bang was dat ik hem uiteindelijk als de dader van de Omaha- en Forth Worth-moorden zou ontmaskeren. Maar het kon ook zijn dat al deze wreedheden waren voortgekomen uit iets waar ik nog geen weet van had.

Had Bree hem in het verleden ooit iets aangedaan? Niet dat ik wist. Nee, dit ging over mij. En over niemand anders.

Maar wat als het gewoon een gril was? Wat als er op het verkeerde moment een chemisch stofje in zijn disfunctionerende brein was gaan lekken en hij geobsedeerd door me was geraakt, net als Mark Chapman dat met John Lennon had, en hij zonder enige reden besloten had me te straffen?

Het idee dat het volslagen willekeur was vond ik nog het ergste. Ondanks alles wat me de afgelopen twaalf dagen overkomen was, geloofde ik nog steeds in God en de gedachte dat Hij voor iedereen een plan had. Maar nu ik hier door de nacht reed, op weg naar een eindspel of een hinderlaag, had ik het gevoel dat Sunday de kracht van mijn geloof op de proef stelde.

Ik bedacht dat hij niets had gezegd over de video van de dubbele moord die ik hem later vandaag had moeten opsturen. Het leek erop dat het niet meer belangrijk voor hem was – hij wilde alleen nog maar dat ik in New Orleans zou zijn.

Terwijl ik de Atchafalaya River overstak, werd ik door zware twijfels geplaagd en de tranen stonden in mijn ogen. Wat als ik hen gewoon dood zou terugvinden na al deze beproevingen? Wat als het inderdaad zo willekeurig was?

Ik veegde de tranen met mijn mouw af en bad. 'Laat het alsjeblieft niet gebeuren. Neem mij als U wilt, God, maar laat hen leven.'

De regen nam af. Ik gaf wat extra gas terwijl ik over de verhoogde snelweg door het natuurreservaat tussen Lafayette en Baton Rouge reed. Een paar minuten lang viel er een vreemde stilte, het was gestopt met regenen en er leek geen wind meer te zijn. Ik trapte het gaspedaal nog dieper in en reed nu honderdtien kilometer per uur.

Toen begon vanuit het niets de wind aan te wakkeren tot hij bulderde. Met orkaankracht sloeg hij tegen de auto. Vanuit de moerassen waaide een zee van natte bladeren op het toch al gladde asfalt van de snelweg. Een kleine sedan die voor me op de rechterrijstrook reed slipte. De bestuurder corrigeerde en had zijn auto bijna weer recht, toen de wagen opeens naar de linkerrijstrook schoot. Ik moest voor hem uitwijken en gaf een ruk aan het stuur.

In mijn politiecarrière had ik verschillende slipcursussen gevolgd, maar er was niets wat kon voorkomen dat mijn auto tegen de rechtervangrail op knalde.

Ik reed harder dan honderd en de wagen sloeg over de kop. Hij schoof in een spiraalbeweging over het wegdek en schoot over de linkervangrail de duisternis in.

# HOOFDSTUK 82

Het meteorologisch instituut zou later verklaren dat Zuid-Louisiana die nacht door vier tornado's was getroffen. De derde ontstond rond 1.35 uur in de buurt van Ville Platte en trok een spoor van vernielingen tot Opelousas. Daar loste hij op, maar de restanten wind geselden het natuurreservaat en trokken over de I-10, waardoor de sedan vóór mij slipte en ik moest uitwijken. Mijn gehuurde Jeep Cherokee sloeg over de kop en schoot over de vangrail van de verhoogde snelweg af.

Ik herinnerde me later dat het was alsof ik buiten mezelf trad, alsof het iemand anders overkwam. Verlicht door een overgebleven koplamp zag ik in een fractie van een seconde het bladerdak van een dicht bos, waarna de auto de eerste takken raakte. Het raampje naast me verbrijzelde, en de wagen viel hotsend en botsend langs afbrekende takken naar beneden.

Maar nog voordat hij de grond raakte, knalde hij tegen een dikke ceder op, waardoor de overgebleven koplamp het begaf. De auto sloeg naar achteren en viel in één keer van meer dan vier meter hoogte loodrecht naar beneden.

De impact van de klap had kolossaal moeten zijn, met gebroken botten en misschien wel een gebroken nek tot gevolg, en dan was het afgelopen geweest. En het had oorverdovende dreun moeten zijn.

Maar in plaats daarvan had het moeras zich geopend, om de massa en snelheid van de wagen op te vangen met een geluid dat een bizarre mix was tussen de plop van een racket dat een tennisbal raakte en de plons van een kind dat in een zwembad een bommetje doet. Het achterraam was eruit gedrukt, en riet, moeraswater en drabbige zwarte modder vulden de auto tot de helft.

Zo zat ik daar in het aardedonker in de astronautenpositie, achterover en in totale shock. Uiteindelijk kwam ik in beweging, trillend van de adrenaline.

Er vielen brokjes splintervrij glas van mijn armen, die weliswaar vreemd en licht aanvoelden, maar nog steeds werkten. En dat gold ook voor mijn benen, en mijn nek, die net als mijn hoofd en gezicht onder de modder zaten – de modder waar ik mijn leven aan te danken had.

Ik drukte knoppen in om het binnenlicht aan te krijgen, maar de elektriciteit werkte niet meer. Ik zocht in mijn broekzak naar de mini-Maglite die ik altijd bij me heb, en ik scheen om me heen, zodat ik mijn benarde situatie kon inschatten.

De Jeep was voor de helft in het moeras gezakt, de portieren konden niet open. De motorkap stak uit de modder, gebroken takken en twijgen staken als een bizar bloemstuk uit de grille.

Ik pakte mijn mobiel, maar de batterij bleek leeg. Hij moest opgeladen worden, anders kon ik niet bellen. Maar de bestuurder van de auto die vóór me was geslipt zou toch hebben gezien dat ik over de vangrail vloog? Waarschijnlijk was de politie al gewaarschuwd, of misschien dat iemand dat nu net aan het doen was. Zouden er nog andere auto's of vrachtwagens zijn die dichtbij genoeg waren geweest om het ongeluk te zien?

Ik kon het me niet herinneren. Vanwege het late tijdstip en het noodweer was het niet druk op de weg.

Wat als er niemand kwam?

Toen bedacht ik ineens dat de tijd wegtikte. Sunday had me een deadline gegeven. Ik moest om 4.30 uur in New Orleans zijn. Dat was over twee uur en veertig minuten. Ik kon me niet eens permitteren om op hulp te wachten. Er zouden ambulances en politie komen, en daar had ik geen tijd voor.

Nadat ik de autogordel had losgemaakt moest ik enkele acrobatische toeren uithalen om op de bestuurdersstoel te kunnen staan, met mijn hoofd en bovenlichaam tegenover de passagiersstoel. Ergens tijdens de val was het zijraampje aan de passagierskant er ook uit gevlogen. Ik sloeg het resterende glas eruit, duwde de bladeren weg en kon opgelucht naar buiten kijken. Als de auto een halve meter verder was gezakt had ik niets kunnen zien.

Ik richtte de zaklamp op de omgeving en zag op een meter afstand van de motorkap een bosje cipressen op een stuk oeverland. De lichtstraal streek over de beschadigde stam en afgebroken takken van een grote ceder die vlak bij een zeven meter hoge betonnen pijler stond.

Boven me hoorde ik een vrachtwagen voorbijrijden met een sissend geluid, dat in de verte verdween. Het begon weer te regenen. Als er nu sirenes kwamen, zou ik ze niet horen. Ik richtte de zaklamp op de zeven meter hoge pijler en vond wat ik zocht. Oké, dacht ik, er is een mogelijkheid.

Ik keek om me heen, grijnsde en haalde mijn knipmes uit mijn broekzak. Met enkele forse halen sneed ik de autogordels van de stoelen los en knoopte ze aan elkaar tot ik een geïmproviseerde band van zo'n anderhalf meter had, met een dichte gesp aan één kant waar nog een stuk autogordel uit stak. Ik knoopte de band om mijn middel.

Ik haalde diep adem, klemde de zaklamp tussen mijn tanden

en wrong mezelf tot aan mijn middel door het zijraampje. Het was geen comfortabele positie en ik greep me vast aan de rand van de voorruit.

Maar ik had meer steun nodig en pakte het onderstuk van de ruitenwisser beet, die ik als hefboom gebruikte om mezelf tegen de motorkap aan te trekken; hij stond omhoog en helde iets naar links. Met mijn rechterschoen op de rand van de voorruit en mijn linker op het onderstuk van de ruitenwisser richtte ik me op en greep een van de takken die in de grille zaten geklemd.

Het ging niet makkelijk, maar het lukte me om me op trekken, zodat ik met mijn rechtervoet op de grille van de auto stond en met mijn linker op een van de takken. Ik haalde nogmaals diep adem, en zei een schietgebedje, voordat ik me afzette en de sprong maakte.

# HOOFDSTUK 83

Ik haalde het stukje oeverland bijna. Mijn rechtervoet belandde op redelijk stevige grond, maar met mijn linkervoet zakte ik tot aan mijn knie in de modder weg. Er zat geen beweging in, en ik liet de situatie op me inwerken. Toen ik me erbij had neergelegd dat ik mijn linkerschoen zou moeten missen, greep ik een blootliggende wortel van de boom waar de auto langs was gevallen en trok mezelf eruit. Ik had in ieder geval mijn rechterschoen nog.

Ik bleef staan hijgen en luisterde of ik misschien sirenes hoorde naderen. Niets. De grond voelde aan als een verzadigde spons en ik zette voorzichtig een stap met mijn linkervoet. In de vier meter die me van de pijler scheidde zakte ik twee keer weg, de laatste keer bleef ook mijn rechterschoen in de modder achter.

Het had nu geen zin om in de modder te gaan zoeken; ik stond voor de pijler en richtte mijn zaklamp op de zijkant. Ik zag dat het onderste gedeelte uit een gladde en ononderbroken laag beton bestond. Maar op iets meer dan drie meter hoogte zat een omgebogen stuk betonijzer. Ik had het al gezien vanuit de auto.

Na deze onderste ring bevond zich om de vijftig centimeter een volgende ring, en zo liep het door tot aan de onderkant van de snelweg. Als een bouwbedrijf deze gigantische pijlers plaatst moet er een weg naar boven zijn tijdens het installatieproces. De betonijzers worden tot ringen omgebogen die een ladder vormen.

Maar als het werk klaar is worden de eerste vier ringen eraf geslepen, zodat kinderen en sensatiebeluste voorbijgangers er niet in kunnen klimmen. De rest laten ze zitten voor het geval de pijler geïnspecteerd moet worden.

Nu ben ik een meter negentig, waar een uiterst bereik van zeventig centimeter bijkomt. Vanuit de auto had ik gezien dat het me niet zou lukken om op eigen kracht de onderste ring te grijpen. Ik trok de aan elkaar geknoopte autogordels van mijn middel los en zwaaide de band rond om te kijken of de knoop het zou houden en om het gewicht van de gesp te testen.

Alles leek in orde en met een soort onderhandse beweging wierp ik de gesp omhoog. Hij stootte tegen de ring en kwam zo hard terug dat ik moest wegduiken. De tweede en de derde poging waren niet veel beter. Bij de vierde keer besloot ik van tactiek te veranderen. Ik hield het uiteinde van de band in mijn linker- en de gesp in mijn rechterhand. Ik dook ineen, strekte me uit en met een sprongetje liet ik de gesp boven mijn hoofd los, als een basketballer die een afstandsschot aflevert. De gesp viel door de ring en bleef er vlak onder hangen. Ik trok mijn leren riem los en gebruikte mijn knipmes om onder aan het koord een gat te maken; de riem paste erdoor en ik trok hem voorzichtig aan.

Mijn riem voegde zo'n negentig centimeter aan de band toe, en het lukte me om het stuk met de gesp met veel gewiebel te laten zakken tot ik het te pakken had. Ik maakte er een lus in, waar ik het andere uiteinde met de riem eraan doorheen haalde. Toen ik het geheel aantrok, zat de band stevig om de ring heen.

Ik testte de constructie door er even aan te gaan hangen. Ik hoorde knerpende geluiden bij de knopen, maar het hield.

Omdat ik wist dat ik in mijn verzwakte, uitgeputte toestand waarschijnlijk maar één kans zou krijgen, bleef ik nog een moment staan en luisterde naar het moeras, dat na de storm weer tot leven leek te komen. Er klonk gekwaak van kikkers en de eerste insecten gonsden alweer rond.

Ik bedacht dat de slijmerige modder op mijn sokken het er niet makkelijker op zou maken, dus trok ik ze uit. Daarna stopte ik de Maglite terug in mijn zak. Ik zou hem tijdens deze onderneming niet tussen mijn tanden kunnen houden; het zou een blinde klim moeten worden. Dat was niet per se slecht. In de duisternis zou ik me beter kunnen concentreren.

Terwijl ik de band in mijn rechterhand hield, boog ik mijn hoofd en dacht aan mijn gezin. Toen plaatste ik mijn linkervoet tegen de pijler, zette me af, strekte mijn arm uit en greep de band met mijn linkerhand. Ik zou mijn handen openhalen, ik voelde het nu al.

Ik hield de band zo goed vast als ik kon, en wat volgde was een blinde opmars van blote voeten tegen het beton, hand over hand verder omhoog, voorbij mijn riem en verder. Mijn linkerhand gleed bij de vierde keer weg, de autogordel liet een bloederige snee achter in mijn hand en ik liet bijna los.

Maar ik zag het gezicht van Mulch voor me en dat veroorzaakte een tomeloze drift. Mijn rechterhand sloeg tegen het staal aan, maar ik kon het niet vasthouden en hield me weer aan de band vast. Ik haalde diep adem, gooide met al mijn kracht mijn arm omhoog en mijn bebloede hand had de ring vast.

Er was een tijd dat ik de ladder vanaf daar zonder noemenswaardige problemen had kunnen beklimmen. Maar nu was het een razende alles-of-nietspoging om de tweede ring te pakken, en vervolgens de derde, tot mijn rechterknie met de onderste ring in botsing kwam. Ik hing erbij als een mot van meer dan honderd kilo en hijgde als een karrenpaard. Ik probeerde het knappende geluid dat daarnet in mijn schouder had geklonken te vergeten, en negeerde de pijn toen het betonijzer langs mijn knieschijf schuurde.

Toen ik het niet meer uithield trok ik me op en pakte de volgende ring. Ik kromp ineen door de pijn in mijn rechterschouder, maar mijn blote voeten stonden eindelijk op de onderste ring. De adrenalinegolf had me meer verzwakt dan ik had gedacht, en ik bleef nog een paar minuten tegen de pijler aan staan en wachtte tot er wat kracht zou terugkeren.

Op de snelweg boven me denderde een vrachtwagen voorbij. Ik voelde de trillingen door het beton heen gaan, en dat was genoeg om verder te klimmen. Toen ik de vangrail bereikte en eroverheen stapte, barstte ik bijna in tranen uit.

Er verscheen een volgende vrachtwagen die uit westelijke richting kwam, gevolgd door een personenwagen. Ik pakte de Maglite, zette hem aan en zwaaide naar de naderende koplampen.

Het moet er vreemd hebben uitgezien. Mijn kleren waren gescheurd en zaten vol drab. Mijn haar zat onder de modder; mijn voorhoofd, neus en wangen ook. Ik stond daar blootsvoets met een verwilderde uitdrukking op mijn gezicht, en mijn handen bloedden. Achteraf gezien verbaasde het me niet dat de vrachtwagen doorreed.

Net als de auto achter hem.

En de drie volgende wagens.

Versuft en gefrustreerd keek ik de achterlichten na. Ik had door het ongeluk al bijna veertig minuten verloren.

Boven me brak het voortsnellende wolkendek open, de maan en de sterrenhemel werden zichtbaar. Ik staarde ernaar, en mijn armen met mijn bebloede handen hingen slap langs mijn lichaam. Ik bad God om hulp – dat er iemand zou stoppen voor het te laat was.

Ik stond tien minuten, misschien wel een kwartier, in volslagen duisternis. Er was geen verkeer in beide richtingen van de snelweg. Toen verschenen er vanuit het westen koplampen; ze waren groot en hingen laag.

Een paar seconden later hoorde ik het gebrul van een turbomotor naderen, en ik realiseerde me dat deze wagen niet zomaar snel reed. Hij kwam op me af geracet met een snelheid van honderdzestig kilometer per uur, misschien zelfs wel meer.

## HOOFDSTUK 84

Ik stond op de vluchtstrook en knipperde twee keer met mijn zaklamp. Maar toen bedacht ik dat het onwaarschijnlijk was dat deze automobilist vaart zou minderen voor een moerasgeest – laat staan stoppen – dus liep ik naar de vangrail toe. Ik werd verlicht door de koplampen, en de wagen, een oude Pontiac GTO met een verchroomde luchtaanjager die uit de motorkap omhoogrees, scheurde me voorbij. Ik lette er al niet meer op, tot het gebrul van de motor opeens afnam en er nog een laatste geronk klonk.

Ik zag de remlichten zo'n zeshonderd meter verderop oplichten. De achteruitrijlichten gingen aan, en de wagen reed terug. Er kwam net een vrachtwagen aan, die luid toeterend de linkerrijstrook nam.

De bolide stopte ronkend en trillend naast me. Het passagiersraampje zakte omlaag, en een jongen van in de dertig met blond stekeltjeshaar boog zich naar me toe. Hij droeg een wit T-shirt met V-hals, en had gespierde armen vol tatoeages.

Toen klonk de broze stem van een vrouw: 'Volgens mij hebt u in zwaar weer verkeerd, broeder.'

Op de achterbank zat een kleine, oude vrouw met een zonnebril op in een deken gehuld. Haar gezicht werd ontsierd door een serie oude littekens.

'Zal ik een ambulance voor u bellen? De politie?' zei de bestuurder.

'Ik ben een politieman,' zei ik. 'Mijn naam is Alex Cross, ik ben rechercheur Moordzaken bij de Washington Metropolitan Police en ik moet naar New Orleans. Het is een zaak van leven of dood.'

'Zie je nu wel, Lester?' zei de vrouw. 'Ik zei het je toch.'

'Je ingevingen kunnen me nu even niets schelen, ma,' antwoordde Lester achteromkijkend. 'Hij komt er niet in met al die modder. We bellen wel.'

'Onzin,' snauwde ze. 'Het is een zaak van leven of dood.'

'Het gaat me een week kosten om mijn Goat schoon te krijgen,' gromde Lester.

'Dan kost het je maar een week,' zei ze. 'Hier, laat hem op die deken zitten.'

Ze reikte hem de deken aan. Lester keek chagrijnig, maar spreidde hem over de leren kuipstoel uit. Ik stapte in, terwijl ik me verontschuldigde en probeerde nergens modder op te smeren. Ik bood hem mijn hand aan en zei: 'Mijn gezin staat op het spel. Ik ben je eeuwige dank verschuldigd.'

Lester keek naar het bloed en de modder op mijn hand en snoof. 'Het was ma's ingeving, niet de mijne. Ik had u eigenlijk niet gezien.'

Ik trok het portier dicht en probeerde de autogordel om te doen toen hij het gas intrapte. 'De Goat' kwam in actie, uit de verchroomde luchtaanjager steeg een diep gebrul op. De achterkant van de bolide zakte omlaag en de voorkant kwam omhoog als een speedboot die vaart maakt.

Maar dit was geen gewone speedboot. Lesters wagen was 'maximaal opgepimpt', zoals hij het noemde. Meer dan vierhonderd pk drukte me in de lage kuipstoel, terwijl hij doorschakelde om een snelheid van honderdveertig kilometer per uur te bereiken.

De wegligging was niet zoals in een moderne sportwagen. Er zat speling in, en we leken nu eens naar links, dan weer naar rechts af te wijken, terwijl Lester subtiel bijstuurde. De afwijking leek groter te worden toen we over de honderdzestig kilometer per uur gingen.

'Ze halen je van de weg, of je rijdt zelf de berm in,' zei ik op een gegeven moment.

'Mwoah,' zei Lester. 'We rijden altijd zo. Van drie tot vier uur 's nachts is het laatste uur van de avonddienst van de State Troopers, er is nauwelijks politie op de snelweg. En op de scanner wordt gezegd dat ze op het moment allemaal bij een moord ten noorden van Jennings zijn. En, ík de berm in rijden? De Goat en ik zijn één met elkaar, broeder. We zijn nog nooit bij een ongeluk betrokken geweest.'

'Lester is echt een goede chauffeur, rechercheur…' zei zijn moeder. 'Wat was uw naam ook alweer?'

Hoewel ik eigenlijk op de weg wilde letten terwijl de auto in de richting van New Orleans stoof, draaide ik me om in mijn stoel om Lesters misvormde moeder te zien. Pas toen zag ik de witte stok op haar schoot liggen en realiseerde ik me dat ze blind was.

Ik zei haar mijn naam, en zij mij die van haar. Minerva Frost en haar zoon kwamen uit Galveston. Lester bracht haar naar het werk.

Voordat ik haar kon vragen wat voor werk ze deed vroeg ze naar mijn gezin, en ik had niet het gevoel dat ik voor haar iets achter hoefde te houden. Ik vertelde haar een bondige versie van wat er allemaal gebeurd was en waarom ik in New Orleans moest zijn.

Lester leek onder de indruk. 'Ik hoorde er gisteren wat over op het nieuws. Godallemachtig, dat moet een zware beproeving zijn.'

Eigenlijk verwachtte ik ook een sympathiebetuiging van Minerva Frost, maar ze zei niets.

Maar haar zoon wierp een zijdelingse blik op me, en keek toen in de achteruitkijkspiegel naar zijn moeder. Hij leek steeds zenuwachtiger te worden. Uiteindelijk zei hij: 'Ma, je moet vandaag werken, dat weet je best. Je hebt het beloofd.'

Minerva Frost zweeg.

'Ma, je hebt afspraken met mensen gemaakt. Ze rekenen op je.'

Zijn moeder bleef hardnekkig zwijgen, en ik begreep niet wat er aan de hand was.

'Ma,' begon Lester weer. 'Hoorde je wat ik net...'

'Ik ben niet doof, Lester,' onderbrak ze hem. 'En het werk moet maar even wachten.'

'Sorry, maar mag ik vragen waar dit over gaat?' vroeg ik aarzelend.

'Ik denk dat u ons nodig hebt, meneer Cross,' antwoordde Minerva Frost.

'Nee, ik red me wel. Ik ben blij als jullie me naar New Orleans willen brengen.'

'Heeft u een auto, rechercheur Cross? Heeft u schoenen?'

Dat verraste me. Hoe wist ze dat ik geen schoenen aanhad?

'Geen schoenen, nee, maar die haal ik wel ergens,' zei ik. 'Echt, u hoeft uw werk niet te verzuimen vanwege mij, mevrouw Frost.'

'Daar ben ik het niet mee eens,' zei ze op scherpe toon. 'En zo is het wel genoeg.'

'*Fuck*,' zei Lester binnensmonds.

'Wat zei je daar, zoon?' vroeg zijn moeder.

'Er zit een vrachtwagen voor me, ma,' zei Lester, die naar de linkerrijstrook uitweek en de gigantische truck voorbijreed alsof hij stilstond.

'Wat doet u voor werk, mevrouw Frost?' vroeg ik.

'Ach, dat is niet belangrijk,' zei ze. 'Ik help u graag uit de brand.'

'Wat, schaam je je er soms voor?' vroeg Lester aan zijn moeder.

'Nee hoor,' wierp ze tegen. 'Ik weet alleen niet hoe meneer Cross tegen deze dingen aan kijkt, en ik wil er geen punt van maken.'

'Waar zou ik een punt van maken?' zei ik, terwijl ik me nog een keer omdraaide en mijn lichaam aan alle kanten pijn deed.

Ze gaf geen antwoord, en ik keek naar Lester, die het gas even losliet – waardoor de motor hikte – en zei: 'Ze is natuurlijk mijn moeder, rechercheur Cross, en ik weet niet of u in dit soort dingen gelooft, maar dat kleine vrouwtje achter u heeft een bijzondere gave. En dat meen ik serieus.'

# HOOFDSTUK 85

Minerva Frost kreeg haar gave vlak na haar negende verjaardag, achttien maanden na een verschrikkelijk ongeluk in de garagewerkplaats van haar vader, waarbij ze accuzuur in haar gezicht kreeg en blind werd.

'Ze begon dingen te zien en te horen,' zei Lester, die terugschakelde omdat we Baton Rouge naderden. 'We noemen ze haar ingevingen.'

Natuurlijk had ik ervan gehoord dat de politie met paragnosten werkte, en ook dat er wel eens succes mee werd geboekt, maar ik had er zelf geen ervaring mee.

Ik zei: 'Is het zo gegaan, mevrouw Frost?'

'Zo ongeveer,' sprak ze zacht. 'Ik was dat jaar veel alleen. Ik bedoel, wie wilde er nu vrienden zijn met iemand die er zo uitzag als ik? En in die eenzaamheid begon ik stemmen te horen en dingen te zien. Eerst dacht ik dat mijn fantasie op hol was geslagen door de blindheid, maar toen bleken de dingen die ik had gezien werkelijk te gebeuren.'

Mevrouw Frost vertelde dat ze twintig jaar lang niemand van de stemmen en beelden had verteld. Maar toen in de jaren zeventig de economie kelderde en haar ouders geld nodig hadden, was ze als 'Madame Minerva, handlezeres' in New Orleans aan de slag gegaan.

'Ze doet trouwens helemaal niet aan handlezen,' zei Lester. 'Ze doet alsof. Maar de mensen zijn er op de een of andere manier dol op en leggen veel geld neer voor een sessie. Ze behandelt de meeste klanten telefonisch, en als ze daarnaast één keer per maand een dagje New Orleans doet, dan hebben we genoeg om van rond te komen.'

Mijn scepsis moet duidelijk zijn geweest, want Lester zei: 'Hé man, haar gave is echt. Zoals ik al zei: ik had u eigenlijk niet gezien, maar zij wel, en ze zei me dat u in de problemen zat en dat we moesten stoppen.'

'Is dat waar?' vroeg ik haar. 'Zág u me?'

'Een beeld van iemand in nood,' zei Minerva Frost.

'Maar hóe zag u me dan?' vroeg ik.

'U bedoelt wat er gebeurt? Hoe het fysiek in zijn werk gaat? Dat weet ik niet precies, broeder. Maar laten we zeggen dat ik een soort antenne heb, en dat ik om de zoveel tijd dingen hoor of zie, alsof ze vanuit de ruimte naar me toe worden gezonden. En daar stond u dan, blootsvoets en onder de modder. Ik zag dat u wanhopig was en hulp nodig had.'

Nu was ik doctor in de psychologie, en mijn jaren als rechercheur Moordzaken hadden me sceptisch tegenover dit soort zaken gemaakt. Maar op dat moment wilde ik niet aan de gave van Minerva Frost twijfelen. Ik had genoeg redenen om haar te geloven.

'Hebt u mijn gezin ook gehoord of gezien?' vroeg ik. 'Of Marcus Sunday?'

'Helaas niet,' zei ze treurig. 'Maar als er iets binnenkomt, laat ik het direct weten.'

We spraken verder weinig tijdens de dodemansrit van Lester Frost, die ons in een recordtijd van Baton Rouge naar de westelijke buitenwijken van New Orleans bracht. Om 4.22

uur namen we de afrit naar een Phillips 66-truckstop met een 24-uursservice.

'Kun je iets voor me doen? Dan betaal ik je benzine,' zei ik tegen Lester, die me argwanend aankeek.

'Wat dan?'

Ik gaf hem mijn mobiel en twee biljetten van twintig dollar. 'Zoals ik er nu uitzie kan ik daar niet naar binnen,' zei ik, 'maar ik heb deze mobiel bij een van deze truckstops gekocht, en ik herinner me dat ze ook een back upbatterij verkochten die je erin kunt pluggen. Zou je die voor me willen halen?'

Lester stond op het punt om te weigeren, toen zijn moeder zei: 'Natuurlijk doet hij dat.'

Hij liep mokkend naar de benzinepomp, tankte en beende daarna naar de winkel. Een paar minuten later kwam hij terug met de back-upbatterij. Mijn mobiel was niet helemaal opgeladen nadat ik hem erin had geplugd, maar ik kon hem gelukkig weer gebruiken en ik surfte naar de Craigslist New Orleans. Zoals Sunday me had opgedragen zocht ik de Casual Encounters-pagina op, ging naar 'Vrouw zoekt man' en liet een bericht achter met als kop 'Wachten op Sunday'.

De tekst eronder luidde: *Ik ben in New Orleans, Mulch. Jij bent aan zet.*

Ik wachtte op antwoord. Lester begon de voorruit – die onder de insecten en bladeren zat – schoon te maken. Het was nog steeds aardedonker buiten, de dag moest nog aanbreken.

'Daar zul je hem hebben,' zei Minerva Frost opeens.

Je kunt het geloven of niet, maar een seconde later hoorde ik het sms-signaal van mijn mobiel klinken.

*Ik dacht dat je het had opgegeven*, stond er. *Kom alleen. Anders is het spel afgelopen en ben je alles kwijt.*

Er volgde een adres, bij Esteban Street in Arabi, een stadsdeel aan de oostelijke oever van de Mississippi, in het zuiden van New Orleans.

Lester Frost stapte in met een beker koffie en zei: 'Wilt u deze aan mijn moeder geven?'

Ik nam de koffie van hem aan en wilde hem doorgeven. Haar hand reikte in mijn richting, maar zat er een flink stuk naast. Ik moest haar vingers naar de beker toe leiden. Haar huid was zo zacht als die van een baby, en de aanraking had een kalmerende uitwerking op me. Het is iets wat moeilijk uit te leggen valt.

Lester reageerde nors toen ik hem het adres vertelde.

'Het grootste gedeelte van dat gebied is een ravage vanwege Katrina,' zei hij terwijl hij de GTO startte, die vervolgens zo hard begon te brullen dat hij bijna tegen me moest schreeuwen. 'Toen de dijken braken kwam heel Arabi vijf meter onder water te staan. Ze hebben lijken op de zolders gevonden. Het is een behekste plek. Ik weet zeker dat we op dat adres alleen maar een betonnen fundering zullen aantreffen, of zeewier, of op zijn hoogst een skelet in een huis.'

Madame Minerva zei: 'Arabi is inderdaad een plek voor geesten, rechercheur Cross. Maar de man die u zoekt wacht daar op u. En uw gezin bevindt zich in de buurt. Ze schommelen in wiegen.'

# HOOFDSTUK 86

Door het schommelen ontwaakte Nana Mama op een diepe, donkere en vreemde plek.

Eerst dacht de grootmoeder van Alex Cross dat ze alleen maar heen en weer schommelde, zoals je in water deed, en verder niets. Ze had geen besef van wie ze was.

Maar toen hoorde ze het pompen van haar hartslag in haar slapen, en iets wat hoger klonk en onregelmatig was. Ze rook iets scherps en medicinaals. Ze probeerde haar ogen te openen om te zien waar dat blikkerige geluid en die antiseptische geur vandaan kwamen, maar het lukte haar niet.

Haar bewustzijn kwam uiterst langzaam terug; het was één stap vooruit en twee stappen achteruit. Haar geest zweefde rond in een pulserende zone waar geleidelijk aan steeds meer ervaringen bij kwamen – het aanraken, een droge mond, en die geur – om dan weer weg te zinken in die diepe, donkere en vreemde plek.

Was dit de dood?

Dat was haar eerste echte gedachte: is dit de dood?

Ben ik aan het sterven? Ben ik al dood?

Maar wat was de dood?

Het duurde een eeuwigheid voordat ze het woord kon definiëren. Toen ze dat eenmaal had gedaan, kwamen er andere dingen terug. Ze was Regina Hope. Ze was Nana Mama. En ze was erg oud. Ze lag op haar rug. Ze voelde zich overal beurs, en ze schommelde telkens lichtjes van ene naar de andere kant, en van boven naar beneden.

*Waar wordt dat schommelen door veroorzaakt?* dacht Nana Mama, voordat de duisternis haar weer opslokte.

## HOOFDSTUK 87

Om kwart voor vijf die ochtend keek Tess Aaliyah toe hoe de lijkschouwer de zwarte zak met het lichaam van Acadia Le Ducs moeder erin dichtritste, waarna het op een brancard het huis uit werd gereden. Ze zag het beeld van haar eigen moeder die van haar doodsbed werd gedragen, en ze vroeg zich af wat erger was: om langzaam aan kanker te sterven of dat het in één keer afgelopen was.

Aaliyah voelde zich opeens volkomen uitgeput en vroeg aan een van de agenten die er nog waren of ze een lift naar Jennings kon krijgen.

'Maar natuurlijk,' zei agent Earl Muntz, een jongen met een blozend gezicht. 'Maar ik moet nog even iets doen, het zal niet langer dan vijf minuten duren. Is dat goed, of wilt u met iemand anders meerijden?'

'Nee,' zei Aaliyah. 'Dat is goed.'

Ze liep naast agent Muntz over het bandenspoor naar de weg, en ze vroeg zich af of ze de verschrikkelijke dingen die ze hier had gezien ooit nog zou kunnen vergeten. Nee, dacht ze, dat gaat me niet lukken. Ze had een glimp opgevangen van de nachtmerrie die Marcus Sunday heette. Het waren zulke helse en lugubere beelden dat ze onmogelijk uit te vlakken vielen.

Hoe ver zal hij gaan? vroeg ze zich af. Hoe ver kán hij gaan?

Het waren vragen die ze aan Acadia Le Duc wilde stellen als haar toestand stabiel was geworden. Het waren dezelfde vragen die Alex Cross moesten bezighouden, dacht ze terwijl ze voor de patrouillewagen van Muntz stonden. Ze stapte in, en voor het eerst sinds uren pakte ze haar mobiel. Cross zou haar een sms over de hotelkamer sturen.

Er waren geen berichten voor haar. Dat was vreemd. Cross had toch duidelijk gezegd dat hij een kamer voor haar zou boeken. En hoe laat was dat geweest? Zo rond enen?

De agent startte de auto en reed in noordelijke richting. Aaliyah toetste het nummer van Cross' mobiel in. Hij ging een paar keer over tot er een automatische stem klonk: 'De persoon die u probeert te bereiken neemt niet op, en u kunt geen bericht inspreken.'

'Shit,' zei ze.

'Is er iets?' vroeg Muntz. Buiten gloorde het eerste bleke licht.

'Ik kan Cross niet bereiken,' zei ze. 'Hij heeft me niet gesms't over mijn hotelkamer en hij neemt niet op.'

'De hotelkamer is zo geregeld,' zei Muntz. 'De ouders van mijn schoonzus runnen het Budget Hotel. Ik zal even voor je bellen.'

'Dank je wel,' zei Aaliyah.

'Geen dank,' zei Muntz, die een getal op zijn snelkeuzemenu indrukte.

Aaliyah hoorde al nauwelijks meer hoe Muntz een kamer voor haar reserveerde. Ze voelde zich bijna duizelig van moeheid, haar oogleden werden zwaar en vielen dicht. Ze merkte nog dat de patrouillewagen vaart minderde en een weg insloeg. Muntz had het telefoongesprek beëindigd. Ze doezelde dieper weg bij het zoemende geluid van de banden en schrok wakker toen ze over een kuil in de weg reden.

Haar hoofd viel naar voren. Haar kin raakte haar borst en haar ogen schoten open.

'O, daar was ik al bang voor,' zei de agent en stopte de wagen. 'Sorry dat ik je wakker heb gemaakt. Blijf maar zitten en slaap verder, ik loop even naar de auto om te checken of hij daar veilig staat. Ik ben over tien minuten terug.'

'Welke auto?' vroeg Aaliyah gapend.

'De huurauto waar Acadia Le Duc in reed,' zei hij.

'Heb je de sleutels?' Opeens was ze klaarwakker.

'Nee, de forensische recherche heeft ze,' zei hij. 'Ze komen hiernaartoe als ze met het huis klaar zijn. Ik moest alleen maar even de auto checken en kijken of hij goed is afgesloten.'

'Heb je een *slim-jim*?' vroeg Aaliyah. 'En latex handschoenen?'

Muntz trok wit weg. 'Rechercheur, we gaan niet met bewijsmateriaal knoeien.'

'Ik ben helemaal niet van plan om bewijsmateriaal te beschadigen,' zei ze. 'Ik wil alleen maar even kijken of er iets in de auto ligt. Dus heb je nou een slim-jim, of moet ik een steen gebruiken?'

De agent leek te willen tegensputteren, maar zuchtte toen. 'Ja, ik heb een slim-jim en handschoenen.'

Ze liepen over een dijk met een rijstveld ernaast. Muntz gebruikte zijn grote Maglite om hen bij te lichten. De blauwe Dodge Avenger stond in het grasland geparkeerd, op een plek waar de akkers plaatsmaakten voor dichte bossen en moerasland. De auto was afgesloten. Muntz bleek zeer handig met de slim-jim en maakte het portier open, waarop het autoalarm afging.

'Shit,' jammerde Muntz. 'Nu weet iedereen dat we de auto

hebben opengebroken en bewijsmateriaal…'

'Kom op, niet zo slap, agent,' snoerde Aaliyah hem de mond. Ze duwde hem opzij en voelde onder het dashboard tot haar vingers de bedrading vonden. Ze trok aan de elektrische draden, voelde ze meegeven en trok er een los, en toen nog een. Bij de derde stopte het alarm.

Ze richtte zich op en keek in de auto rond. Ze probeerde alles wat ze zag in gedachten te catalogiseren. In de twee bekerhouders stonden lege blikjes cola light. Op de passagiersstoel lag een dichtgerolde papieren witte zak waar aan de onderkant vet doorheen lekte.

Aaliyah haalde het andere portier van het slot, liep om de auto heen en opende het. De zak rook naar hamburgers en frites, en toen ze hem openmaakte zag ze de resten van een maaltijd en een paar in elkaar gedrukte koffiebekers. In het handschoenenkastje lag een dun boekje met de huurvoorwaarden en verder niets. En de bergruimte in de middenconsole was leeg.

'Zijn we klaar hiermee?' vroeg Muntz. 'Er ligt verder niets in de auto, ik heb de achterbank al door het raam bekeken.'

Aaliyah stond op het punt om de agent te zeggen dat hij de auto weer kon afsluiten toen ze iets wits tussen de middenconsole en de bestuurdersstoel geklemd zag zitten.

'Geef me je zaklamp even, agent,' zei ze.

Muntz reikte haar de Maglite met tegenzin aan. Ze scheen op de plek en zag een aantal aan elkaar geniete papieren die waren dubbelgevouwen. Ze pakte ze en stapte de auto uit om ze te bekijken.

Ze liet haar blik erover gaan. Het was een smoezelige factuur van $2129, contant betaald, met een aansprakelijkheidsverzekering van twee pagina's erachter. Bij de vierde en laatste pagina ging er een schok door haar heen, al was de volledige betekenis ervan nog niet tot haar doorgedrongen.

'Wat is het?' vroeg Muntz.

'Een factuur,' zei ze. 'Voor het vervoeren van…'

En toen kwam de klik. Ze sloeg haar hand voor haar mond en riep daarna naar de agent: 'Doe het portier dicht en sluit die wagen af. We moeten Cross zo snel mogelijk vinden. Hij moet deze papieren zien!'

# DEEL VIJF

## HOOFDSTUK 88

Ik stapte uit de GTO en stond tussen de ruïnes van Arabi.

Lester Frost was pissig omdat zijn moeder er een punt van had gemaakt dat hij zijn gloednieuwe hoge rode Converse-sneakers aan mij moest afstaan. Ze pasten me precies. Madame Minerva zat op de achterbank, ze zat met haar kin naar voren gestoken heen en weer te wiegen alsof ze aan het bidden was.

'Kunt u zwemmen?' vroeg ze.

'Waarom vraagt u dat?' vroeg ik op mijn beurt.

'De wieg is water,' zei ze. 'En dit is de eerste stap van uw reis in het water.'

Ik had geen tijd meer om haar te vragen wat ze ermee bedoelde, ik knikte en deed het portier dicht. Het adres dat Sunday me had gestuurd bevond zich een straat verderop. In het prille daglicht liep ik langs braakliggende terreinen; sommige waren met onkruid begroeid, terwijl op andere de skeletten van armoedige woningen stonden.

Madame Minerva en Lester hadden gelijk: hoewel her en der wat nieuwe prefab-woningen stonden, voelde Arabi aan als een plek voor geesten en herinneringen.

Terwijl ik doorliep werd ik door mijn eigen spoken uit het verleden overvallen. Nana Mama stond in de keuken pannenkoeken te bakken en lachte om een mop die Damon had verteld. Jannie en Ali zaten in de voorkamer naar de *The Walking Dead* te kijken en probeerden me ervan te overtuigen dat het de beste serie ooit was. Bree en ik die in een club dansten – we kenden elkaar pas net en mijn hart begon voor haar te smelten.

Ik naderde het adres in Pontalba Street en dwong de geest van deze dierbare herinneringen terug in de fles. Het kon namelijk makkelijk een hinderlaag zijn. Het kon Sundays grote finale zijn.

Ik vertraagde mijn pas en nam de omgeving goed in me op. Hield Sunday mijn gezin in een van deze verdoemde gebouwen vast? Of in een van de enorme stacaravans die er stonden? Zouden ze zich hier eigenlijk wel bevinden?

Ik stopte bij het opgegeven adres, spitste mijn oren en nam de schade in ogenschouw. In het grijze ochtendlicht zag ik dat de voorgevel van de lichtblauwe bungalow naar binnen was geknakt; het was een verwrongen toestand, als de gebroken heup van een bejaarde. De ramen waren dichtgetimmerd. Er leek een brief op de voordeur te zitten – waarschijnlijk een verordening dat het huis onbewoonbaar was verklaard.

Er viel geen enkele beweging te zien.

In de verte hoorde ik de diepe tubaklank van een scheepstoeter. Maar verder bewoog er niets.

Toen ik in beweging kwam, deed ik het snel. In gevechtshouding, met de Maglite en mijn pistool in de aanslag, sprintte ik recht op het huis af. Ik was alert op elke mogelijke bedreiging; mijn blik schoot naar elke schaduw en mijn arm met het pistool volgde, klaar om te schieten.

Maar er bewoog niets.

Ik sprong over een laag hekje met verroeste kettingen de

tuin in. Mijn aandacht en het pistool waren op de donkerste plekken gericht: de ramen, de deur, het gat tussen de gescheurde voorgevel en het fundament van B-2 blokken eronder...

Maar er bewoog nog steeds niets. Er kwam geen vuur uit een geweerloop. Er klonken geen schoten. Als Sunday daarbinnen was had hij me allang kunnen neerschieten.

Dus waarom moest ik hiernaartoe komen?

Ik begon me af te vragen hoe ik in het huis kon komen. De ramen waren met platen triplex dichtgetimmerd. Er zaten balken voor de deur geschroefd.

Toen richtte ik de zaklamp op de verordening die in een plastic map aan een schroef in het midden van de voordeur hing. Ik zag de omtrek van het document, maar in het midden was het wit. Ik zag dat er een envelop voor was geschoven en ik verstijfde.

Op de envelop stond met groen krijt geschreven: *Ga naar de rivier, Cross, en vind de mythologische doos voordat hij het ruime sop kiest.* Er stond een simpele tekening onder van een boot met zes kruisen op het dek. Aan elk kruis hing een poppetje.

## HOOFDSTUK 89

Het diepe geluid van een scheepstoeter maakte Nana Mama wakker, en nu ontwaakte ze beter dan de vorige keer. Ze sloeg haar ogen open, het enige wat ze in de volslagen duisternis kon zien waren kleine, zachtgroene lichtjes boven haar met opgloeiende rode getallen erboven: 71, 71, 72, 71...

Wat betekende dit?

Regina Hope bewoog haar hoofd naar links, maar zag niets in de ondoordringbare duisternis. Toen ze naar rechts keek kon ze echter iets onderscheiden wat een lange rand leek met andere groene en rode lichtjes eronder.

Waar ben ik?

Wat is dit voor plek?

Hoe ben ik hier gekomen?

De grootmoeder van Cross groef in haar geheugen. Ze zag zichzelf voorin zitten in een soort busje. Het motregende buiten en het busje reed weg van haar huis. Ze herinnerde zich dat ze tegen de bestuurder had gezegd dat St. Anthony's de andere kant op was, waarna ze opeens een scherpe pijnscheut voelde.

Nana Mama kon het nog steeds voor zich zien: een injectiespuit die in haar been was gestoken, en daarna niets meer. Angst benam haar de adem. Ze probeerde rechtop te gaan zitten, maar er bevond zich iets op haar borst en benen wat niet meegaf.

Waar ben ik?

Paniek sloeg toe. Ze moest ontvoerd zijn. Ze wist dat de bestuurder haar had gedrogeerd en dat ze hiernaartoe was gebracht.

Maar waarom deze plek?

En hoe lang had ze geslapen?

Ze probeerde onder de riemen die haar vasthielden uit te komen; ze kon haar lichaam een beetje bewegen, vooral haar onderlichaam. Ze spreidde haar benen en voelde de slang van de katheter ertussen; toen ze zich realiseerde zich dat ze geen ondergoed aanhad maakte haar angst plaats voor woede.

Wie heeft dit gedaan? En waarom?

'Hallo? Wie bent u?' riep ze uit. 'Waarom doet u dit met me?'

Maar er kwam geen antwoord, en ze vroeg zich af of ze misschien toch al was overleden, en dat dit haar persoonlijke plekje in de hel was.

Toen hoorde ze de verzwakte stem van haar achterkleinkind Jannie klinken: 'Nana, ben jij dat?'

# HOOFDSTUK 90

Aan de andere kant van de dijk bij Friscoville Avenue stroomde de Mississippi. Het water had de kleur van klei, het rook er naar olie en er leek ergens iets te rotten.

Lester Frosts bolide stond achter me te ronken terwijl ik ingespannen over het wateroppervlak tuurde. Sundays woorden bleven in mijn hoofd naklinken.

*Ga naar de rivier, Cross, en vind de mythologische doos voordat hij het ruime sop kiest.*

Mythologische doos? Het enige wat ik zag waren enorme zeewaardige vrachtschepen, waarvan sommige op weg naar de haven waren en andere in zuidelijke richting naar de Golf van Mexico voeren. Ik probeerde de namen op de schepen te lezen, wat bij een paar lukte, maar ik las niets wat met mythologie of een doos te maken had.

Voordat hij het ruime sop kiest.

Ik keek naar het zuiden en zag op zo'n vierhonderd meter afstand op een kleine pier een knikarmkraan staan die pallets met goederen op een vrachtschip laadde. Toen zag ik iets bij de noordkant van de pier in het water op en neer deinen.

Ik rende terug over de dijk, opende het portier, stapte in en zei: 'Breng me naar die pier daar.'

Lester vond het maar niets, maar hij trapte het gaspedaal

van zijn GTO in en scheurde over North Peters Street tot aan een helling die naar de pier leidde. Op het terrein bleek een overslagbedrijf te zitten dat bulkgoederen op vrachtschepen laadde. Toen ik wilde uitstappen zei Madame Minerva: 'Hij bedoelt dat de doos je graf zal worden, broeder.'

'Niet vandaag,' zei ik terwijl ik het portier dichtdeed en de helling op rende, waar zich een parkeerplaats en een kantoortje bevonden.

'Verhuurt u ook boten?' vroeg ik aan de vrouw achter de balie.

'Soms,' antwoordde ze, terwijl ze me met samengeknepen ogen opnam.

'Ik ben een politierechercheur uit Washington, DC,' zei ik. 'Ik zou graag die speedboot die daar ligt willen huren.'

'Die Whaler is niet te huur,' zei ze beslist.

'Alstublieft,' zei ik, terwijl ik zelf de wanhoop in mijn stem hoorde. 'Ik probeer mijn gezin te redden. Ze zijn twee weken geleden ontvoerd, en ik denk dat ze verborgen worden gehouden op een boot die de rivier af vaart.'

Ze keek me doordringend aan. 'Is dit serieus?'

'Zo serieus als het maar zijn kan. Alstublieft. Hun levens staan op het spel.'

Ze aarzelde, en haalde toen vanonder de balie een set sleutels tevoorschijn. 'Het is het nieuwe speeltje van mijn man. Wat u ook doet, er mag geen krasje op komen. En geef me uw creditcard als borg.'

Ik schoot helemaal vol, bedankte haar en gaf haar mijn creditcard. Toen ik de sleutels in ontvangst had genomen en snel naar de boot wilde gaan, zag ik een verrekijker op de vensterbank staan.

'Die verrekijker zou me goed van pas komen,' zei ik.

*Ze rolde met haar ogen en pakte hem voor me.*

'Hoe heet u?'

'Sally Hitchcock.'

'Sally Hitchcock, ik zal nooit vergeten wat u voor me hebt gedaan.'

Er verscheen zowaar een glimlach op haar gezicht.

Ik stormde naar buiten en keek naar de weg onder me. Na alles wat ze voor me hadden gedaan wilde ik Lester en zijn moeder nog even snel gedag zwaaien, maar de GTO was al verdwenen.

Vijf minuten later duwde ik de gashendel open en scheurde over het water in een Whaler 240 Dauntless, met een 300 pk-motor die me eerlijk gezegd de stuipen op het lijf joeg.

In het volgende halfuur voer ik vijftig kilometer de rivier af in de richting van de Golf van Mexico. Ik checkte elk varend voertuig dat ik passeerde en tuurde het water af naar een drijvende doos of iets dergelijks. In totaal zag ik negenendertig boten, maar geen ervan had een mythologische naam.

De volgende kilometers kwam ik geen boten tegen, op enkele schepen na die bij raffinaderijen en steenkooloverslagen lagen aangemeerd. Om halftien bereikte ik de Pointe-a-la-Hache Waterworks, waar de autopont van de oostelijke naar de westelijke oever voer.

Ik was stomverbaasd om Lester Frost te ontwaren, die op de pont naar me stond te kijken. Ik zwaaide, en hij zwaaide met weinig enthousiasme terug. Achter hem kon ik zijn bolide met de raampjes omlaag op het dek zien staan, en ik wist zeker dat Madame Minerva op de achterbank zat om hun kosmische route uit te stippelen.

Ze volgen me, dacht ik. Maar hoe doen ze dat? Ze kunnen niet weten waar ik me op de rivier bevind. Hoe dan ook, de blinde helderziende vond dat ik haar hulp nodig had. Ik zou de pont natuurlijk naar de westelijke oever kunnen volgen om haar te vragen welke ingevingen ze de afgelopen uren had gehad.

Maar toen de autopont me had gekruist, zag ik op zo'n kilometer voor me uit de blauw-witte brug van een schip opdoemen, en het gaf me direct een vreemd gevoel. Het was alsof ik ernaartoe werd getrokken.

Toen ik het schip tot honderd meter was genaderd pakte ik de verrekijker. Ik zag een rubberen sloep – een Zodiac – die aan de achtersteven van de Pandora vast was gemaakt, en een reeks kleurige containers op het dek. Ik wist direct dat ik de mythologische doos met mijn gezin en Marcus Sunday had gevonden.

Dit was het eindspel. Ik liet de verrekijker zakken en sloot mijn ogen om al mijn slimheid, kracht en vastberadenheid bij elkaar te rapen.

Maar toen klonk het sms-signaal van mijn mobiel, en ik las: *Je bent volhardend, Cross, maar man, wat ben je traag. Ik kon niet langer wachten. Je gezin? Ze zijn allemaal d...*

## HOOFDSTUK 91

Sunday liet me weer bungelen.

Diep vanbinnen wist ik ook wel dat het niet meer was dan dat, maar de laatste zin en de puntjes achter de *d* dreigden toch mijn gevoel te ondermijnen.

Toen realiseerde ik me dat die maniakale klootzak een fout had gemaakt door me een sms te sturen; ik keek op en bestudeerde de achtersteven en de stuurhut. Ik zag niemand op het dek en er viel geen enkele beweging achter het getinte glas van de brug en de stuurhut te bespeuren. Maar ik wist dat hij zich daar ergens moest bevinden, en dat hij me door zíjn verrekijker in de gaten hield.

Die gedachte maakte me woedend en schonk me ongekende kracht. Ik voelde me opeens een man van staal.

Ik trok mijn pistool, dook weg achter het windscherm en drukte de gashendel omlaag. De Whaler stoof als een strijdros over het water en binnen tien seconden was ik bij de Pandora.

We passeerden net mijlpaal 46 toen ik de motor stationair liet draaien en de Whaler schuin voor de hoek van de stuurboordkant en de achtersteven van het schip manoeuvreerde. Ik hoopte dat ik in deze positie zo'n moeilijk doelwit vanaf de brug zou zijn dat Sunday zou aarzelen om te schieten, en daar kwam nog bij dat ik door de schoten zou weten waar hij zich bevond.

Ik zette de buitenboordmotor in z'n achteruit, duwde de gashendel één seconde omlaag en trok hem snel weer terug. De boeg van de Whaler was nu een halve meter van de rubberen stootkussens aan de achtersteven verwijderd. Ik stopte het sleuteltje van de buitenboordmotor in mijn zak, liep naar voren en greep het touw dat op de boeg lag.

Ik sprong en kwam neer op de smalle achterplecht – die zich zo'n negen meter onder de stuurhut bevond – en bond het touw van de Whaler aan een kikker vast. Als politieman wist ik dat ik eerst de werk- en leefruimtes van het schip moest checken voordat ik mijn gezin kon zoeken.

Met getrokken pistool deed ik enkele stappen in de richting van de brug. Er viel niemand te zien op de trap die naar de stuurhut leidde. Er bevond zich een stalen deur onder met een bord waar MACHINEKAMER op stond.

Ik haalde diep adem, klemde de Maglite tussen mijn tanden en duwde de klink omlaag. Het was alsof ik het luik van een loeiende kachel opendeed, en vanuit het ruim klonk het gebonk van de machines.

De machinekamer was redelijk goed verlicht, ik stapte de trap af en stond op het stalen rooster van een overloop. Bedacht op de minste beweging speurde ik de ruimte af, tot ik een lichaam zag liggen tussen de enorme dieselmotoren die het schip voortstuwden.

Een man. Achter in de dertig. Hij lag er verwrongen bij in een smoezelig onderhemd en dito shorts. Hij was van dichtbij in zijn slaap geschoten.

Toen ik er zeker van was dat zich niemand anders in de machinekamer bevond, liep ik terug naar boven. Ik deed de deur zachtjes achter me dicht en sloop over het dek naar de voorkant van de brug, waar zich een volgende metalen deur bevond.

Ik duwde hem open en de geur van gebakken spek kwam me tegemoet. Ik keek een smalle gang in en zag een fornuis en een stukje van een aanrecht. Er klonk countrymuziek uit de kombuis. Miranda Lambert die zong dat ze haar wildheid verborg en zich als een dame gedroeg.

Aan de andere kant van de kombuis bevond zich nog een gang, en ik nam aan dat de hutten daaraan lagen. Hoeveel bemanningsleden zou dit schip tellen? Twee? Drie?

Toen ik de kombuis betrad, zag ik aan mijn rechterhand een eethoek, en nu wist ik dat de Pandora in ieder geval twee bemanningsleden had. Aan de tafel zat een naar rechts onderuitgezakte man in zijn blote bast met gemorste koffie over zich heen. Op de plek van zijn hart had hij een tatoeage van een bloedend hart, en vlak boven de brug van zijn neus zat een kogelgat.

Even later sloop ik over de buitentrap naar de stuurhut. Ik hoorde berichten over de kortegolfzender klinken en een dwingende vrouwenstem. De deur stond op een kier, voorzichtig liep ik erheen en gluurde naar binnen.

In een verlengstuk van de stuurhut bevond zich een verhoging waar een gecapitonneerde stoel met een hoge rugleuning op stond. Op de stoel zat een gedrongen man met een stierennek en een Chicago Bulls-T-shirt aan, die omgeven was door een hoefijzervormig instrumentenbord dat uit controlepanelen, computers en beeldschermen bestond. Op één scherm viel duidelijk de positie van het schip op de rivier af te lezen.

Onder het beeldscherm stond op een smal werkblad een dampende kop koffie. Er leek verder niemand in de stuurhut te zijn. Met mijn pistool in de aanslag duwde ik de deur verder open en sloop naar binnen.

'Pandora? Scotty Creel? Geef me nu eens een keer antwoord, hoor je me?' klonk het krijsend uit de kortegolfzender die op een plank boven zijn hoofd stond.

'Shirley, hou je nu nooit eens je waffel?' gromde de kapitein, terwijl hij zich oprichtte en het volume zachter zette.

'Meneer?' zei ik.

Hij schrok op en draaide een halve slag met zijn stoel; hij deinsde achteruit en keek me met grote ogen aan. Misschien niet zo'n vreemde reactie als je je omdraait en er een man van een meter negentig, in smerige kleren en hoge rode sneakers met een pistool in zijn hand voor je neus staat. Misschien dat je ook nog je handen omhoog zou steken, wat hij prompt deed.

'Wat is dit, verdomme?' zei hij met een angstige blik in zijn ogen. 'Wie bent u in jezusnaam? Een piraat of zo?'

## HOOFDSTUK 92

Ik wierp een snelle blik door de stuurhut en zag gesloten kasten, navigatiekaarten en een koffiezetapparaat. Verder niets. 'Mijn naam is Alex Cross. Ik ben rechercheur Moordzaken bij de Metropolitan Police van Washington, DC. En u?'

'Creel,' zei hij met verstikte stem terwijl hij me ongelovig aankeek. 'Scotty Creel. Ik ben de kapitein.'

'Bent u zich ervan bewust dat uw bemanning dood is?' vroeg ik.

Hij keek doodsbang naar mijn pistool. 'Waarom heeft u ze vermoord?'

'Nee, dat heb ik niet. Ik kwam ze onderweg tegen,' zei ik. 'De een in de machinekamer, de ander in de kombuis.'

'Hawkes?' zei Creel ontsteld. 'Timbo?'

'Waar is Sunday?'

Hij herkende de naam meteen en leek verbijsterd. 'Nee. Denkt u dat die vent...'

'Waar is hij?' onderbrak ik hem.

Hij hield zijn handen nog steeds omhoog en maakte met een ervan een gebaar naar het raam achter hem. 'Dáár. Hij is zijn researchproject aan het controleren. Wat heeft hij in godsnaam...'

'Laat me zien waar,' beval ik hem en ik liep naar hem toe.

Creel draaide zijn stoel weer terug en stond trillend op. Hij wees door het raam en zei weifelend: 'Ziet u die container met de zonnepanelen erop? Die daar vooraan op het dek staat? Het schijnt een experiment met zonne-energie en koelelementen te zijn.'

'Kunt u de automatische besturing aanzetten?' vroeg ik.

'Op dit stuk?' zei de kapitein ongelovig. 'Geen sprake van. De rivier is hier behoorlijk dichtgeslibd en de zandbanken veranderen voortdurend. Ik zal er de komende dertig kilometer bij moeten blijven, tot aan Port Sulphur.'

'Hebt u een pistool aan boord?'

'Een echt pistool?' zei hij. 'Nee. Wel een lichtpistool. Wilt u dat?'

Ik schudde mijn hoofd en zei: 'Ik wil dat u die kortegolfzender van u gebruikt en het dichtstbijzijnde politiebureau oproept. Zeg ze dat ze een eerstehulphelikopter sturen.'

'Een eerstehulphelikopter?' vroeg Creel onnozel.

'Er worden mensen in gijzeling gehouden in die container,' zei ik. 'Mijn gezin, om precies te zijn.'

'Wat?' zei hij met een verbouwereerd gezicht, hij keek van mij naar het raam en weer terug. 'Nee, dat hoor ik voor het eerst... Hij heeft me altijd gezegd dat...'

Hij zag er weer doodsbang uit en zei bijna snikkend: 'Luister, rechercheur, ik had er absoluut geen idee van dat er op mijn schip personen in gijzeling werden gehouden. Ik zweer het bij God, Sunday zei dat het een testrit was om te zien of de zonnepanelen...'

'Licht de politie in. We hebben het er later wel over,' zei ik en draaide me om.

'Ik zal de kustwacht oproepen,' zei hij, nu rustiger. 'Ze hebben een reddingsbrigadepost in de buurt van New Orleans.'

'Prima,' zei ik en liep de deur uit. 'Vraag ze met een gewapend escorte te komen, en licht ook de FBI in. Zeg maar dat dit hele schip een plaats delict is.'

Terwijl ik me de trap af haastte hoorde ik Creel achter me zijn oproep doen: 'US Coast Guard, dit is containerschip de Pandora, ten zuiden van mijl zesenveertig. Ik heb een medische en civiele noodsituatie aan boord. Ik herhaal, ik heb een…'

De deur sloeg dicht en met een nietsontziende vastberadenheid stapte ik het dek op. Ik liep om de brug heen naar de stuurboordzijde en rende gebukt langs rijen containers. Toen ik bij de boeg de hoek omsloeg, keek ik om me heen en zag dat de container met de zonnepanelen, en de koelinstallatie boven aan de voorkant, zich op nog geen vijftien meter van me vandaan bevond.

Er zat een groot luik met hengsels onder de koelinstallatie dat op een kier openstond.

Toen ik licht door de opening zag schijnen, stond ik een moment lang aan de grond genageld. Sunday zat daarbinnen met mijn gezin. En hij wachtte op mijn komst.

Ik wist hoe roekeloos mijn volgende beweging was, maar ik maakte hem toch. Snel en geruisloos liep ik over het dek naar de container toe. Ik ging naast het luik staan en probeerde het zo zacht mogelijk verder te openen.

'Kom toch binnen, Cross,' riep Sunday me vanuit de container toe. 'We zitten vol ongeduld op je te wachten.'

'Pap?' riep Jannie fluisterend uit.

'Alex?' zei Nana Mama met verstikte stem. 'Nee. Ga weg. Hij zal je…'

Ik hoorde een kletsend geluid, en mijn oma kreunde. Met ware doodsverachting trok ik het luik helemaal open, mijn pistool in de aanslag en mijn vinger om de trekker. Ik bukte me om naar binnen te komen en stapte de vuurlinie in. Ik hoorde Nana Mama zachtjes snikken.

Het rook er smerig: zweet, stront en een scherpe ammoniaklucht. Er ging een pijnscheut door me heen, ik besefte nu hoe erg mijn gezin mishandeld was. Mijn ogen wenden aan het halfduister en ik zag zes britsen die aan de wand vast waren geschroefd.

Op vijf ervan lagen mijn dierbaren. Om hen heen stond medische apparatuur. Jannie, die op dichtstbijzijnde brits lag probeerde zich onder de riemen waarmee ze was vastgebonden naar me toe te draaien.

'Papa?'

'Ik ben hier, meisje,' zei ik met trillende stem.

Na alles wat ik had doorstaan verloor ik bijna mijn zelfbeheersing toen ik Jannie in levenden lijve zag en haar stem hoorde. Het liefst wilde ik direct naar haar toe lopen om haar te omhelzen en te troosten.

Maar ik kon niet naar haar toe, of naar Ali, die onder haar op apegapen lag, of naar mijn oma, die ik onregelmatig hoorde ademen onder de bewusteloze Damon, of naar Bree, die rechts van hem op de onderste brits lag en ook nog niet wakker was.

Sunday hield zich verborgen tussen twee rijen britsen; hij had een vernikkelde Colt.357 Magnum op Jannie gericht en een kleinere 0.9 Ruger op Nana Mama. Zijn gezicht was gedeeltelijk zichtbaar achter een stel medische monitors, maar hij zag er volkomen anders uit dan op zijn auteursfoto, zijn vervalste rijbewijs of zijn verschijning als de roodbebaarde Thierry Mulch.

Sundays gezicht was geschoren en zijn peper-en-zoutkleurige haar was gemillimeterd. Hij was mager, ergens achter in de dertig, maar wat me het meest opviel waren zijn harde grijze ogen, die twinkelden van opwinding.

'Laat je pistool, vallen, Cross,' beval Sunday. 'Of ik schiet ze allebei dood.'

Sunday stond zo'n zes, zeven meter van me vandaan, en een stem in me zei: *Schiet hem tussen zijn ogen! Schiet hem door het hoofd, zoals hij bij de bemanningsleden heeft gedaan!*

'Papa!' riep Jannie weer.

'Schiet op, Cross,' zei Sunday, 'of het is het laatste woord dat je van haar hebt gehoord.'

Als ik hem op de perfecte plek raakte – boven zijn ogen en onder zijn haarlijn – dan zou hij er direct zijn geweest; hij zou geen controle over zijn spieren meer hebben en ter aarde storten met de pistolen in zijn hand. Maar als ik er net iets naast zat, zouden zijn spieren zich aanspannen voordat hij viel, de pistolen zouden afgaan en Jannie en Nana Mama zouden sterven.

'Het is voorbij, Sunday,' zei ik, terwijl mijn vinger op de trekker drukte en ik me op het midden van zijn voorhoofd concentreerde. 'De kustwacht is onderweg.'

'O ja?' zei Sunday geamuseerd.

Ik hoorde geschuifel achter me, en de stem van kapitein Creel: 'Maak je daar maar geen zorgen over, Marcus. En rechercheur? Ik heb een twaalf-kaliber op uw rug gericht. U kunt dat wapen maar beter laten vallen.'

## HOOFDSTUK 93

'Ik heb altijd makkelijk volgelingen gekregen,' zei Sunday zelfingenomen, 'vooral figuren die op geld en een nieuw leven hopen. De kapitein vertelde me dat er geen groter kreng op de wereld rondloopt dan zijn vrouw Shirley, en dat hij er schoon genoeg van had. Dus voor de laatste keer: laat je wapen vallen, Cross.'

'Doe het niet, Alex,' zei Nana Mama.

Ik liet mijn pistool zakken.

'Leg het de vloer en schop hem naar me toe,' beet Sunday me toe. 'Daarna ga je op je knieën zitten met je handen in je nek.'

Ik deed wat me gezegd werd. Wat kon ik anders?

Creel kwam van achteren naar me toe, en gebruikte ducttape om mijn polsen samen te binden en ze strak achter in mijn nek vast te plakken. Terwijl hij ermee bezig was zei ik: 'Kapitein, heeft Sunday u verteld wat hij met zijn laatste handlanger heeft gedaan?'

'Hou je bek,' zei Sunday.

'Hij heeft haar aan de krokodillen gevoerd,' zei ik.

'Dat klinkt me goed in de oren,' zei Creel. 'Wat zou ik dat graag met mijn Shirley willen doen, maar een nieuw leven in Colombia vind ik ook prima.'

'Hoeveel tijd hebben we nog, kapitein?' vroeg Sunday terwijl hij hem mijn pistool toewierp.

Creel ving het en zei: 'Zeventig minuten.'

'Ga dan maar terug naar de stuurhut. Ik regel het hier verder.'

'Wil je dat ik het luik achter me dichtdoe?'

'Graag,' zei Sunday. Toen het luik dicht was, slaakte hij een zucht van verlichting. 'Einde oefening, Alex Cross. Ik heb gewonnen.'

'Het is nog helemaal niet voorbij, Mulch. En wat je mij en mijn gezin ook aandoet, je zult dit spel verliezen,' zei ik. 'De FBI is naar je op jacht, en met hen iedere agent in het land. Op dit moment is je gezicht op het nieuws en op internet te zien. Zelfs de volmaakte crimineel komt hier niet mee weg. Wat je ons ook aandoet, je zult gepakt worden, en je zult berecht worden. Je straf zal niet mals zijn. Een academicus als jij? Een doorgeslagen intellectueel van Harvard? De openbaar aanklager lust je rauw.'

Sundays stem klonk honend en uitgelaten toen hij zei: 'Laat ze maar op me jagen, Cross. Laat ze maar met hun honden en agenten komen. Het maakt mij niet uit. Ik verheug me er nu al op om ze te laten zien hoe snel en permanent ik van de aardbodem kan verdwijnen. Het is allemaal al geregeld. Lang geleden. Ik ben een planner.'

'En ik heb bij de FBI gezeten. Ik ben rechercheur. Ze zullen de jacht niet opgeven. Nooit.'

'Vertel dat maar aan Whitey Bulger,' kaatste hij terug. Toen likte hij langs zijn lippen en glimlachte. 'Wist je dat je een van mijn grootste wensen hebt vervuld, Cross?'

'Welke wens?' Het leek me geen slecht idee om hem aan de praat te houden.

'Atticus Jones executeren,' zei hij, en zijn ogen twinkelden weer. 'Hoe voelde dat?'

'Ik voelde niets, omdat het helemaal niet gebeurd is,' zei ik. 'Hij is terminaal patiënt, maar nog lang niet dood.'

'Bullshit. Ik heb gezien hoe je hem doodschoot.'

'Je hebt gezien wat een expert op het gebied van computeranimatie kan doen,' zei ik. 'Een vriend van Jones' dochter Gloria, die als beeldregisseur bij het NBC-nieuws werkt.'

Dit leek Sunday behoorlijk van streek te maken. Hij zweeg een minuut lang en de stoom leek uit zijn oren te komen. Toen keek hij op en glimlachte knarsetandend.

'Maar we hebben nog steeds tijd,' zei Sunday.

'Tijd waarvoor?'

'Voor lessen in de zinloosheid van het leven,' zei hij.

'Het leven is zinvol.'

'Ik zal je voorgoed van dat idiote idee afhelpen,' zei Sunday, terwijl zijn glimlach zich ontspande. 'Ik ga zo direct je gezinsleden een voor een executeren, en jij mag toekijken. Tegen de tijd dat ik daar klaar mee ben varen we op zee. Ik ontsnap met de brave kapitein Creel in de Zodiac naar Mexico en laat jou hier dobberen in het gezelschap van hun lijken. En ik verzeker je dat je in je laatste uren zult toegeven dat het leven zinloos is.'

# HOOFDSTUK 94

Hij moest mijn angst en afgrijzen hebben gezien, want Sunday kraaide: 'Dat zal je breken, hè? Dat zal het ultieme bewijs zijn!'
Jannie zei: 'Meent hij dat, pap?'
'O, maar natuurlijk meen ik dat, jongedame,' zei Sunday. 'Uiteindelijk gaat het er alleen maar om wat ik denk te gaan doen.'
In zijn blik zag ik de overtuiging van een krankzinnige, en de mogelijkheid dat ik moest toezien hoe mijn hele gezin voor mijn ogen werd vermoord maakte me zo bang dat ik even niet wist wat ik moest zeggen. En het had ook niet veel gescheeld of ik had de geringe beweging achter hem niet opgemerkt.
Brees arm kwam onder een van de riemen uit en met haar hand maakte ze een draaiende beweging. Ik probeerde niet te kijken, maar toen zag ik Damon hetzelfde doen. Ali leek zich ook te bewegen. Ze waren wakker en deden net alsof ze nog bewusteloos waren. Maar wat…? Bedoelde ze dat ik hem aan de praat moest houden? Of dat ik dichterbij moest komen?
Maar zou het iets aan de situatie veranderen? Hij had twee pistolen, en voor zover ik wist was er niemand naar mij op zoek.
Of wel? Lester Frost en Madame Minerva leken me te volgen toen ik ze op de pont zag. Misschien hadden ze de politie al ge-

waarschuwd en was er hulp in aantocht. Misschien was er nog een sprankje hoop.

'Nou, wie mag er als eerste van mijn vakmanschap genieten?' vroeg Sunday. 'Je wakkere, aantrekkelijke en atletische dochter? Of je slapende, rijpe en wulpse vrouw?'

Ik zei niets toen hij kennelijk een besluit had genomen en de Ruger achter zijn broekband schoof. Hij nam de .357 over in zijn linkerhand en hield hem bij Jannies hoofd.

'Ga weg met dat ding!' gilde ze uit. 'Engerd!'

Sunday lachte. 'Ah, we hebben hier een kleine feeks.'

Ik zei: 'Hij is geen engerd, Jannie. Hij is een vies varken.'

Het was alsof ik hem een klap had gegeven, zo rood werd zijn gezicht. Zijn trekken verhardden. 'Jij hebt geen idee van mij en waartoe ik in staat ben,' zei hij met de koudste stem die ik ooit had gehoord. 'Ik ben grenzeloos.'

'Ik weet wie je bent, en ik ken je beperkingen,' kaatste ik terug. 'Als het erop aankomt, Mulch, ben je gewoon die jongen gebleven die op school naar varkensstront stonk. En daarom heb je ook Alice Littlefield vermoord, toch? Omdat ze opmerkingen maakte over die vieze varkenslucht die in de klas hing?'

Sunday was in een paar grote stappen bij me en sloeg me hard in mijn buik. Ik viel op mijn zij en hapte naar adem.

'En nu hou je je bek en mag je toekijken,' zei hij kalm, maar met een accent dat me aan West Virginia deed denken. Hij draaide zich om en liep langs Jannie. 'Ik ga je hart uit je borst rukken, Alex Cross.'

Hij liep naar mijn vrouw, drukte de loop van zijn pistool tegen haar slaap en keek om.

Mijn maag keerde zich binnenstebuiten, maar ik probeerde het niet te laten blijken.

Brees hand was nog steeds vrij – hij leek het niet gemerkt te hebben – maar het pistool tegen haar hoofd neutraliseerde elke bedreiging. Ik moest aan de vrouw in de bouwput denken die er precies zo had uitgezien als Bree. Ik voelde het bodemloze verdriet van dat moment weer en vroeg me af of ik het wel zou kunnen verdragen als ze hier in mijn bijzijn zou sterven. Geen gemanipuleerde foto's. Geen dubbelganger. Dit was echt.

Ik moest in actie komen. Ik moest iets doen.

Moest ik hem aanvallen?

Of moest ik om Brees leven smeken?

# HOOFDSTUK 95

Sunday loste het probleem voor me op. Met zijn vrije hand trok hij het laken weg dat haar borsten bedekte. Hij wierp er een blik op en gaf me toen een knipoog.

'God nog aan toe, Alex Cross,' zei hij en floot. 'Het moet wat zijn om elke nacht zo'n mooie vrouw naast je in bed te hebben. Zo, reken maar.'

'Laat haar met rust, klootzak!' riep Jannie. 'Ze is gedrogeerd en weerloos.'

'Goed dat je het zegt,' zei Sunday, knikkend. 'Ga zo door meid, wind je maar op!'

Hij liet zijn wijsvinger wellustig langs de tepels van mijn vrouw glijden en smakte met zijn lippen, alsof hij mijn ellende proefde en mijn bloed keurde als een goede wijn.

'Zullen we eens verder kijken?' vroeg Sunday. Tergend langzaam trok hij het laken omlaag. 'Als ik me goed herinner zat er niet zo'n keurig geschoren streepje daarbeneden. Nee hoor, Bree heeft een subtiele trim. Dat mag ik wel, het past precies bij het soort werk dat jij doet, Cross. Er moet een beetje mysterie overblijven, hè?'

Ik bedacht hoe hij door het lint was gegaan toen ik hem aan zijn vroegere leven als Thierry Mulch herinnerde, en probeerde hem daar weer te raken.

'Baby Boar,' begon ik. 'Zo werd je toch genoemd? Thuis in ieder geval wel. Maar op school was het gewoon Pig Boy en Little Piggy-Shit Boy.'

Hij trok zijn schouders op. Ik dacht even dat hij me weer zou aanvliegen, maar in plaats daarvan keek hij hoe zijn vinger over Brees borst gleed, en hij zei in zijn Thierry Mulch-accent: 'En nu stil, Alex Cross, anders zwaait er wat.'

Zijn vingers kropen in de richting van Brees hals, alsof hij haar wilde wurgen, of dat hij haar omlaag wilde houden als hij een kogel door haar hoofd joeg.

'Knorretje!' riep ik hem met een gemaakt hoge stem toe. 'Wat dat niet waarmee ze je pestten, Thierry? Knorretje! Kom dan, vies strontvarkentje!'

Sundays gezicht kleurde bijna paars. Hij streek met zijn hand over Brees wangen en siste me toe: 'Ga vooral zo door, Cross. Stook het vuur maar op.'

'En je ma? Heeft ze je verlaten omdat je zo stonk?'

Sunday lachte zuur. 'Ik heb ervoor gezorgd dat die valse trut precies wist wie ze was toen ze stierf. Ze kwam gillend en snikkend aan haar einde.'

'Alice Monahan?'

'En al haar kinderen,' zei hij. 'Op dezelfde manier.'

Zijn neusvleugels waren wijd opengesperd van plezier. Hij bestudeerde mijn gezicht terwijl zijn hand boven Brees hangende kaak en openstaande mond hing.

'Ik zou straks maar goed luisteren, Cross,' zei Sunday. 'Ook al ligt ze in coma, ik zal ervoor zorgen dat die zeug van je flink gaat gillen voordat ze sterft.'

## HOOFDSTUK 96

Er zwol een laag en kloppend geluid aan; het kwam van buiten. Sunday keek verontrust omhoog.

Toen klonk er een bloedstollende schreeuw.

Ik zag Sunday krijsend worstelen om zijn vingers uit Brees mond te krijgen, maar ze had haar tanden diep in zijn vingers geboord en hield haar kaken als een pitbull op elkaar, tot hij met de kolf van zijn pistool tegen haar slaap sloeg.

Hij wankelde naar achteren, botste tegen Damons brits aan en keek verbijsterd naar zijn vingers. Zijn pink en ringvinger lagen er boven het tweede kootje bijna af en uit zijn geknakte middelvinger spoot bloed.

De volgende momenten leken zich in slow motion af te spelen. Ik wist niet hoe snel ik bij hem moest komen, maar vreemd genoeg zag ik elke seconde glashelder voor me.

Toen ik met enige moeite weer op mijn benen stond zag ik dat Sundays pijn en ongeloof inmiddels in woede waren omgeslagen. Hij schreeuwde iets onverstaanbaars naar Bree, die versuft lag te glimlachen, terwijl zijn bloed uit haar mondhoeken druppelde.

Hij richtte het pistool op haar en schreeuwde: 'Sterf, vuile…'

Damons elleboog raakte de achterkant zijn nek, waardoor

hij uit balans raakte. Hij wankelde naar links, en de tweede uithaal van mijn oudste zoon miste hem op een haar na.

'Pak hem, pap!' riep Ali toen ik er zo goed en zo kwaad als het ging aangestormd kwam; mijn handen zaten nog steeds achter mijn hoofd vastgeplakt.

Sunday leek het niet gezien te hebben. Hij probeerde zich van Damons elleboogstoot te herstellen en maakte een bizar klikkend geluid met zijn tanden, waarna hij zijn pistool weer op Bree richtte.

Maar hij zag mijn aanval vanuit zijn ooghoeken en zwaaide het wapen mijn kant op. Ik dook weg onder zijn vuurlijn en zette me af; met al mijn gewicht en daadkracht wierp ik me tegen hem aan.

Sunday werd door de klap onderuitgeveegd. Hij raakte de vloer zo hard dat zijn .357 uit zijn hand schoot, tegen de achterwand knalde en als een sjoelsteen tot onder Nana Mama's brits teruggleed.

De aanval had mij ook volledig gevloerd; ik lag in een vreemde, verdraaide hoek op de vloer van de container. Ik was er eerst met mijn gezicht en daarna met mijn linkerschouder op gesmakt. Er verschenen sterretjes voor mijn ogen en ik voelde dat ik iets gebroken had.

'Maak hem af, pap!' hoorde ik Ali roepen. 'Maak hem af!'

De pijn was verzengend en brandde in mijn schouder en gezicht. Maar de klap moest de adrenalinetoevoer hebben bevorderd: ik had in een shocktoestand kunnen blijven liggen, maar in plaats daarvan werd ik uitzinnig van woede.

Sundays rug doemde voor me op. Hij was gewond, maar probeerde overeind te komen.

Ik schopte hem hard tegen zijn hamstring, net onder zijn achterste. Hij wankelde en stootte met zijn hoofd tegen de containerwand. Ik negeerde de pijn van mijn kapotte schouder en mijn gehavende gezicht, bewoog me in zijn richting en in een poging hem in de knielholte te raken, of op zijn kuit, zijn enkel, of waar dan ook, haalde ik uit met mijn voet.

Ik schopte mis.

'Pas op, pa!' riep Damon uit.

In één beweging zette Sunday zich af van de wand, draaide om zijn as en schopte me boven in mijn ribbenkast, vlak onder mijn slechte schouder. Ik kreeg geen lucht meer en kromp als een geslagen hond op de vloer in elkaar. Hij sprong over me heen, draaide zich om en schopte me nog harder in mijn nieren.

Sunday had net zo goed met een stroompistool op me kunnen schieten, want het voelde alsof er een bliksemschicht door mijn lichaam ging. Ik moest overgeven. Toen sloeg hij zijn riem om mijn nek en trok hem aan.

'Nee!' gilde Ali. 'Laat hem met rust!'

'Je leert het ook nooit, hè, Cross?' grauwde Sunday, terwijl hij me omhoogtrok met de riem tegen mijn kaak. 'En je zult het ook nooit leren, geloof ik.'

'Nooit,' zei ik met verstikte stem, terwijl ik vocht om bij mijn positieven te blijven.

Hij sleepte me naar zich toe en trok de riem nog strakker aan, nu kreeg ik helemaal geen lucht meer en de bloedtoevoer naar mijn hoofd was afgekneld.

'Onverbeterlijk, zo te zien, en ik moet erkennen dat je op dat vlak mijn meerdere bent.' Hij gromde. 'Maar laten we eens kijken of je gezin minder hardleers is. We zullen ze laten zien wat het leven werkelijk voorstelt.'

Sunday trok de riem nog verder aan, zijn knie drukte op mijn borst. Ik schudde mijn hoofd heen en weer.

'Het is zinloos!' kraaide hij. 'Het is allemaal zo zinloos!'

Ik staakte mijn verzet en mijn ogen zochten mijn gezin.

Bree keek naar me met een geloken blik, er liep bloed over haar wangen van de hoofdwond. Damon en Jannie hadden zich bijna onder hun riemen uit gewerkt, verlamd op hun britsen keken ze toe hoe mijn laatste uur geslagen had. Ali hing half van zijn brits af; hij schreeuwde en strekte zich naar me uit.

Stipjes veranderden in vlekken. Het enige wat ik nog hoorde was mijn bonzende hart, als een hamer op een aambeeld, terwijl ik de laatste strohalm op aarde zocht.

## HOOFDSTUK 97

'Laat hem los of ik schiet!'

Sunday wist aanvankelijk niet precies van wie het bevel afkomstig was. Al zijn aandacht was op Cross gericht; hij wachtte op de complete ineenstorting, het moment waarop het lichaam letterlijk alles liet lopen – iets wat je altijd bij een wurgdood zag.

Maar toen keek hij op en zag Nana Mama.

De oude vrouw lag met opgetrokken knieën onder de lakens van haar brits. Haar knokige handen hielden zijn .357 vast.

Ze richtte op hem van zo'n drie meter afstand en de vernikkelde loop van het pistool rustte op het stuk laken tussen haar knieën.

'Laat hem los!' riep Nana Mama.

Sunday grijnsde haar loom toe en liet de riem een beetje vieren. Cross begon te kuchen en te hoesten.

'Ik zou maar oppassen,' zei hij tegen de grootmoeder van de rechercheur. 'Die kogels kunnen hier afketsen en iemand anders raken.'

'Schiet, Nana!' zei Ali. 'Schiet hem door zijn hoofd. Net als bij een zombie!'

Sunday vond dat hij een briljante duider van lichaamstaal was; uit haar gezicht en haar trillende bovenlichaam kon hij opmaken dat ze hem helemaal niet wilde vermoorden, en dat ze er zelfs niet aan dacht het te proberen.

'Je doet niets met dat pistool,' lispelde hij. 'Een katholieke zuidelijke dame als jij. Gij zult niet doden – nee, gij zult dat niet doen.'

Nana Mama trilde nu over haar hele lichaam.

'Zie je wel?' zei Sunday. Hij klonk zo zacht en oprecht als een uitvaartondernemer. 'Je kunt niet eens mikken, ouwe heks. Als je schiet, raak je je kleinzoon.'

'Nee,' zei ze. 'Ik ga jóu doodschieten.'

'Nee, dat ga je niet,' zei Sunday met een zelfingenomen grijns, terwijl hij met al zijn kracht de riem aantrok. 'Niet in mijn universum, niet in…'

De flits, de explosie en de impact van het schot leken tegelijkertijd plaats te vinden.

Het was alsof Sunday een enorme mep kreeg van een onzichtbare kracht, alsof hij niet meer dan een vlieg was. De kogel raakte hem in de borst en hij werd tegen de achterwand van de container gesmeten.

Hij keek naar zijn borst en zag hoe de helderrode vlek zich als een bloeiende roos op zijn shirt ontvouwde. Hij voelde zich misselijk en gleed langs de wand omlaag. Hij wist dat hij zijn greep op de riem om Cross' nek had verloren.

'Nee,' wist hij nog met een rasperige stem uit te brengen. Hij proefde bloed in zijn mond. 'Het heeft geen zin… Het is voor niets als hij niet…'

Het luik aan het andere eind van de container zwaaide open terwijl het bloed uit hem stroomde. Zijn ademhaling werd zwak en schrapend; het leven vloeide uit hem weg. Maar niet nadat hij nog één beeld had geregistreerd, een laatste visioen dat de stervende man met ontzetting vervulde.

Door het openstaande luik viel een zonnestraal, die over de vloer naar Cross doorliep en de naar adem happende rechercheur helder verlichtte.

## HOOFDSTUK 98

Ik geloof niet dat ik me alle gebeurtenissen kan herinneren nadat Sunday me weer was begonnen te wurgen, alleen maar dat Nana Mama hem iets toeriep en vervolgens schoot. Het leek wel een eeuwigheid te duren, maar na het schot was er een tijdlang niets anders dan gesuis in mijn oren, bloed dat naar mijn hoofd toe stroomde en het happen naar adem.

Toen sneed iemand de duct-tape door die mijn polsen en handen tegen mijn achterhoofd had gehouden. De vlammende pijn in mijn schouder deed me kokhalzen, en ik voelde dat iemand me omdraaide. Het was Tess Aaliyah. Ze lachte door haar tranen heen.

'Ze leven allemaal nog!' zei ze.

Ik keek om me heen en zag Damon op zijn brits zitten. Bree glimlachte me slaperig toe, en Jannie en Ali werden door Louisiana State Troopers losgemaakt. Een verpleegkundige van de US Coast Guard was mijn grootmoeder aan het onderzoeken.

Ze leefden allemaal nog.

Ze waren veilig.

Ze waren niet in de steek gelaten.

'Help me overeind,' fluisterde ik Aaliyah met schorre stem toe.

'Laten we eerst…'

'Help me overeind,' drong ik aan. 'Ik wil ze vasthouden.'

De rechercheur aarzelde, maar ze ondersteunde mijn goede arm en hielp me overeind. De container golfde een moment op en neer, waarna mijn focus zich herstelde.

Ik liep eerst naar Bree, ik legde mijn hand op haar blote schouder en drukte mijn voorhoofd tegen het hare. Toen brak er iets in me en ik barstte in tranen uit.

'Er waren momenten dat ik dacht dat we elkaar nooit...'

'Sst, schat,' zei mijn vrouw met een slaapdronken stem. 'Het is goed gekomen, nu is het allemaal goed.'

Door mijn tranen heen kon ik zien dat haar pupillen klein waren en dat haar blik wazig was. Ik trok mijn hand terug en zag een spoortje bloed in haar oor. Ik raakte in paniek. 'Ze heeft inwendig hersenletsel,' schreeuwde ik.

Een verpleegkundige van de kustwacht die net was binnengekomen haastte zich mijn kant op om haar te onderzoeken. 'De vitale organen zijn in orde,' zei hij. 'Maar ze gaat wel met de eerste vlucht mee naar het ziekenhuis.'

'En de oude dame ook,' zei de andere verpleegkundige. 'Ze heeft ademhalingsproblemen, en het geluid van haar hart bevalt me niet.'

Ik draaide me om naar Nana Mama, die moeizaam ademhaalde. Haar ogen draaiden zich naar me toe en ze greep mijn hand stevig vast.

'Ik heb gedaan wat goed was, toch?' zei ze hijgend. 'Valse honden moet je afmaken – toch, Alex?'

Ik brak weer in snikken uit en knikte. 'Het spijt me.'

'Wat spijt je?'

'Deze hele toestand. Het komt door mij dat...'

'Meneer,' zei de verpleegkundige, 'ze moet zo snel mogelijk naar het ziekenhuis.'

'Ik ga mee,' zei ik.

De twee verpleegkundigen wisselden blikken, waarop de ene die bij Nana Mama stond zei: 'We zullen ruimte voor u maken.'

Er werden brancards naar binnen gebracht. Ik liep naar mijn kinderen toe en omhelsde ze een voor een. Ik huilde en dankte God dat ze het overleefd hadden.

'Denken ze op school dat ik dood ben?' vroeg Damon.

'Ze hebben een herdenkingsdienst voor je gehouden. Ik was erbij.'

Hij fronste. 'Wat zeiden ze allemaal?'

'Dat je een geweldige jongen was. Je hebt een goede indruk achtergelaten op Kraft School. Je hebt veel vrienden en bewonderaars. Ik ben trots op je.'

'Ik heb het verknald,' zei hij met tranen in zijn ogen. 'Die vrouw. Karla Mepps.'

'Dat doet er niet meer toe,' zei ik. 'We hebben haar te pakken gekregen.'

Na een korte stilte zei hij: 'Het was Brees idee om net te doen of we nog bewusteloos waren en om haar aanwijzingen te volgen.'

'Je hebt het goed gedaan, zoon,' zei ik en aaide hem over zijn bol. 'Heel erg goed.'

Hij fluisterde: 'Ze beet die vingers er bijna af, pap!'

'Dat zag ik. Bijna, ja.'

'Ik zal nooit meer ruzie met haar maken,' zei hij. 'Of met Nana Mama.'

Ik grijnsde en lachte zacht. 'Ik heb al lang – nee, heel lang geleden geleerd dat je geen ruzie met de vrouwen uit deze familie moet krijgen.'

## HOOFDSTUK 99

Jannie en Ali zaten rechtop op hun britsen terwijl verpleegkundigen hun katheters verwijderden.

'Ik wist dat je naar ons op zoek was,' zei Jannie, die in tranen uitbarstte, waardoor ik het ook weer te kwaad kreeg. 'Dat was het eerste wat ik dacht toen ik wakker werd: pap is naar ons op zoek.'

'Vanaf het moment dat jullie ontvoerd waren,' zei ik. 'En ik heb nooit de hoop opgegeven dat ik je zou vinden, en dat je op een dag weer wedstrijden zou kunnen lopen.'

'Zal ik dat weer kunnen doen?'

'Natuurlijk,' zei ik monter. 'Dit weerhoudt je er toch niet van?'

Jannie knikte en kuste me. 'Ik hou van je, papa.'

'Ik hou ook van jou,' zei ik met verstikte stem.

'En ik?' vroeg Ali.

'Jij!' zei ik, terwijl ik bij hem neerknielde en mijn goede arm om hem heen sloeg. 'Jij bent mijn liefste kleine jongen. Mijn...' Ik zweeg, want ik zag dat Bree op een brancard werd gelegd.

Ali zei: 'Hij was toch de man met die rode baard die op mijn school kwam, pap? Die rook als een zombie?'

'Dat was hem,' zei ik. 'En ik had toen naar je moeten luisteren, Ali Cross, want jij bent een expert op het gebied van zombies.'

Hij straalde en zei: 'Dat zeggen mijn vrienden ook altijd.'

'Dan zijn het slimme jongens, die vrienden van je.'

Ze droegen Nana Mama als eerste de container uit. 'Het gaat goed, hoor,' zei ze nog zwakjes. 'Ik zie jullie snel.'

'Nana Mama is een zombiekiller,' zei Ali vol ontzag toen ze door het luik naar buiten werd getild.

Daarna was de brancard met mijn vrouw aan de beurt.

'Ik ga met Bree en Nana mee,' zei ik tegen mijn kinderen. 'Maar jullie komen er meteen achteraan.'

'In een helikopter?' vroeg Ali.

'Ik denk het wel.'

'O, wat gaaf!'

'Ja,' zei Jannie, 'ze zullen me niet geloven op school.'

'Nee, niemand,' beaamde Damon.

Aaliyah ondersteunde me toen ik naar het luik liep. Ik weigerde om nog een blik te werpen op het laken dat het verdoemde, zielloze schepsel bedekte dat Thierry Mulch en Marcus Sunday was geweest.

In plaats daarvan stapte ik aan het eind van de ochtend de vochtige hitte van Louisiana in. Ik kneep mijn ogen samen tegen de zon en had het gevoel dat ik dagen in die claustrofobische doos had gezeten, terwijl het maar een uur was geweest.

De hemel was ongelooflijk blauw, en de bomen langs de rivier hadden de diepste kleur groen die ik ooit had gezien. Vogels scheerden voorbij en doken naar de waterspiegel om insecten te vangen. Ik haalde diep adem door mijn neus en rook de zilte lucht van de moerassen, en ik dacht dat ik nog nooit zoiets goed had geroken en zo'n mooie dag had gezien.

Boven op de rij containers stonden twee helikopters klaar:

een van de Louisiana State Police, en een grotere van de US Coast Guard.

De bemanning van de eerste helikopter was bezig een lier te maken om Nana Mama en Bree in een soort manden naar boven te hevelen. Onder hen stond een agent van de kustwacht met kapitein Creel, die plastic handboeien omhad en moedeloos voor zich uit keek.

Ik keek naar rechercheur Aaliyah alsof ze een soort wonderdoener was en vroeg: 'Hoe heb je ons in godsnaam weten te vinden?'

# HOOFDSTUK 100

Terwijl het personeel van de kustwacht de manden omhoogtakelde waar Bree en Nana Mama in lagen, vertelde Aaliyah mij hoe ze de vrachtdocumenten in de huurauto van Acadia Le Duc had gevonden, en dat ze zich toen realiseerde dat mijn gezin zich mogelijk in een container op het schip de Pandora bevond.

Paul Gauvin, de sheriff van Jefferson County, lag met een grote dosis pijnstillers in het ziekenhuis, en de dienstdoende agenten reageerden nogal sceptisch op haar theorie. En dat deed de Louisiana State Police ook, tot ze uiteindelijk een vrouw wist te bereiken die bij de scheepvaartmaatschappij werkte die op de documenten stond vermeld.

Haar naam was Shirley Creel.

Aaliyah vernam van haar dat het containerschip uitgeladen werd in een overslaghaven bij New Orleans. De kapiteinsvrouw had geprobeerd om via haar mobiel en de kortegolfzender haar man te bereiken, maar hij reageerde niet.

'Ze beloofde me dat ze het zou blijven proberen, terwijl ik de politie het bevel gaf een helikopter in te zetten,' zei ze. 'Eerst vlogen we naar de pier in New Orleans waar het schip zou worden uitgeladen. Het had er nooit aangemeerd. Toen zijn we de rivier af gevlogen, en hebben we de kustwacht gewaarschuwd. Gelukkig was er zo'n dertig kilometer verderop een helikopter van hun reddingsbrigade aan het oefenen, bij hun basis in Venice. Hij vloog vanaf daar de rivier op. We vonden de Pandora op hetzelfde moment.'

Ik sloeg mijn goede arm om haar heen en kuste haar op haar hoofd. Ze deinsde verrast achteruit.

'Dank je, rechercheur,' zei ik. 'Je was mijn beschermengel in deze smerige toestand.'

Aaliyah wist eerst niet wat ze moest zeggen, maar toen verscheen er een glimlach op haar gezicht en zei ze: 'Graag gedaan.'

'Je vader kan trots op je zijn.'

Ze bloosde, keek naar de grond en zei: 'Dank je, Alex. Je weet niet wat dat voor me betekent.'

Iemand van het helikopterteam wenkte dat het mijn beurt was om in een mand te stappen. Ik vertelde Aaliyah van de Whaler. Ze beloofde dat ze hem terug zou brengen, en dat ze mijn kinderen zou meenemen. Toen ik in de helikopter stapte, was een verpleegkundige met Brees hoofdwond bezig. Mijn vrouw was bij bewustzijn, maar ze was niet helder.

Nana Mama had haar ogen dicht. Ze lag aan een volgende set monitors met katheters, en de David van negentig-plus die Goliath had verslagen zag er zo broos en teer uit als een jong vogeltje.

Ik wilde tussen hen in zitten, maar de piloot zei me dat ik me in een van de schietstoelen vast moest gespen. Ik nam de stoel bij het raam.

De helikopter begon te trillen en verhief zich in de lucht. De achtergebleven agenten en de mensen van de kustwacht zouden de plaats delict verder doorzoeken en ervoor zorgen dat het schip niet naar zee afdreef.

We stegen hoger, en de machtige Mississippi met haar uitgestrekte delta ontvouwde zich onder me. We vlogen over een lange rij bomen langs de oever, en het verbaasde me hoe dicht Route 23 bij de rivier lag. Mijn verbazing werd nog groter toen ik zag dat de GTO van Lester Frost in de berm stond geparkeerd.

Ik zag Madame Minerva naast het openstaande rechterportier van de bolide staan. Ze zwaaide verwoed met haar witte stok voordat de helikopter naar het noorden zwenkte.

'Zag u die rare oude vrouw daarbeneden staan?' zei een van de verpleegkundigen.

Voordat ik kon knikken ging er een alarm af.

De verpleegkundige die naast mijn oma stond riep: 'Code blauw! Ze heeft een hartstilstand!'

## HOOFDSTUK 101

Toen de dienst was beëindigd, tilden de slippendragers de kist op, er lagen een mosgroen kleed en een Amerikaanse vlag over gedrapeerd. Ze liepen over het middenpad van de kerk en droegen de dode met gepaste plechtigheid.

Alle banken zaten vol, en veel mensen depten hun tranen toen de kist met Atticus Jones voorbijkwam. Ik stond met Bree naast me, en probeerde over mijn verdriet heen te komen door te bedenken hoeveel mensen er waren verschenen om de oude rechercheur de laatste eer te bewijzen. Het waren er zeker tachtig, misschien wel meer.

Daar gaat een leven dat absoluut niet zinloos was, dacht ik, en de tranen sprongen in mijn ogen.

Ik zag hoe de kist de kerk verliet, gevolgd door de pastoor, de diaken en de misdienaren. Daarna kwam Jones' familie, en ik knikte ze toe. Gloria Jones en Ava sloten de rij; ze droegen allebei zwarte jurken.

We sloten ons aan bij de stoet vertrekkende mensen. Het was een warme junidag, en bijna zes weken nadat we per helikopter de Pandora hadden verlaten.

Gloria Jones liep naar me toe en omhelsde me.

'Je hebt mijn vader vrede gegeven, Alex,' zei ze. 'Hij was klaar om alles los te laten toen hij hoorde dat je gezin in veiligheid was en dat Mulch zijn einde had gevonden.'

'Zonder de hulp van je vader hadden we Sunday nooit gevonden.'

'En zonder Nana Mama zouden jullie het niet overleefd hebben,' voegde Ava eraan toe.

'Dat is absoluut waar,' beaamde Bree.

'Hoe gaat het met haar?' vroeg Gloria Jones.

Ik knikte met mijn hoofd. 'Het is een taaie oude dame, en de medicijnen die ze voor haar hart heeft gekregen schijnen aan te slaan.'

'Ik bedoel eigenlijk, na het schot dat ze heeft gelost,' zei Gloria. 'Mijn vader maakte zich echt bezorgd over haar.'

'Behalve dat ze zegt dat het verschrikkelijk was om te doen, laat ze er niet veel over los,' antwoordde ik. 'Maar zelfs nu ze de droomkeuken heeft die ze zo graag wilde, zie ik haar wel eens voor zich uit staren en aan haar schortenband of aan haar rozenkrans friemelen.'

'En ik heb haar al herhaalde malen in bed horen snikken,' zei Bree.

'Ach, dat arme mens,' zei Gloria. 'Vertel haar maar dat ik vind dat ze heilig moet worden verklaard omdat ze die misselijke klootzak uit de weg heeft geruimd.'

'Dat zal ik haar zeggen,' zei ik, een glimlach onderdrukkend.

'Goed,' zei Jones' dochter. 'Ik moet nog een dienst in intieme kring bijwonen. Zie ik jullie straks op de receptie?'

'Nou, we moeten eigenlijk gaan,' zei ik. 'Mijn dochter heeft straks een belangrijke hardloopwedstrijd, en die willen we niet missen.'

Gloria omhelsde Bree en zei: 'Fijn dat je mee bent gekomen.'

'Alex had veel bewondering voor je vader,' zei Bree. 'Dus dan kom ik vanzelfsprekend mee.'

Toen liet Gloria me nog eens beloven niet met de media te praten tot haar beeldverslag van de zaak komende week bij *Dateline* te zien zou zijn. Ze knikte Ava bemoedigend toe en liep naar de zwarte limo die haar naar het graf van Atticus Jones zou brengen.

Ava leek nerveus. 'Hoe gaat het nu?' vroeg ze aan Bree.

'Ik ben nog wat labiel en snel geïrriteerd,' zei mijn vrouw. 'Maar dat hoort bij het herstel.'

'En je schouder?' vroeg ze mij.

'Hij wordt bij elkaar gehouden met schroeven, pinnen en teflondraad,' antwoordde ik. 'Volgende week begint de fysiotherapie, en daar kijk ik niet echt naar uit.'

Ava bleef naar haar voeten in het gras kijken.

'Gaat het wel goed met je?' vroeg Bree.

Ze keek op naar mijn vrouw, streek een haarlok weg en zei: 'Eigenlijk gaat het heel goed met me.'

'Dat is fijn om te horen,' zei Bree.

Ava knikte en zei: 'Ik wil niet ondankbaar overkomen, want ik ben jullie en Nana Mama eeuwige dank verschuldigd…'

Ik begreep waar ze naartoe wilde en zei: 'Maar je wilt bij Gloria in Pittsburgh blijven wonen?'

Ze glimlachte en knikte. 'Ik wil een nieuwe start maken. Op een andere plek. Ik wil mijn middelbare school afmaken, en een studie gaan doen in het mediavak.'

'Dat klinkt als een goed plan,' zei Bree, hoewel de tranen over haar wangen liepen. 'Maar ik zal je missen, jongedame, en je moet me beloven dat je vaak langskomt.'

'Ik zal die nieuwe droomkeuken toch moeten zien?' zei Ava, terwijl ze Bree omhelsde.

Ze hielden elkaar lang vast, en ik wist hoe moeilijk het voor mijn vrouw was om haar te laten gaan. Bree had nooit de moed opgegeven, zelfs niet toen Ava op haar dieptepunt zat.

'Ik hou van jullie,' zei Ava toen ze Bree had losgelaten.

'Wij houden ook van jou.' Ik sloeg mijn goede arm om haar heen. 'Zonder jou hadden we Mulch nooit gevonden.'

'Dat zei je net ook al over rechercheur Jones.'

'Inderdaad. Het was een geweldig teamprestatie van jullie.'

Ava straalde. 'Ik zal je bellen om te horen hoe Jannie het heeft gedaan.'

'Doe dat,' zei Bree. We keken haar na terwijl ze naar Gloria Jones en haar nieuwe familie toe rende.

'Dit is moeilijk,' zei mijn vrouw. Ze veegde haar tranen weg.

'Ja, dat is het zeker.' Ik sloeg mijn goede arm om Brees schouder en kuste haar. 'Ik hou van je, weet je dat?'

'Dat weet ik,' zei ze kalm. 'En het geeft me kracht.'

'Idem dito.'

'Idem dito?'

'Wat wil je dan dat ik zeg? Je bent de zon in mijn leven?'

'Dat zou een goed begin zijn,' zei ze en gaf me een por.

Ik lachte en zei: 'We moeten gaan, anders missen we de wedstrijd nog.'

# HOOFDSTUK 102

Zo'n tweeënhalf uur later haastten we ons de geparkeerde auto uit om naar het stadion van de University of Maryland te rennen. De tribunes zaten vol voor deze nationale atletiekwedstrijd, waarin de top van meisjes tot achttien jaar van Virginia, Maryland, District Washington, Delaware en Pennsylvania acte de présence gaf.

Het duurde even voordat we de officiële Jannie Cross-fanclub in het publiek konden ontwaren. Maar toen zagen we John Sampson en zijn vrouw Billie zitten. En ernaast zaten Damon en zijn nieuwe vriendin, Sylvia Mathers, zijn klasgenote van Kraft School die me het eerst over Acadia Le Duc had verteld. In de rij voor hem stond Ali op een kinderkuipje naast Nana Mama, die bezorgd om zich heen keek.

'We hebben het toch niet gemist?' vroeg ik toen ik besefte dat ze naar ons uitkeek.

'Jannie heeft je gezocht,' zei mijn grootmoeder. 'Ze staat daar, bij de warming-up voor de vierhonderd meter. Zeg haar maar even dat je er bent.'

Ik liet Bree achter en liep over de tribunes naar beneden. Toen ik het hek tussen de tribunes en de baan had bereikt riep ik: 'Hé, jij daar!'

Jannie glimlachte en kwam naar me toe. 'Ik was bang dat jullie het niet zouden halen.'

'Er was niets wat ons nog kon tegenhouden.'

'Ik ben zenuwachtig,' zei ze met neergeslagen blik.

'Dat hoef je niet te zijn,' zei ik. 'Je coach heeft gezegd dat je een natuurtalent bent. Daar moet je op vertrouwen.'

Ze keek glazig voor zich uit en knikte. 'Dat doe ik ook. Zelfs na alles wat er is gebeurd.'

'Voorál na alles wat er is gebeurd,' drong ik aan. 'Er is een reden dat je het hebt overleefd. Dít is de reden.'

Jannie fronste en zei: 'Zie ik je straks nog?'

'Natuurlijk. En ik hou heel veel van je. Wat er ook gebeurt. Maar voordat zo dadelijk het startschot klinkt...'

'Ja?'

'... wil ik dat je in jezelf gelooft. En dat je vertrouwt op het talent dat God je heeft gegeven.'

'Oké,' zei ze. Ze glimlachte en liep de baan op.

'Is ze erg zenuwachtig?' vroeg Bree toen ik weer naast haar kwam zitten.

'Een beetje.'

'Dit is de top uit vijf staten, toch?' zei Ali, die niet stil kon zitten.

'Het is een belangrijke wedstrijd,' zei Damon. 'Er lopen ook allemaal coaches van universiteiten rond om talent te scouten.'

Er werd omgeroepen dat de finalisten voor de vierhonderd meter vrouwen zich bij de start moesten melden. Jannie liep naar haar baannummer en danste bij haar startblok, ze zag eruit als een sterke meid te midden van krachtige vrouwen. Ze was met haar vijftien jaar de jongste finalist op de baan.

Ik hielp Nana Mama op de been en keek naar Bree, die haar armen om haar middel had geslagen.

'Gaat het?' vroeg ik.

'Ja hoor,' zei ze. 'En jij?'

Sinds we van het schip waren gered stelden we elkaar deze vraag verschillende keren per dag. Twee weken lang werd ik door schuldgevoelens verteerd; het was immers vanwege mij dat Sunday al deze verschrikkelijke dingen had gedaan – de ontvoering van mijn gezin en de moorden. Ik treurde om de vele onschuldige mensen die het slachtoffer van Sunday waren geworden. Onder wie Bernice Smith, de vrouw uit Pennsylvania die vermoord en verminkt was vanwege het simpele feit dat ze op Bree leek. En Raphael Larkin, een tiener uit Baltimore die lang genoeg was om voor Damon door te gaan.

Het was allemaal vanwege mij gebeurd. Ik wist dat Sunday een obsessieve, moordzuchtige narcist was, maar verder begreep ik zijn beweegredenen niet echt.

Acadia Le Duc was erover ondervraagd. Ze zei dat ze Sunday er verschillende keren naar had gevraagd. Hij had soms geantwoord dat ik het levende bewijs van zijn filosofische theorieën was, maar hij had ook gezegd dat hij het simpelweg had gedaan omdat hij er de mogelijkheid toe had.

Beide redenen verontrustten me diep. Dat doen ze nog steeds.

Maar ik heb veel met dokter Adele Finaly gepraat, een goede, oude vriendin en een gerenommeerd psychiater. Dat hielp. En Bree vond ook iemand om mee te praten, evenals de kinderen. En mijn oma had haar pastoor.

Ja, je kunt wel zeggen dat we het er goed van af hadden gebracht. We vormden een hechter gezin dan ooit, en terwijl de omroeper de atletes opriep in hun baan te gaan staan, besloot ik om de goede dingen in het leven te koesteren en alle gedachten aan Marcus Sunday uit te bannen.

Al onze aandacht was op Jannie gericht. De omroeper riep: 'Op uw plaatsen…'

Het startschot klonk, en ze waren weg.

We schreeuwden en juichten, en het was alsof alle verschrikkelijke dingen die mijn gezin waren overkomen niet langer bestonden, want de andere atletes liepen weliswaar hard, maar onze Jannie geloofde in zichzelf en gaf ze allemaal het nakijken.